VERMIETER KÜSST MAN NICHT

KYLIE GILMORE

Übersetzt von
ANNA DRAGO

Übersetzt von
KATRIN DOLLE

Vermieter küsst man nicht: © 2015 by Kylie Gilmore

Covergestaltung The Killion Group

Veröffentlicht von: Extra Fancy Books

Übersetzung: Anna Drago und Katrin Dolle

ISBN-13: 978-1-947379-46-6

1

„Wenn ich zufällig eine erotische Geschichte veröffentliche, oder auch drei, darf man mich dann offiziell aus der Kirche ausschließen?"

Gabe Reynolds rutschte unbehaglich hin und her, während Maggie O'Hare ihn von der anderen Seite des Schreibtisches aus süß anlächelte. Er war der einzige Rechtsanwalt in Clover Park, Connecticut, und hatte damit ein Monopol auf lächerliche und absurde Fälle.

Maggies Enkelsohn und Gabes langjähriger Freund Shane saß neben seiner Großmutter, die Wangen so rot wie seine Haare. Shane verdrehte die Augen. „Gran hat darauf bestanden, dass ich sie herfahre, weil sie eine *wichtige* Rechtsfrage hat. Ich dachte, es geht um ihr Testament."

„Ich habe noch nicht vor zu sterben!", protestierte Maggie. „Und jetzt lass den Mann reden."

Gabe rieb sich den Nacken. „Grandma O'Hare, willst du mir damit sagen, dass du eine e–" Er verschluckte sich bei dem Wort. Es passte einfach nicht zu der weißhaarigen Frau mit den wild hochstehenden Haaren, die ihn damals, im siebten Schuljahr, als er verzweifelt einen Rückzugsort von seinem eigenen Zuhause gebraucht hatte, aufgenommen hatte, als gehörte er zur Familie. Sie war süß und mütterlich, auch wenn sie ein bisschen ungewöhnlich für eine Frau ihres Alters war. Zum Beispiel trug sie heute ein schwarzes Kleid mit weißen Punkten und einem extrem hohen Schlitz, unter dem ein milchweißes siebzig-plusjähriges Bein hervorspitzte. Und das war noch eines ihrer züchtigen Outfits. Und dann natürlich ihre „Rechts-" Frage! Er räusperte sich, unsicher, wo er bei dieser unglaublich unangenehmen Unterhaltung beginnen sollte.

„Erotisch", ergänzte sie hilfreich.

„Erotische Geschichte", spuckte er aus. „Oder auch drei, hast du gesagt?"

Sie sah Shane an und sagte geziert: „Diese Behauptung kann ich weder bestätigen noch leugnen."

„Du stehst nicht unter Eid", sagte Gabe.

„Beantworte einfach die Frage, Herr Rechtsanwalt", blaffte sie. Da hatte wohl jemand zu viel *Law & Order* gesehen.

Gabe atmete tief ein. „Dann müsste ich nein sagen. Von Rechts wegen dürfen sie dich nicht aus der Kirche ausschließen."

Maggie kicherte. „Ich habe ein Pseudonym, aber man weiß ja nie, was diese schmutzigen Weiber, die in die Kirche rennen, so alles lesen. Es ist ein E-Book, man kann es also auf einem E-Reader lesen, und niemand kriegt mit, was es ist." Sie zwinkerte. „Ist das nicht genial? Ich bin Madam M, falls es dich interessiert."

Gabe drehte sich der Magen um. „Tut es nicht."

Zum ersten Mal in vier Jahren dachte er sehnsüchtig an seinen alten Job bei Reynolds & Taft, LLC, zurück, wo er sich den Po wundgearbeitet hatte, um Partner zu werden, bis sein Vater, der Reynolds in Reynolds & Taft, im Alter von siebenundfünfzig Jahren an einem Herzinfarkt gestorben war. Der Schock, dass sein Vater mitten in einer Bürotirade einfach so zusammengebrochen war, direkt vor Gabes Augen, hatte ihn dazu gebracht, noch einmal darüber nachzudenken, was er mit seinem eigenen Leben tat. Er war den Fußstapfen seines Vaters hinterhergehechelt, und wofür? Um am Ende gestresst und reich und tot zu sein? Er hatte das Geld seines Dads und die Stadtwohnung geerbt, nicht, weil er ein Einzelkind war – er hatte zwei jüngere Brüder – sondern weil er das einzige Kind war, das die Erwartungen seines Vaters erfüllt hatte und Anwalt geworden war. Gabe war nach Hause, nach Clover Park zurückgekehrt und hatte seiner Mutter und seinem Stiefvater das Haus abgekauft, in dem er aufgewachsen war, als die beiden sich hatten verkleinern wollen. Er hatte sich gedacht, dass das Leben in einer Kleinstadt ihm dabei helfen würde, wieder zu den grundlegenden Dingen des Lebens zurückzufinden.

Jetzt musste er sich fragen, was schlimmer war – Tod durch Stress oder Tod durch Banalitäten. Der Tod verfolgte ihn tatsächlich schon sein ganzes Leben lang. Mittlerweile waren drei Menschen gestorben, die ihm nahegestanden hatten, darunter auch seine Verlobte, weswegen er sich in den letzten vier Jahren überhaupt keine Mühe gegeben hatte, eine Freundin zu finden. Menschen in seiner Nähe waren dem Untergang geweiht.

„Das war doch nur ein Scherz, mein Lieber! Hahaha!", rief Maggie. „Obwohl es schon eine Menge Spaß gemacht hat. Ich meine" – sie richtete sich auf und versuchte, einen ernsten Gesichtsausdruck aufzusetzen, – „es hätte eine Menge Spaß gemacht. Wenn du für so etwas zu haben wärest." Sie nickte kurz und blickte zwischen den beiden stirnrunzelnden Männern hin und her. „Wie dem auch sei, Shane, möchtest du Gabe jetzt deine Frage stellen?"

„Danke, Gran", presste Shane zwischen seinen Zähnen hindurch. Er drehte sich zu Gabe um. „Ich wollte nur hören, ob du am Valentinstag schon was vorhast."

„Warum? Willst du mein Valentin sein?"

Shane brach in Lachen aus. „Oh ja. Stell dich hinten an. Ich habe schon drei Mädchen an meinem Arm." Er lächelte, weil er vermutlich an seine zwei jungen Töchter und seine Frau dachte. „Du hast also nichts vor?"

Maggie hob ihre Brauen und wartete eifrig auf Gabes Antwort.

„Nein", sagte Gabe. „Kein Valentin für mich."

„Ohh, dabei könnte ich dir behilflich sein, mein Lieber", sagte Maggie.

„Kein Bedarf", erwiderte Gabe schnell. Maggie war eine unverbesserliche Kupplerin, die sich zu gern überall einmischte. Auf die möglichst netteste Art und Weise. Es war lustig, wenn es jemand anderem passierte.

Shane schüttelte lächelnd den Kopf. „Könntest du beim Valentinstagstanz beim Catering helfen?" Er selbst war ein Koch, und ihm gehörten zusammen mit seiner Frau drei Läden in der Stadt – das Book It, Shane's Scoops und das Something's Brewing Café. Das Café übernahm oft das Catering bei Veranstaltungen im Ort.

Shane fuhr fort. „Meine üblichen Mädels haben alle Verabredungen, und ich will ihren Valentinstag nicht ruinieren. Rachel ist im fünften Monat, und ich möchte nicht, dass sie den ganzen Tag auf den Beinen ist."

„Klar, kein Problem."

„Großartig. Danke." Shane stand auf. „Dann sehen wir dich beim Tanz."

Gabe kam um den Tisch herum, um die beiden nach draußen zu begleiten. „Jupp."

Maggie betrachtete Gabe von oben bis unten. „Gut, sehr gut."

Gabe fühlte sich langsam unbehaglich. „Das ist aber keine Falle, oder doch?"

„Nein", sagte Shane. „Ich brauche wirklich deine Hilfe."

„Und du brauchst meine Hilfe, Gabe", sagte Maggie. „Ein fünfunddreißigjähriger Mann sollte verheiratet sein und ein Baby in den Armen halten. Wie mein Shane."

„Dann halte ich einfach eines von Shanes Kindern", sagte Gabe. „Ich brauche keine Hilfe dabei, jemanden kennenzulernen. Trotzdem danke."

Sie lächelte, was ihn nur noch nervöser machte.

Auf dem Weg nach draußen flüsterte er ihr ins Ohr: „Dein Pseudonym ist vielleicht doch nicht mehr so geheim, wenn du versuchst, mir eine Falle zu stellen."

Dafür hatte Maggie nur ein müdes Lächeln übrig. „Leg dich nicht mit einer Frau an, die dich in- und auswendig kennt."

Er schluckte. Sie kannte ihn tatsächlich gut genug, um ernsthaften Kuppelschaden anrichten zu können. Auf die möglichst netteste Art und Weise.

„Mach's gut", sagte Shane. „Und danke nochmal."

„Kein Problem." Er winkte ihr nach und hörte, wie Shane seiner Großmutter eine Standpauke darüber hielt, dass sie Geschreibsel ins Internet stellte, das von manchen als anstößig betrachtet werden konnte; dabei hielt er ihren Arm und führte sie vorsichtig den vereisten Weg entlang zu seinem Minivan. Sie konterte mit der Freiheit künstlerischen Ausdrucks, doch mehr konnte Gabe nicht hören, bevor sie davonfuhren.

Ein rosafarbener Buggy zog seine Aufmerksamkeit auf sich, dahinter eine schöne Frau, die ihn direkt auf ihn zuschob. Es war Zoë Davis, eine Kellnerin aus dem Garner's Sports Bar & Grill. Er war überraschend enttäuscht, als er diesen Buggy sah. Sie musste wohl verheiratet sein und ein Baby haben, obwohl ihm nie ein Ring aufgefallen war. Nicht, dass er eine Freundin suchte, und das aus verdammt gutem Grund, doch die Anziehung, die sie auf ihn ausübte, wurde jedes Mal, wenn er sie sah, stärker. Sie hatte jetzt einen Punkt erreicht, an dem er glaubte, etwas dagegen tun zu müssen.

Etwas Kurzzeitiges. Aber Zufriedenstellendes.

Dann kam sie näher, winkte und lächelte ihn an mit ihren leuchtend braunen Augen und der niedlichen lila Mütze auf ihren dunkelbraunen Haaren, und er merkte, dass er das Lächeln erwiderte.

Sie blieb vor ihm stehen. „Ich brauche einen Anwalt. Mein Vermieter will mich und Fred rauswerfen."

Er warf einen Blick durch das schwarze Netz, das den Buggy abdeckte, und verschluckte sich an seinem eigenen Lachen. „Ist das Fred?"

„Ja." Sie runzelte die Stirn. „Und das ist nicht lustig."

Warum sollte er auch jemals einen Fall bekommen, der nicht vollkommen absurd war?

„Hi, Fred", sagte er.

Wuff! Wuff! Wuff! Fred war bereit, seinen Fall zu verteidigen.

Gabe öffnete die Tür zu seinem Büro mit einem Lächeln. „Kommt rein."

Zoë stellte den Buggy im Eingangsbereich ab und öffnete das Verdeck. Fred sprang heraus und begann, in dem kleinen Raum im Kreis umherzulaufen. Sie nahm sein Quietschknochenspielzeug und hoffte, ihn damit beschäftigen zu können, während sie Gabe das Problem erläuterte, doch dann nahm Gabe ihr das Spielzeug aus den Händen und warf es in sein Büro. Fred rannte hinterher, und Gabe bedeutete ihr, ihm zu folgen.

„Setz dich", sagte er und deutete auf den mit Leder gepolsterten Stuhl vor seinem Tisch.

Sie setzte sich und öffnete den Reißverschluss ihrer langen Daunenjacke, holte den Mietvertrag aus ihrer Handtasche und reichte ihn Gabe. „Hier steht, dass ich einen kleinen Hund haben darf." Gabe sah unbehaglich zu Fred hinüber, der versuchte, sein Gummispielzeug zu rammeln. „Fred hat ja vielleicht ein paar Pfunde zugenommen, jetzt, da er ein Jahr alt ist, aber er ist immer noch ein kleiner Hund." Fred war ein Wolfsspitz mit dickem grauschwarzem Fell. „Fred, komm!" Der Hund sprang an ihre Seite. „Sitz." Fred setzte sich, und sie schob die Fellmähne um seinen Kopf hinunter, um ihn Gabe zu zeigen. „Siehst du? Schau, wie klein sein Kopf ist. Er ist nur fluffig."

„M-hmm", nickte Gabe.

Fred sprang hoch und stellte seine Vorderpfoten auf ihr Bein, um zu versuchen, auf ihren Schoß zu klettern, wie er es getan hatte, als er ein Welpe gewesen war. Sie hob ihn hoch und blickte um Freds Schulter herum. „Also kannst du uns helfen? Der Vertrag läuft noch zwei Monate. Und ich will Fred auf keinen Fall weggeben. Mein Vermieter wusste, dass ich einen Hund habe. Ich habe ihn schon seit acht Monaten."

Gabe studierte den Vertrag ein paar Minuten lang und blickte schließlich auf. „Wie viel wiegt er?"

„Weiß ich nicht. Ich habe ihn in letzter Zeit nicht gewogen." Sie streichelte Freds dicke Mähne. „Er ist nur fluffig", sagte sie defensiv.

„Im Vertrag steht, dass du einen Hund haben darfst, der weniger als zwölf Kilo wiegt."

„Er hat weniger als zwölf Kilo gewogen, als ich ihn bekommen habe."

Seine scharfen blauen Augen musterten sie. „Ist der Vermieter deinetwegen angepisst?"

„Meinetwegen?", schnaubte sie. „Warum glaubst du, dass ich der Grund dafür bin? Vielleicht ist John ja derjenige, der ein Problem hat."

Gabe griff über den Tisch und zog eine Mappe aus Freds stets kauendem Maul. „Du sagst also, dass du Fred schon seit acht Monaten ohne Probleme hast."

„Das ist korrekt."

„Wir sind hier nicht vor Gericht", sagte Gabe.

„Könntest du deine Frage anders formulieren?", fragte sie lächelnd.

Er verzog einen Mundwinkel zu einem kleinen Lächeln, bei dem ein Grübchen auf seiner stoppeligen Wange sichtbar wurde. Ihre Gedanken wichen ab. Wie diese Stoppeln sich wohl anfühlten, wenn sie an ihr kratzen würden, während sein Mund …

Fred leckte ihre Wange und lenkte sie damit ab. Sie wuschelte durch sein Fell.

Wenn sie ehrlich war, schwärmte sie schon seit Wochen für

Gabe und bediente immer seinen Tisch, ob er nun in ihrem Bereich saß oder nicht. Sie hatte sich mit dem Flirten aber zurückgehalten, da er seinem Ruf, ein „rücksichtsloser, geldgieriger, schmieriger Anwalt, genau wie sein Dad" zu sein, nacheiferte. Doch was sie wirklich abgehalten hatte, waren einige finstere Gerüchte über den Tod seiner ehemaligen Verlobten, die ihr im Garner's – auch bekannt als die Tratschzentrale der Stadt– zu Ohren gekommen waren. Dennoch hatte sie sich zu ihm hingezogen gefühlt, und es fiel ihr schwer, den Ruf, der ihm vorauseilte, mit dem Mann in Einklang zu bringen, der ihr immer ein großzügiges Trinkgeld gab und so vielen Menschen im Ort bei ihren Rechtsproblemen zu helfen schien. Doch wenn er ein solch aggressiver und rücksichtsloser Anwalt war, wie man von ihm behauptete, wollte sie, dass er auf ihrer Seite war.

Gabe sah sie ernst an. „Wenn ich dein Anwalt sein soll, brauche ich die ganze Geschichte. Um ehrlich zu sein, nachdem du diesen Vertrag unterschrieben hast, gibt es eigentlich für dich keinen wirklichen Fall. Es sei denn, wir können nachweisen, dass der Rauswurf böswillig ist."

Zoë verzog ihre Lippen zu einer flachen Linie. Gabe wartete geduldig. Wollte sie ihm wirklich alle peinlichen Details erzählen? So gut kannte sie ihn nun auch wieder nicht. In der Schule war er fünf Jahrgänge über ihr gewesen. Seine Kellnerin war sie erst seit einem Monat, seitdem sie von ihrem sechswöchigen Auftritt als Sängerin auf einem Kreuzfahrtschiff zurück in den Ort gekommen war. Seine Brüder kannte sie besser. Luke, der in ihrer Klasse gewesen war (ein adretter Schönling), sein jüngerer Bruder Jared (ein grober, schmieriger Kerl) war ein Jahr jünger, und für seinen Stiefbruder Nico, der ein Jahr über ihr gewesen war, hatte jedes Mädchen auf der Schule geschwärmt. Seine beiden anderen Stiefbrüder, Vince und Angel, kannte sie nicht so gut, und sie hatte sie auch schon seit Jahren nicht gesehen.

Fred begann zu husten, und Zoë rettete Gabes Tacker aus seinem gierigen Maul. Ganz ehrlich, Fred fraß einfach alles. Als sie das letzte Mal ihre Schwester Jasmin besucht hatte, hatte sie ihn mit Katzenkot im Maul erwischt. Das Katzenstreu um seine Nase herum hatte ihn eindeutig verraten.

Sie seufzte. „Es ist möglich, dass das ein Racheakt ist. Vielleicht hatte ich einen winzig kleinen" – sie senkte ihre Stimme und legte ihren Zeigefinger und ihren Daumen aneinander, um ihm zu zeigen, wie winzig – „Flirt mit dem Vermieter, aber das ist vorbei." Sie hob ihr Kinn. „Und, PS, er ist ein schmieriges Arschloch."

Gabe hob eine Braue. „PS? Hatten wir eine Korrespondenz?"

„Korre- was?"

„Du hast eine merkwürdige Art, dich auszudrücken", sagte Gabe.

Zoë verengte ihre Augen. „Kannst du uns jetzt helfen oder nicht?"

Fred sprang von ihrem Schoß und lief zur Tür, kläffte wie wild. Vermutlich flog wieder ein Flugzeug über das Haus. Flugzeuge und Hubschrauber machten ihn verrückt.

Gabe schob eine Hand durch sein bereits struppiges, hellbraunes Haar. „Ich könnte mal mit deinem Vermieter reden."

„Das würdest du tun? Das wäre großartig." Sie strahlte ihn an. Er erwiderte ihren Blick ganz anwaltsmäßig und professionell. Seine dunkelblauen Augen verrieten nichts. Er musste ein sehr guter Pokerspieler sein. „Kannst du mit ihm wie ein Anwalt reden? Ihm vielleicht sogar mit Gefängnis drohen?"

Er verschränkte seine langen Finger vor sich, und ihre Gedanken wanderten zu dem, was diese Finger mit einer Frau anstellen konnten. Ihre Wangen wurden heiß. Sie hatte doch gerade erst eine impulsive, unvernünftige Beziehung hinter sich. Das Letzte, was sie jetzt gebrauchen konnte, war, sich in die nächste zu stürzen. Besonders mit ihrem Anwalt in seinem schicken, anwaltsmäßigen, weißen Hemd und der Stoffhose. In Gedanken öffnete sie die beiden oberen Knöpfe seines Hemdes und stellte sich goldene Haut darunter vor und einen weichen Flaum von Brusthaaren, vielleicht ganz nette Brustmuskeln –

„Ich werde als dein Anwalt mit ihm sprechen", sagte er. „Ich bezweifele allerdings, dass ich ihm mit Gefängnis drohen kann."

Gabe war ganz geschäftsmäßig. Ganz eindeutig wanderten seine Gedanken nicht in dieselbe schmutzige Richtung wie ihre. Sie konzentrierte sich wieder auf die vor ihr liegende Aufgabe – für Fred ihren Fall durchzusetzen. „John hat es verdient, so wie er mit unschuldigen, fluffigen Hunden umgeht."

Gabe schrieb sich die Telefonnummer aus dem Vertrag auf ein Post-it und gab ihr den Vertrag zurück. „Ich melde mich."

Sie stopfte den Vertrag zurück in ihre Handtasche. „Das war's?"

Er hob die Brauen. „Hattest du was anderes erwartet?"

„Wirst du mir jetzt eine Rechnung schreiben oder mir einen Vorschuss geben?"

Lächelnd schüttelte er den Kopf. Das ließ ihn jünger aussehen, dieses Lächeln, und weniger wie einen furchteinflößenden Anwalt. „Du würdest mir einen Vorschuss bezahlen, nicht andersherum."

„Oh. Wie viel?"

„Zoë", sagte er vorsichtig, „kannst du dir mit deinem Gehalt als Kellnerin wirklich einen Anwalt leisten?"

„Nicht wirklich", gestand sie. Eine Kellnerin mit Auftritten als Sängerin (für die sie das Honorar mit ihrer Band durch vier teilen musste) besaß nicht viel, wenn sie überhaupt etwas für einen regnerischen, Ich-brauche-einen-Anwalt-Tag zurückgelegt hatte.

„Das ist pro Bono." Er stand auf, hob Freds Spielzeug vom Fußboden auf und ging um den Tisch herum auf ihre Seite. „Geht aufs Haus, weil du so eine gute Kellnerin bist und immer dafür sorgst, dass meine Kaffeetasse voll ist."

„Danke. Wenn ich irgendwann einmal etwas für dich tun kann, extra Fritten oder sowas …"

Er lachte, ein tiefer, grollender Klang, als hätte er schon eine ganze Weile nicht mehr gelacht.

„Dein Spielzeug", sagte er und reichte es ihr. Warum hörte sich das jetzt schmutzig an? Sie nahm das Spielzeug, und seine langen Finger berührten ihre, hinterließen ein warmes Prickeln. Okay, sie neigte bei gutaussehenden Typen zu diesem Prickeln, aber sie war schließlich auch nur ein Mensch, oder? Natürlich war das nie gut für sie ausgegangen. Sie sollte sich wirklich nach einem netten, glattrasierten Junge-von-nebenan-Typen umsehen, wie ihr Schwager Will es war. Er behandelte ihre Schwester, Jasmin, wie eine Göttin.

„Ich habe gehört, du bist Sängerin." Er sah zu ihr hinab, und sie stellte fest, dass sie ihren Blick nicht von diesen dunkelblauen Augen, die jetzt wärmer wirkten, abwenden konnte. Seine Stimme wurde rau. „Lass mich wissen, wenn du irgendwo in der Gegend auftrittst."

Sie atmete seinen sauberen maskulinen Duft ein. Sie hatten einander noch nie gegenübergestanden. Für gewöhnlich saß er an einem Tisch und sie stand. Er war nicht übermäßig groß, vielleicht eins fünfundsiebzig, während sie eins dreiundsechzig klein war, doch irgendwie strahlte er Stärke aus, und etwas in ihr reagierte mit einer geheimen Erregung. Plötzlich fühlte sie sich schüchtern und unbehaglich, so gar nicht wie sie selbst. „Mit dem Kellnern kann ich gerade mal die Rechnungen bezahlen."

„Dachte ich mir. Ich würde dich gerne mal singen hören."

„Am Valentinstag habe ich einen Auftritt!", quietschte sie. Sie versuchte, ihre peinlich nervöse Stimme zu überspielen, indem sie Fred nahm und ihn in seinen Buggy setzte. „Beim Tanz in Jorge Chavez' Tanzstudio", sagte sie über die Schulter, „wenn du es dir wirklich mal anhören willst."

Er hob einen Mundwinkel zu einem kleinen Lächeln. „Eigentlich wollte ich sowieso dorthin. Ich helfe Shane beim Catering."

Sie gab Fred sein Spielzeug und richtete sich auf. „Großartig! Dann sehe ich dich da." Sie eilte zur Tür.

„Kann ich dich was fragen?"

Mit klopfendem Herzen drehte sie sich um. Würde er sie um eine Verabredung bitten? Sie war hin- und hergerissen zwischen ihren Hormonen und dem gesunden Menschenverstand und hatte keine Ahnung, welche Antwort aus ihrem Mund kommen würde.

„Sicher!", quietschte sie. Sie versuchte, den Reißverschluss an ihrer langen Jacke zu schließen, und fummelte am Ende nur damit rum, schloss und öffnete den Reißverschluss wieder und wieder, da er sich im Stoff verfing. Sie lächelte verkniffen und ließ den Reißverschluss los. Sie war sowieso überhitzt. Eine kühle Winterbrise würde sich jetzt wahrscheinlich gut anfühlen.

„Warum setzt du deinen Hund in einen Buggy?", fragte er.

Sie versteifte sich. „Das gefällt ihm." Fred blickte heraus, ein glückliches Hechellächeln auf seinem Gesicht.

„Das sehe ich", erwiderte er. „Aber gehen Hunde nicht eigentlich gerne spazieren?"

„In einem Buggy kann ich mit ihm in Geschäfte und Büros wie deines gehen, ohne dass sich jemand beschwert. Das kann ich nicht, wenn er einfach nur mitläuft."

Er neigte den Kopf. „Da hast du Recht."

Sie verzog ihre Lippen zu einem Schmollmund. „Du hältst mich für merkwürdig."

„Ich halte dich für sehr interessant", sagte er mit einem Anflug von Schalk in seinen Augen. Oh ja, er hielt sie tatsächlich für merkwürdig, doch dann schenkte er ihr ein warmes Lächeln, und da stellte sie fest, dass es ihr gar nicht so viel ausmachte, merkwürdig zu sein.

Sein Handy meldete sich, und er blickte auf seine Tasche hinab, wirkte überrascht, es zu hören.

„Dann lasse ich dich mal weiterarbeiten", sagte sie. „Danke noch mal, Gabe."

„War mir ein Vergnügen", erwiderte er, und so, wie er „Vergnügen" sagte, blieb sie abrupt stehen, da Hitze sie durchströmte.

Sie sah ihm in die Augen, bemerkte seinen erhitzten Blick und wusste, dass er es genauso gemeint hatte, wie sie es empfunden hatte. Fred bellte, um sie anzutreiben, und sie segelte zur Tür hinaus und fragte sich, was zum Teufel es mit Gabes Geschichte auf sich hatte. Und, PS, wenn ihr wegen eines einzigen Wortes schon heiß wurde, steckte sie in Schwierigkeiten.

2

Zoë hatte mit ihrer Jazzband, Sizzling Coda, in allen möglichen Clubs in New York City gespielt, doch das war nichts im Vergleich dazu, wie es sich anfühlte, vor Publikum in ihrer Heimatstadt zu spielen. Sie konnte die Liebe im Raum spüren beim Clover Park Valentinstagstanz, während sie „Soul Riff" sang. Jordan Banks an der Trompete formte mit dem Mund „nur du" und zwinkerte ihr zu, dann begleitete er sie bei einem zum Spaß improvisierten Teil des Songs, bei dem sie gerne in ihrem *ba-da-da-ba*-Riff harmonische Akkorde aneinanderreihte. Wade Peterson am Klavier und Alex Higgins am Schlagzeug hielten mit ihr mit.

Der improvisierte Teil endete, und sie ging wieder zum Text über und kam an den Rand der Bühne, um in der Nähe der begeisterten kleinen Mädchen, Alice und Mary, den beiden zweijährigen Zwillingen von Liz und Ryan O'Hare, zu singen. Die Mädchen hüpften und drehten sich abwechselnd in ihren rosa Festtagskleidchen, während ihre Eltern und andere Paare in der Nähe tanzten. Der Valentinstagstanz war mit jedem Jahr beliebter geworden. Das war jetzt das dritte Mal, dass sie hier auftrat. Er lockte nicht nur Singles an, die am Valentinstag nach dem besonderen Jemand Ausschau hielten, es kamen auch viele Paare, um die Livemusik zu genießen, das Tanzen und das Catering von Shane O'Hare, einem herausragenden Koch.

Das Lied endete, und sie trank einen Schluck aus ihrer Wasserflasche, während sie sich im Raum nach Gabe umsah. Sie bemerkte, dass er Shane dabei half, das warme Buffet hinten im Raum aufzubauen. Shanes Frau, Rachel, stand in der Nähe. Sie war schwanger und hielt ein kleines Kind auf ihrer Hüfte, während ihre andere Tochter an ihrem Bein hing. Gabe blickte plötzlich auf. Er schien ihren Blick gespürt zu haben, und sie wedelte mit ihren Fingern in seine Richtung. Er lächelte, hob eine Hand und machte sich wieder an die Arbeit. Es war ihm nicht leichtgefallen, ihren Vermieter, John, zu erwischen, was sie nicht weiter überraschte, doch sie hoffte, dass sich bald etwas ergeben würde. Sie war John am Morgen begegnet, und er hatte nur gezischt: „Halt mir deinen Anwalt vom Hals." Da er sie immer noch Ende des Monats rauswerfen wollte, würde sie ihm den Gefallen jedoch nicht tun.

Ihr Bandkollege Jordan tauchte vor ihr auf, viel zu nah für ihren Geschmack. Doch das war sie gewohnt. Er sagte immer, dass er nur so ihre Aufmerksamkeit bekam, wenn ihre Gedanken abschweiften. „Lass uns einen Swing machen, Zoë-bean", sagte er und zog spielerisch an ihren Haaren. „Ich glaube, das Publikum hier kann damit umgehen."

„Kannst du das denn auch?", schoss sie grinsend zurück.

„Warte nur ab, freche Göre", sagte Jordan mit diesem langsamen Lächeln, das die Frauen in Scharen zu ihm trieb. Sie war einmal eine von ihnen gewesen, vor vielen Jahren, doch sie waren sich einig gewesen, dass es besser war, wenn sie nur befreundet waren. Das war jedoch vollkommen in Ordnung, da Jordan seine Liebe gerne auf so viele Frauen wie möglich verteilte.

Jordan drehte sich zur Band um, rief ihnen den Song zu und zählte leise eins, zwei, drei mit hochgehaltenen Fingern ab, damit sie gleichzeitig anfingen. Die Menge reagierte begeistert auf Jordans helle und lebensfrohe Trompetenklänge. Die älteren Paare kamen auf die Tanzfläche, um einen Swing zu tanzen, und auch Maggie O'Hare, die in ihren Siebzigern war und immer noch kräftig mitmachte, kam mit ihrem viel jüngeren Ehemann, dem Inhaber der Tanzschule, auf die Tanzfläche. Sie musste unweigerlich lächeln, während sie sang. Einige ihrer Lieder waren Coverversionen berühmter Jazzbands, aber dieses Lied, „Swing Me Up, Baby", und viele andere in ihrem Repertoire hatte sie selbst geschrieben.

Als sie ihre erste Pause machten, besprach sie wie üblich mit ihrer Band, wie es gelaufen war und wie sie es vielleicht noch verbessern konnten. Jordan wollte von Alex bei einem Lied mehr Schlagzeug, doch ansonsten lief alles glatt. Sie machten eine Pause und gingen getrennte Wege, um sich unters Volk zu mischen, zu essen oder, wie in Alex' Fall, nach draußen zu gehen und zu rauchen.

Sie ging zum Buffet, um sich schnell einen Snack zu holen und die Gelegenheit zu nutzen, mit Gabe zu reden. Er trug eine rote Schürze, auf der mit weißen Buchstaben Something's Brewing Café eingestickt war. Shane und Rachel standen mit identischen Schürzen in der Nähe und servierten das Essen.

„Hi, Leute!", sagte Zoë. „Wo sind die Kleinen?"

„Toben sich auf der Tanzfläche aus", sagte Rachel und deutete auf Hannah und Abby, die in fröhlichen Kreisen um ihren Onkel Trav herum rannten, der so tat, als suchte er sie, während sie immer davonrannten. „Wir hoffen, dass sie bald ins Bett fallen."

„Gabe hat alles im Griff, und die Mädchen sind beschäftigt", sagte Shane zu Rachel. „Warum setzt du dich nicht ein bisschen hin?"

„Mir geht's gut", sagte Rachel und schaufelte die nächste Portion Ziti auf einen Teller.

Shane kniff die Augen zusammen. „Setz dich, Liebling, bevor ich dir zeigen muss, wer hier der Boss ist."

Rachels Kopf schoss in die Höhe. „Du willst dich doch nicht wirklich mit meinem Bauch anlegen oder?" Gabe schmunzelte.

„Schon gut", sagte Shane, legte seine Arme von hinten um sie und drückte seine Lippen an ihren Hals.

Rachel schloss für einen Moment die Augen. „Okay, wenn du mich so nett bittest." Als sie beiseite trat, war ihre Schürze bereits lose und geöffnet, vermutlich dank Shane. „Du bist raffiniert", sagte sie und drückte ihm die Schürze in die Hand. „Ruf mich, wenn du mich brauchst."

„Werde ich nicht", murmelte Shane und warf ihre Schürze auf einen Stuhl in der Nähe.

„Ich meine es so!", rief Rachel.

Gabe tauchte an Zoës Seite auf. „Dein Vermieter geht nicht ran, wenn ich anrufe. Ich denke, ich werde morgen persönlich bei ihm vorbeifahren."

„Morgen ist Samstag", sagte sie. „Arbeitest du denn auch am Wochenende?"

Er zuckte die Schultern. „Ich will nur, dass du beruhigt bist."

„Danke", sagte sie, gerührt, dass ihm so viel daran lag, sich ihrer Sache anzunehmen, obwohl sie ihn ja nicht einmal bezahlte. Sie deutete auf das Huhn in Zitronensauce und bat Shane um eine Portion. „John ist für gewöhnlich samstagmorgens zu Hause, weil er freitagabends immer lange ausgeht."

„Perfekt", sagte Gabe.

„Möchtest du mir Gesellschaft leisten?", fragte Zoë und deutete auf die Stühle, wo sie sich zum Essen hinsetzen wollte.

„Kann nicht", sagte Gabe. „Ich habe versprochen, hier auszuhelfen."

Sie versuchte, ihre Enttäuschung mit einem kurzen Nicken zu überspielen. Was hatte sie auch erwartet? Sie arbeiteten schließlich beide heute Abend. Außerdem war sie seine Mandantin. Zumindest so was in der Art. Was auch immer.

„Kein Problem", sagte sie fröhlich. „Bis dann." Sie drehte sich um und ging zu den Stühlen.

„Du klingst übrigens großartig!", rief Gabe. „Ich bin beeindruckt."

Sie drehte sich lächelnd um. „Danke!" Beschwingten Schrittes ging sie zu den Stühlen und setzte sich.

Zoë aß und sah zu, wie einige ihrer Freundinnen tanzten. Jemand hatte langsame Jazzmusik aufgelegt, während die Band eine Pause machte. Sie kannte so ziemlich jeden auf dieser Veranstaltung, da sie in Clover Park aufgewachsen war. Viele Leute waren in der Stadt geblieben oder zurückgekommen, um Familien zu gründen. Das war ganz nett so, und nach New York war es nur eine Zugfahrt, wenn man etwas Aufregenderes suchte als die Main Street mit ihren niedlichen Geschäften. Sie liebte diesen kleinen Ort, auch wenn sie sich danach sehnte, sich in der Musikwelt einen Namen zu machen.

Sie aß ihr Hühnchen auf, warf den Pappteller weg und wollte gerade schon zu ihrer Freundin Daisy O'Hare gehen, als Gabe an ihrer Seite auftauchte. Ohne Schürze. Er trug ein braunes Hemd, die beiden obersten Knöpfe waren geöffnet, und sie erhaschte einen Blick auf seine goldene Haut, genau, wie sie es sich vorgestellt hatte. Jede Zelle ihres Körpers nahm Habachtstellung ein und sagte *Ja, bitte*.

„Würdest du gerne tanzen?", fragte er.

Sie lächelte zu ihm auf und wollte sagen, dass sie das gerne tun würde, doch was herauskam, war: „Ich dachte, du müsstest arbeiten."

„Shane hat mir eine Viertelstunde Pause genehmigt. Steht in der Arbeitsplatzbeschreibung." Seine Lippen zuckten.

„Hast du ihm mit einer Klage gedroht, um mit mir zu tanzen?"

„Würdest du Ja sagen, wenn ich das getan hätte?"

„Nein!"

Er nahm ihre Hand, sein Griff war warm und selbstbewusst. „Hab ich nicht. Komm."

Sie folgte ihm auf die Tanzfläche, ihre kleinere Hand in seiner, während sowohl Aufregung als auch etwas anderes, ein merkwürdiges Gefühl, sie durchströmten. Sie blieb vor ihm stehen. Er blickte zu ihr hinab, legte einen Arm um ihre Taille und übernahm für einen Walzer die Führung. Und dann, beim ersten Schritt, wusste sie es. Sicher. Sie fühlte sich sicher. Ein Gefühl, das sie noch bei niemandem außerhalb ihrer Familie empfunden hatte. Die Gerüchte über ihn konnten unmöglich stimmen, wenn sie sich instinktiv sicher fühlte, oder? Es sei denn, ihre Gefühle waren von überschäumender Lust getrübt. Es wäre nicht das erste Mal, dass die Lust für einen Kurzschluss in ihrem Gehirn sorgte.

Sie sah ihm in die dunkelblauen Augen. Er erwiderte den Blick mit einem solchen Lodern, dass ihre Kehle trocken wurde. Sie hatte sich nie so merkwürdig gefühlt, so seltsam schwindlig, taumelig und doch geerdet. Als stünde sie in einem Gewitter mit einem schützenden Schild um sich. Sie wurde unruhig. Was war das hier? Ein Science-Fiction-Film?

„Du siehst hübsch aus in diesem Kleid", sagte er. „Also, du siehst natürlich immer schön aus, aber dieses Kleid ist wirklich hübsch." Es war eines der üblichen Outfits, die sie bei ihren Auftritten trug, ein schlichtes, figurbetontes Kleid mit einem süßen, ausgestellten Rock in Rot zum Valentinstag, dazu rote Pumps.

„Danke", sagte sie und spürte, wie sie langsam von diesem merkwürdigen elektrisch geladenen Zustand herunterkam. Gabe benutzte die typischen Sprüche, die Typen nun mal sagten, wenn sie eine Frau abschleppen wollten. „Du siehst auch gut aus", ergänzte sie.

Er lächelte. „Dann bin ich ja froh, dass wir festgestellt haben, dass wir beide gut aussehen. Was machst du später?"

„Darf ich übernehmen?", fragte Jordan. Sein Blick lag auf Zoë.

„Nein, dürfen Sie nicht", sagte Gabe und manövrierte Zoë von Jordan fort.

„Belästigt er dich?", rief Jordan.

Zoës Wangen wurden heiß. Sie schüttelte den Kopf. „Alles gut."

Gabe wirbelte sie herum und weg, weiter von Jordan weg, bis nur sie beide in einer ruhigen Ecke tanzten. „Ehemaliger Lover?", fragte er.

Sie antwortete nicht gleich. Die Sache mit Jordan war kompliziert. Das war schon immer so gewesen.

„Zoë?", hakte Gabe nach. Er wollte die Antwort hören, doch er konnte sich kaum auf die Worte konzentrieren, denn jetzt, da sie in seinen Armen war, traf ihn die Lust wie eine Dampframme, so intensiv, dass ihm schwindlig wurde. Sein Puls pochte, seine Hose war unangenehm eng, und er konnte sich kaum auf die Unterhaltung konzentrieren. In den letzten Jahren, seitdem seine Verlobte, Alyssa, ums Leben gekommen war, war er wie in einer Totenstarre gewesen und hatte das Gefühl gehabt, in ein dunkles Loch gefallen zu sein.

„Ich bin mit Jordan aufgewachsen", sagte sie schließlich. „Er passt auf mich auf."

Ihm fiel auf, dass sie geschickt der eigentlichen Frage ausgewichen war. Zwischen Jordan und Zoë gab es sicherlich etwas, das noch nicht beendet war, doch es war Gabe, der mit ihr tanzte, und er würde seine Viertelstunde nicht damit verschwenden, sich Gedanken über ihren Ex zu machen. Er zog sie ein Stück näher, spürte ihre Hitze durch das Kleid und atmete ihren Erdbeerduft ein. Ein urtümliches Verlangen, sie zu nehmen, durchfuhr ihn. Er breitete seine Finger auf ihrem Rücken aus, um mehr von ihr zu berühren.

„Gabe?" Sie starrte ihn mit gehobenen Brauen an und schien auf eine Antwort zu warten.

„Was?", fragte er und zwang sich, sich zu konzentrieren.

„Ich habe gesagt, dass du wirklich gut tanzen kannst", sagte sie. „Dein Walzer ist sehr gut."

„Danke!"

„Hattest du Unterricht?"

„Jupp. Ich und alle meine Brüder auch."

„Willst du damit sagen, dass ein Haufen Jungs einen Tanzkurs besucht hat?"

Er wirbelte sie herum und holte sie wieder zurück. Ihr Lächeln war ansteckend, offen und strahlend. „Jupp", sagte er grinsend.

„Erzähl mir, wie das gekommen ist. Du, Luke und Jared, ihr habt gefragt, ob ihr Tanzunterricht bekommen könnt?"

„Und meine drei Stiefbrüder."

„Sechs Jungs, die Tanzunterricht genommen haben!", rief sie.

„Jupp. Wir waren wie die *Bradys* auf Testosteron."

Ihre Brauen schossen in die Höhe. „Wer?"

„Wie alt bist du?"

„Wie alt bist du denn?", erwiderte sie grinsend.

Vermutlich zu alt für sie. Sie sah so jung und frisch aus. „Älter als du", sagte er und fühlte sich uralt. „Kennst du wirklich nicht die Serie *Drei Mädchen und drei Jungen*? Die wird doch ständig wiederholt."

„Meine Eltern haben uns nicht oft erlaubt, fernzusehen. Aber erzähl mir einfach von den sechs tanzenden Jungen."

Ein Lächeln umspielte seine Lippen. „Meine Mom hat darauf bestanden, dass mein Stiefvater, Vinny, vor ihrer Hochzeit Tanzstunden nimmt. Dann hat sie uns Jungs auch mitgeschickt, damit wir einander näherkommen."

Zoë lachte. „Sie wollte, dass ihr euch so näherkommt? Das kann ich mir so richtig vorstellen. Besonders Jared."

Er schmunzelte. Jared war mehr durch den Raum gelaufen, als dass er getanzt hatte. „Es war furchtbar. Aber Vinny was so sehr in sie verliebt, dass er einfach mitgemacht hat. Natürlich habe ich das damals nicht verstanden. Ich dachte einfach nur, dass er unter ihrer Fuchtel stand."

„Wie alt warst du?"

„Vierzehn." Jetzt war er verdammt dankbar für diese sechs Wochen unfreiwilligen Tanzunterricht, denn Frauen liebten Männer, die keine Angst davor hatten, auf die Tanzfläche zu gehen.

Wieder wirbelte er sie herum und zog sie an sich, als sie in seine Arme zurücktanzte. Sie löste sich nicht von ihm. Es fühlte sich einfach unglaublich an, wie ihre weichen Kurven sich an ihn schmiegten. Und sie duftete so gut, zum Anbeißen. Oder zum Lecken.

Sie sah ihn mit großen Augen an. „Du warst vierzehn und hast keinen Aufstand gemacht, weil du einen Tanzkurs machen musstest?"

Er zwang sich, sich wieder auf die Unterhaltung zu konzentrieren. „Naja, ich bin der älteste, und Vinny hat mir zehn Dollar pro Stunde angeboten, damit ich meinen Brüdern ein gutes Vorbild bin."

„Zehn Dollar ist ziemlich gut."

„Ich habe zwanzig ausgehandelt." Er grinste. „Bin ganz gut dabei weggekommen."

„Allerdings."

„Ich tanze gerne mit dir." Sein Blick fiel auf ihre kirschroten Lippen, die so voll und süß waren. In diesem Moment wollte er sie verzweifelt küssen, scheiß auf das Tanzen.

„Ich – ah!" Sie stolperte gegen seine Brust, als ein kleines Mädchen sich von hinten um ihr Bein klammerte.

„Zoë! Zoë! Rette mich vor dem Monster!"

Zoë löste sich lachend von ihm. Gabe senkte den Blick, und seine Kehle verengte sich. Es war eins von Rys Zwillingen. Gabe war selbst ein Zwilling gewesen, obwohl er versuchte, nicht darüber nachzudenken. Ry kam zu ihnen und hob das kleine Mädchen hoch, klemmte es unter den Arm, als wäre es ein Football, und ging ohne ein Wort.

Gabe zog Zoë wieder in seine Arme, doch diesmal scherte er sich nicht um die korrekte Walzerhaltung, sondern legte einfach seine Arme um ihre Taille und zog sie an sich. „So wirst du nicht wieder umfallen, wenn du vom anderen Zwilling attackiert wirst", sagte er als Erklärung.

Zoë lachte und legte ihre Arme um seinen Hals. „Ich glaube, wir sind in Sicherheit. Und, PS, ich bin eine große drei-null."

Er lächelte. „Ich bin eine noch größere drei-fünf. Du siehst übrigens viel jünger aus."

„Ohhh, danke. Ich wette, das sagst du allen Mädchen. Ihr Anwaltstypen seid ja so geschmeidig."

Lächelnd schüttelte er den Kopf. Und dann waren die Worte

draußen, bevor er noch einmal darüber nachdenken konnte. „Ich hatte dich fragen wollen ..." Er sprach nicht weiter, als Zoë sich umdrehte, um mit einem Typen zu reden, der ihr gerade auf die Schulter getippt hatte.

„Es geht weiter", sagte der Mann. Gabe war sich fast sicher, dass das der Schlagzeuger war.

„Bin gleich da", sagte Zoë. Sie drehte sich wieder um und lächelte Gabe entschuldigend an. „Ich muss wieder. Tut mir leid. Was wolltest du mich gerade fragen?"

„Zoë!", rief Jordan.

„Das kann warten", sagte Gabe.

„Sicher?" Sie drehte sich um und hob einen Finger in Richtung ihrer Bandkollegen, dann drehte sie sich wieder zu ihm zurück. „Okay, danke für den Tanz."

Er ließ sie los. „War mir ein Vergnügen."

Sie musterte ihn einen Moment, ihr Gesichtsausdruck zugleich neugierig und, ja, definitiv interessiert.

„Was?", fragte er scheinbar unschuldig.

Sie wurde rot. „Nichts."

Er wusste was. Er wollte schmutzige, schmutzige Dinge mit ihr tun und tastete sich nur vor.

„Du schuldest mir einen Tanz", sagte er, „da wir unterbrochen wurden. Komm nach deinem Auftritt zu mir."

„Danach gibt es aber keine Musik mehr", sagte sie im Rückwärtsgehen.

„Ich brauche auch keine Musik."

Sie neigte ihren Kopf zur Seite, öffnete den Mund und schloss ihn wieder. „Ich muss los."

„Ich werde warten!", sagte er.

Sie nickte kurz und ging zurück ans andere Ende des Raums, wo die Band sich aufstellte. Er bemerkte, wie Jordan sie gereizt ansah. Zoë reagierte mit einem Lächeln, ihre Hand an seinem Arm, und sagte etwas, auf das er widerwillig lächelte. Was war das zwischen ihnen?

Gabe machte sich wieder daran, Shane zu helfen, während er Zoë und Jordan im Auge behielt. Der Mann starrte ihr regelmäßig auf den Po, sobald Zoë auf der Bühne nach vorne ging, und zwischen den Liedern scherzte er mit ihr. Genau genommen verließ sein Blick sie fast nie. Dennoch, Zoë hatte beim Tanzen interessiert gewirkt, oder zumindest neugierig auf Gabe. Scheiß drauf. Er würde sie, sobald sie mit dem Auftritt fertig war, um eine Verabredung bitten, Todesfluch hin oder her. Er würde ihr nicht zu nahe kommen. Er wollte nur ein bisschen Zeit mit ihr verbringen. Nackt.

Die nächste Stunde über hörte und beobachtete er Zoë. Wenn sie sang, hatte sie etwas an sich, das anders war, beinahe göttlich, obwohl das so kitschig klang. Manchmal, wenn ihre Stimme sich zum Refrain erhob, bekam er tatsächlich eine Gänsehaut. Diese Stimme war elektrisierend. Ihr Talent war hier in dieser amerikanischen Kleinstadt vergeudet. Sie gehörte in das Rampenlicht der Bühnen dieser Welt, oder zumindest brauchte sie ihr eigenes Album. Warum hatte sie keinen Plattenvertrag? Bis er vor vier Jahren zurück in die Stadt gezogen war, hatte er nichts von ihrer Gesangskarriere gehört. Er hatte sie nicht oft gesehen, da sie für verschiedene Jobs immer mal wieder in den Ort kam und dann auch wieder verschwand, doch im letzten Monat hatte sie viele Stunden als Kellnerin im Garner's verbracht, und er hatte endlich Gelegenheit gehabt, mit ihr zu reden, wenn sie ihm sein Mittagessen brachte.

Die Veranstaltung endete, und er half Shane dabei, einzupacken und die Rechauds wieder in den Van zu laden, wobei er versuchte, ein Auge auf die Band zu werfen, die ebenfalls zusammenpackte. Er hoffte, er würde seine Gelegenheit, sich mit Zoë zu treffen, nicht verpassen. Shane bat ihn darum, ihm auch bei den Klapptischen und Stühlen zu helfen, wofür sie mehrmals zu einem Lagerraum gehen mussten. Er war gerade für die letzten Stühle zurückgekehrt, als er sah, wie Zoë mit Jordan davonging, der seinen Arm um ihre Schultern gelegt hatte. Gabe kehrte noch einmal zum Lagerraum hinten auf dem Parkplatz zurück. Er wollte gerade schon ihren Namen rufen, als Jordan an einer auffällig gelben Corvette stehen blieb, die Beifahrertür öffnete und ihr mit einer Hand an ihrer Schulter hineinhalf. Der Mann konnte seine Hände einfach nicht von ihr lassen, und Zoë wich ihm auch nicht aus. Dann fuhren sie davon.

Sie hatte ihn vergessen.

Gereizt knallte er die Tür des Lagerraums zu.

3

Gabe fuhr am Samstagmorgen mit der Absicht zu Zoës Apartment, die Sache mit ihrem Vermieter zu regeln. Ob Zoë nun an ihm interessiert war oder nicht, sie war mit einem ernsten Problem zu ihm gekommen, und er wollte ihr, so gut er nur konnte, helfen. Das war es, was es bedeutete, Anwalt in Clover Park zu sein, es stand in der Arbeitsplatzbeschreibung – Probleme lösen. Das Haus war nichts Besonderes – ein etwas heruntergekommenes viktorianisches Haus, das in ein Mietshaus mit Apartments umgebaut worden war, dahinter, wo einmal der Garten gewesen war, ein gekiester Parkplatz für die Mieter. Er ging zur Haustür und klingelte mehrmals an der Wohnung des Vermieters.

Eine Weile später wurde die Tür von John, einem Mann in den Dreißigern, geöffnet, der in Homer Simpson Boxershorts vor ihm stand, und sah entsetzlich verkatert aus. Der Typ fuhr sich mit der Hand durch sein ungekämmtes, blondes Haar. „Was zum Teufel wollen Sie? Keine Anwälte, Mann."

Gabe hätte eine Menge Geld darauf verwettet, dass dieser Typ das Haus geerbt hatte. Er sah nicht wirklich wie jemand aus, der in Immobilien investierte.

„John, ich bin Zoë Davis' Anwalt", sagte Gabe und reichte ihm seine Karte. „Sie würde die Wohnung gerne die letzten beiden Monate ihrer vertraglichen Mietdauer behalten, bevor sie sich dann nach etwas Neuem umsieht. Sie sagte, bis vor Kurzem hatten Sie kein Problem mit dem Hund."

John grinste. „Schläfst du nicht mehr mit deinem Vermieter, schläfst du auch nicht mehr mit deinem Hund unter meinem Dach."

Gabe schob seine Hände in die Hosentaschen, um zu vermeiden, dem Typen an die Gurgel zu gehen. „Sie wird nicht Ihren Hund weggeben, nur weil Sie es gerne so hätten. Sie hat ihn schon seit acht Monaten, und Sie hatten bisher auch kein Problem mit ihm. Sie werden schon einen Gerichtsbeschluss benötigen, um sie rauszuschmeißen, oder wir können Sie vor Gericht ziehen, dann müssen Sie allerdings meine Anwaltsgebühren zahlen." Das stimmte nicht ganz, da Zoë tatsächlich den Vertrag gebrochen hatte, weil sie einen Hund besaß, der mehr als zwölf Kilo wog, doch dieser Typ erschien ungefähr so hell zu sein wie die Cartoongestalt auf seinen Boxershorts.

„Wie auch immer." John wollte die Tür zuschlagen, doch Gabe schob seinen Fuß hinein.

„Dann lassen Sie sie wenigstens aus dem Vertrag, damit sie Ihnen nicht auch noch zwei Monate Miete zahlen muss."

„Können Sie knicken. Sie hat unterschrieben. Ich bekomme die letzten zwei Monate, ob sie nun da ist oder nicht." Er grinste. „Und im Vertrag steht, keine Hunde über zwölf Kilo."

Gabe starrte ihn an. John starrte unverwandt zurück. Er konnte es nicht fassen, dass Zoë mit diesem Idioten geschlafen hatte. Frauen ließen sich gern von Muskeln und Tätowierungen blenden.

„Weswegen glauben Sie, dass der Hund mehr als zwölf Kilo wiegt?", fragte Gabe.

„Weil ich den Köter gewogen habe."

„Wann haben Sie ihn gewogen?"

„Als Zoë in der Dusche war."

Gabe knirschte mit den Zähnen. Die Vorstellung von Zoë mit diesem Arschloch gefiel ihm gar nicht. „Sie haben keinen Beweis."

John schnaubte. „Ich habe ein Foto auf meinem Handy."

„Zeigen Sie es mir."

John verdrehte die Augen, ging in seine Wohnung und kam ein paar Minuten später zurück und hielt Gabe das Foto auf seinem Handy unter die Nase. Da saß Fred auf der Waage. Das Foto hatte er über die Schulter des Hundes aufgenommen, doch man sah, dass es Fred war mit seinem auffälligen grauschwarzen

Fell. Die große digitale Anzeige zeigte eindeutig zwanzig. Verdammt.

Gabe legte einen anderen Gang ein. „Wie viel Miete muss sie für zwei Monate bezahlen?"

John verschränkte die Arme. „Zwei Riesen."

Gabe hatte gedacht, der Typ könnte vielleicht versuchen, ihn anzulügen, doch zweitausend Dollar war die korrekte Summe für zwei Monate Miete. Mehr als fair. „Ich werde Ihnen einen Scheck schreiben. Aber dann verlangen Sie nichts mehr von ihr. Das war's, und sie bekommt ihre Kaution zurück. Abgemacht?"

„Wer sind Sie?", schnaubte John herablassend. „Ihr Sugar Daddy?"

Er hob einen Finger. „Sie bekommen den Scheck nur, wenn Sie kein Wort darüber verlieren. Ich kümmere mich um den Rest."

John zuckte die Schultern. „Wie Sie meinen."

„Sie bekommen den Scheck am Montag. Ende des Monats ist sie raus."

„Eine Woche." John drehte sich um und ging zurück in sein Apartment.

Gabe konnte kaum dem Drang widerstehen, ihm eins überzubraten. Dieses Arschloch stellte Zoës Leben auf den Kopf, und er klang ungefähr so emotional involviert, als bestellte er sich eine Pizza. Er ging, bevor sein Zorn ihn überwältigen konnte. Problem gelöst. Zoë schuldete diesem Typen nichts. Sie brauchte nur noch vorübergehend eine Bleibe, bis sie eine neue Wohnung fand. Er hatte eine Idee, wo sie unterkommen konnte, falls es für sie akzeptabel war. Er würde sie später im Garner's fragen, wo er für gewöhnlich samstags zu Mittag aß. Zumindest hatte er das, seitdem er festgestellt hatte, dass Zoë die Samstagsschicht arbeitete.

Ein paar Stunden später saß er an einem Tisch für zwei, las die Speisekarte, überlegte sich, ob er etwas anderes bestellen sollte, und entschied sich schließlich, bei seinem Lieblingsessen zu bleiben. Wenn er erst einmal etwas mochte, mochte er es für immer. Schokoladeneis für den Rest seines Lebens? Ja, bitte. Die anderen dreißig Geschmacksrichtungen konnten ihm gestohlen bleiben.

Zoë kam, und die Lust erwachte pochend in ihm. Er fühlte sich lebendig und war sich ihrer mehr als bewusst. Sie war so schön, selbst in ihrer Kellnerinnenuniform aus weißer Bluse und einer schwarzen Hose. Die Bluse war gerade weit genug geöffnet, dass man ihr Schlüsselbein und ihre glatte Haut sehen konnte. Die Hose umschmeichelte ihre Kurven. Er hatte immer unauffällig ihre Rückansicht betrachtet, wenn sie sich im Restaurant bewegte. Jedes Mal, wenn er sie im Garner's sah, wuchs seine Lust. Und jetzt, nachdem er sie in seinen Armen gehalten und Gelegenheit gehabt hatte, sie an sich zu ziehen, war es um ihn geschehen. Anders konnte man es nicht ausdrücken. Das war überraschend, nachdem er so lange jedem Techtelmechtel aus dem Weg gegangen war. *Cool bleiben.*

Sie stellte ihm sein übliches Mineralwasser hin. „Wie geht's, Fremder? BLT-Sandwich?"

„Jupp, wie immer. Hey, sag mir Bescheid, wenn du Pause machst. Ich würde gerne mit dir über deinen Vermieter reden."

„Hast du ihn endlich erwischt?", fragte sie.

„Ja, ist aber eine lange Geschichte." Er brauchte Zeit, um seine Idee ins bestmögliche Überredungslicht zu rücken.

„In einer halben Stunde habe ich fünfzehn Minuten Pause."

„Ich werde auf dich warten."

„Perfekt!" Sie eilte davon, um den nächsten Kunden zu bedienen. Er beobachtete sie – wie sie ihren Kopf neigte, ihr strahlendes Lächeln, wie sie mit den Kunden scherzte. Es war, als hätte die Welt sie nie berührt, sie niemals zermürbt. Eine schöne Sache. Zweifel erwachten in ihm. Sollte er es ihr wirklich anbieten? Wäre es wirklich das Beste für sie? Die Lust rang mit seinem Verstand, weswegen es ihm schwerfiel, logisch zu denken. Er konnte seinen Blick nicht von ihr abwenden, darum gewann die Lust diese Runde.

Eine halbe Stunde später ließ sie sich auf den Stuhl ihm gegenüber fallen. „Also, was für Neuigkeiten hast du für mich? Ich hoffe Gute?"

„Gute Nachrichten", lächelte er. „Ich habe dich aus dem Vertrag raus bekommen, und du schuldest ihm nichts mehr."

„Was für eine Erleichterung! Jetzt kann ich mich nach einer neuen Wohnung umsehen."

„Das ist die andere Sache, über die ich mit dir reden wollte." Er zögerte, weil ihn unwillkommene moralische Bedenken zurückhielten. War das so für sie am besten oder für ihn?

„Gabe? Was?", fragte sie.

Zum Teufel damit. Er konnte doch wohl unbeschadet ein oder zwei Runden Lust genießen, oder? Es war so lange her, und er fühlte sich lebendig, wenn er in ihrer Nähe war, so, wie er es seit Jahren nicht empfunden hatte. „Ich habe über der Garage ein Studioapartment, das leersteht. Wenn du es möchtest, gehört es dir."

„Wie viel?"

„Unentgeltlich."

„Gabe."

„Was?"

Sie schüttelte den Kopf. „Das kannst du nicht tun. Natürlich werde ich Miete zahlen. Im Ernst, wie viel?"

Er zuckte die Schultern. „Ich brauche das Geld nicht. Das Haus ist abbezahlt."

Sie starrte ihn an. „Ich werde dir die Miete zahlen, die ich auch für die andere Wohnung gezahlt habe."

„Sieh sie dir doch erst einmal an", bot er ihr mit seiner besten Personifikation eines Mannes an, der gar nicht von seinen niederen Gelüsten getrieben wurde. Er wollte sie ja nicht vergraulen. „Ist ja auch nur eine vorübergehende Lösung. Und für Fred gibt es einen eingezäunten Garten."

„Wirklich?" Ihr Gesicht erhellte sich. „Fred hatte noch nie einen Garten."

Danke, Dad, dass du so ein unsozialer Mensch gewesen bist, der einen zwei Meter hohen Zaun um den Garten gezogen hat, damit die Nachbarn nicht hineinschauen konnten.

„Du und Fred, ihr könnt ja mal vorbeischauen", schlug er vor. „Es euch ansehen."

„Oh, das werden wir." Sie stand auf. „Ist morgen früh um zehn okay?"

„Klingt gut. Einen Moment nur." Er zog eine Visitenkarte aus der Tasche, schrieb die Adresse und seine Handynummer darauf und reichte sie ihr.

Sie nahm die Karte und kaute beim Lesen auf ihrer Unterlippe herum, was einen elektrischen Schlag in seine Schamgegend jagte, dann ging sie. „Okay, bis dann." Sie setzte ein Lächeln auf, das ein wenig gezwungen wirkte.

„Bis dann", antwortete er, unsicher, ob er das Richtige getan hatte. Tatsache war, er hatte ein großes Haus mit vier Schlafzimmern und einem separaten Studioapartment ganz für sich allein, und er war verdammt einsam in seinem Haus. Er versuchte, so selten wie möglich da zu sein.

Er legte ein paar Scheine auf den Tisch und ging. Was tat er da nur, sie zu sich zu holen? Nur, weil er so egoistisch war und sie wollte. Er konnte ihr nicht mehr als einen harmlosen Flirt bieten. Nicht ruhigen Gewissens. Nicht mit seiner Bilanz an Todesfällen.

Nein, nein, das war schon in Ordnung. Er half ihr nur aus der Klemme. Sie würde vermutlich sowieso bald zu ihrem nächsten Auftritt reisen. Er würde sie morgen nach ihren Plänen fragen.

Wenn sie nur vorübergehend einen Ort brauchte, an dem sie übernachten konnte, würde das doch niemandem schaden. Es konnte immer noch funktionieren.

Zoë bog am nächsten Tag in Gabes Einfahrt. „Wow", murmelte sie leise. Als Kind war sie mit ihrem Fahrrad in diese Sackgasse gefahren und hatte damals gedacht, dass die Häuser hier wie Schlösser waren, so groß und majestätisch auf bewaldeten Grundstücken, doch selbst jetzt als Erwachsene fand sie die drei viktorianischen Häuser an der Lover's Lane umwerfend. Es war bekannt, dass das Straßenschild im Laufe der Jahre schon mehrfach von Paaren geklaut worden war, die es bei sich zu Hause aufhängen wollten, doch es wurde immer wieder ersetzt.

Sein Haus war in einem fröhlichen Gelbton gestrichen und hatte dunkelgrüne Fensterläden und eine umlaufende Veranda, außerdem einen großen Garten mit einem hohen Zaun. Das kleine Apartment über der freistehenden Doppelgarage, etwas versetzt hinter dem Haus, würde ihre neue Wohnung werden, wenn sie einzog.

Sie schnallte Fred von seinem Hundegurt ab und hakte die Leine ein. „Bereit zu spielen?"

Fred sah sie mit seinem glücklichen, hechelnden Gesicht an und sprang auf den Gehsteig. Sein Schwanz wackelte ein winziges bisschen, was bei einem anderen Hund ein enthusiastisches Schwanzwedeln gewesen wäre, doch sein Schwanz war geringelt und so fluffig, dass man nur schwer sagen konnte, ob er sich bewegte.

Sie klingelte an der Tür und wartete. Gabe öffnete wieder mal im Hemd, doch dieses Mal trug er eine abgewetzte Jeans, die an ihm einfach nur zum Anbeißen aussah.

„Hey, Zoë." Er wandte sich ihrem Fellbündel zu. „Hey, Fred." Er verwuschelte Freds Fell, und der Hund schob ihm seinen Rücken entgegen, damit er ihm die Hüfte kraulte. Gabe gehorchte, und Zoës Herz schmolz ein wenig. „Wir bringen ihn in den Garten, während ich dir deine Wohnung zeige. Ich treffe dich dann hinten am Tor."

„Okay." Sie führte Fred zurück zu dem Tor an der Einfahrt, öffnete den Riegel und ging hindurch. Wow. Der Garten war riesig, gut ein halber Hektar, vielleicht mehr, ganz zugedeckt mit reinem, unberührtem Schnee. Sie ließ Fred von der Leine. Er rannte davon, hüpfte, lief und spielte fröhlich im Schnee. Mit seinem dicken Fellmantel war Fred für dieses Wetter geschaffen.

„Sieht so aus, als ob es Fred hier gefällt!", rief Gabe von der hinteren Veranda. Er kam zu ihr. „Bereit, dir das Apartment anzusehen?"

„Sicher."

Er ging voraus, führte sie durch das Tor und schloss es schnell hinter sich, damit Fred nicht hinterhergelaufen kam.

„Es steht leer", erzählt er ihr, „aber ich habe die Putzfrau darum gebeten, es sauber zu halten. Ich habe gestern die Heizung angestellt, es sollte also angenehm sein."

„Großartig!"

Sie folgte ihm die Außentreppe hinauf. Er schloss die Tür auf und ging hinein, seine Hände in die Hüfte gestemmt. „Und, was denkst du? Eine nette Bleibe?"

Sie ging herum und sah sich alles an. Das möblierte Studioapartment mit Badezimmer und einem kleinen Küchenbereich war kleiner als ihre derzeitige Wohnung, also würde sie ihren Dad bitten müssen, einige ihrer Möbelstücke unterzustellen. Doch es konnte funktionieren. Durch zwei große Fenster vorne und hinten im Raum kam viel Licht herein. Sie sah zu Gabe hinüber, der immer noch in der Tür stand. Es war privat, hatte seinen eigenen Eingang, sagte sie sich; es war ja nicht so, als wäre Gabe die ganze Zeit in ihrem Apartment.

„Wann immer du soweit bist, kannst du einziehen", sagte Gabe.

Er sagte es ganz nett, doch sie spürte eine gewisse Spannung in der Luft. Sie kaute auf ihrer Unterlippe herum. Es wirkte so, als müsste man sich keine Gedanken machen, doch etwas an Gabe oder vielleicht einfach nur etwas, das sie über ihn gehört hatte, machte sie neugierig. Sie sollte mehr über ihn in Erfahrung bringen, bevor sie sich auf irgendetwas einließ. Denn irgendwie fühlte es sich an, als würde sie ihn in ihr Leben einladen, wenn sie hier einzog. Die Anziehung zwischen ihnen war nicht zu leugnen. Sie hatte es überdeutlich gespürt, als sie langsam miteinander getanzt hatten, und wenn sie ehrlich war, auch schon davor.

„Wenn ich wirklich einziehe, dann vielleicht nur für einen Monat oder so", sagte sie. „Es kann sein, dass ich für einen viermonatigen Auftritt nach L.A. gehe." Sie hatte eine Einladung erhalten, bei der Castingshow *Next American Voice* mitzumachen. Der Preis war ein Vertrag mit einer Plattenfirma zu bereits fixen Konditionen. Nicht so großartig, vor allem, weil sie als Solokünstlerin weitermachen müsste; sie wollten nur sie, nicht die Band. All das ließ sie zögern, doch die *Aufmerksamkeit* - die brauchte sie. Sie war so unruhig gewesen, seitdem sie von dem Kreuzfahrtschiff zurückgekommen war und in dem Ort lebte, den sie irgendwie nicht loswerden zu können schien, und wartete immer noch auf ihren großen Durchbruch.

„Wie immer es dir am besten passt", sagte er lächelnd. „Lass uns mal sehen, wie es Fred geht." Er öffnete die Tür.

Die Anspannung verließ sie mit einem Whoosh. „Ja! Der hatte definitiv seinen Spaß."

Sie folgte ihm in den Garten, wo Fred sie mit fröhlichen Sprüngen und Winseln begrüßte. „Hey, Freddie!"

Er rannte los, ein pelziger Blitz, der durch den gesamten Garten schoss. Ihr war nie klar gewesen, wie sehr er regelmäßigen Auslauf brauchte. Er sah so glücklich aus. Sie blickte zur Mitte des Gartens mit seinem unberührten Schnee und konnte nicht widerstehen. Sie ging hin, ließ sich rücklings in den Schnee fallen und machte aus Spaß einen Schneeengel. Fred kam angerannt, leckte ihre Wange und stahl ihr die Fleecemütze direkt vom Kopf. „Fred! Komm zurück! Die brauche ich!"

Er rannte in Kreisen durch den Garten, seine Beute im Maul, während sie erfolglos versuchte, ihn einzufangen. Er war einfach zu verdammt schnell. „Fred, lass das fallen!"

Fred lief wieder davon.

Gabe pfiff. „Hierher, Fred!"

Fred rannte zu ihm, ließ die Mütze zu Gabes Füßen fallen und blickte erwartungsvoll zu ihm auf. Gabe hob die Mütze auf und eilte zu Zoë, die sie schnell wieder aufsetzte. „Ich hoffe, ein bisschen Hundesabber in deinen Haaren macht dir nichts."

„Das bin ich gewohnt. Ich fasse es nicht, dass er auf dich gehört hat."

„Nenn mich einfach den Hundeflüsterer", sagte er und kraulte Fred hinter den Ohren, während der aufgeregt mit dem Schwanz wedelte und gegen Gabes Bein stieß.

Sie lachte. „Es überrascht mich, dass du keinen eigenen hast."

„Ich bin nicht oft zu Hause."

„Bist du viel auf Reisen?"

„Nein, ich habe nur viel zu tun mit der Arbeit und so, aber das weißt du ja." Er wandte den Blick ab. Irgendwie hörte er sich einsam an.

Sie griff in den Schnee, spritzte ihn in seine Richtung und traf ihn direkt an der Brust.

Sein Mund blieb wie bei einer Cartoongestalt offen stehen. Sie kicherte. Er erholte sich schnell, bückte sich und hob eine Ladung Schnee auf. Sie rannte davon, und der Schneeball segelte an ihrer Schulter vorbei. Sie drehte sich um. „Ha-ha, daneben!" Doch genau in dem Moment traf sie ein zweiter direkt an der Schulter. „Hey, du hast mich ausgetrickst!"

„Bei Schneeballschlachten ist alles erlaubt." Er formte bereits den nächsten Schneeball. Schnell machte auch sie ein paar Schneebälle, rannte seitlich davon und bewarf ihn dabei, bis sie keine Munition mehr hatte. Er warf noch einen weiteren, der sie am Arm traf. Fred versuchte gleichzeitig, in die Luft zu springen, um ihn zu schnappen, und warf sie dabei zu Boden. Uff.

Gabe kniete sich neben sie. „Geht's dir gut?"

Sie setzte sich auf, ihr Po tat ein bisschen weh, doch das würde sie nicht erwähnen. „Ja, der Schnee ist weich."

Gabe warf einen Schneeball in die andere Richtung, und Fred rannte hinterher. Sie hob etwas Schnee auf und schaufelte ihn ihm aus Rache ins Gesicht.

„Hey!"

Er griff ebenfalls in den Schnee und seifte ihr Gesicht damit ein, bevor sie um den nächsten Schneeball rangelten, was damit endete, dass er auf ihr saß, sie flach auf ihrem Rücken lag und er ihre Handgelenke über ihrem Kopf hielt. „Du solltest dich nie mit einem Mann anlegen, der mit fünf Brüdern aufgewachsen ist."

„Pass auf!", schrie sie. „Hinter dir!"

Schnell rutschte er von ihr hinunter, um sich zu der Bedrohung umzudrehen. Sie schaufelte Schnee in ihre Hände und warf ihn genau in dem Moment in seine Richtung, als er sich zu ihr zurückdrehte. „Ha!", rief sie möglicherweise unüberlegt.

„Dafür wirst du bezahlen", knurrte er.

Sie kreischte und rannte davon. Gabe jagte sie, und Fred rannte beiden hinterher. Gabe erwischte sie am Handgelenk. „Jetzt hab ich dich." Seine Stimme, leise und rau, ließ ein köstliches Beben durch sie hindurch rauschen.

Über ihre Schulter sah sie ihn an. „Und was willst du mit mir tun? Mich über deine Schulter werfen und mich in deinen versteckten Iglu verschleppen?"

Er lockerte seinen Griff. „Entschuldige. Ich wollte nicht zu fest zupacken."

„Ich hab nur Spaß gemacht."

Er trat zurück.

Sie drehte sich um. „Entspann dich, Gabe. Keine große Sache."

„Deinem Freund wird das vermutlich nicht gefallen."

„Ich habe keinen Freund."

„Und was ist mit dem Trompetenspieler–"

„Jordan und nein."

Ein Lächeln breitete sich langsam über seinem Gesicht aus und ließ dieses Grübchen wieder zum Vorschein kommen, das fast ganz unter den Stoppeln auf seiner Wange verborgen war. Er sah einfach zu verlockend aus – heiß und ein bisschen gefährlich. Wenn das, was man über ihn sagte, stimmte, wenn er wirklich seine Verlobte hatte fallen lassen, als sie ihn am meisten gebraucht hatte, nun, dann konnte sie *die Art* Typ gebrauchen wie einen Kropf. Wenn es nicht stimmte, wenn er der Mann war, der von ihrer Perspektive aus wie ein netter Typ wirkte, dann sollte *er* sich womöglich nicht auf *sie* einlassen. Jede Beziehung, die sie gehabt hatte, war in die Brüche gegangen, wenn sie für irgendwelche Gigs unterwegs gewesen war. Abgesehen von Eddie Thomsen, dem berühmten Schauspieler, mit dem sie vor ihrem Vermieter zusammen gewesen war. Er hatte sie in einem Jazzclub abgeschleppt und sie einen Monat später in aller Öffentlichkeit auf seiner kokainverseuchten Party, auf der zahlreiche Stars zu Gast waren, abserviert, als sie sich geweigert hatte, an einem Dreier teilzunehmen. Kurz danach war sie zu dem Gig auf dem Kreuzfahrtschiff aufgebrochen und hatte das dringende Bedürfnis gehabt, auf dem Meer allein zu sein. Abgesehen natürlich von den anderen dreitausend Passagieren, mit denen sie aber nicht verkehrt hatte.

Sobald sich alles für sie geregelt hatte, sobald sie sich und ihrer Familie bewiesen hatte, dass sie es in der Musikbranche schaffen konnte, würde sie einen netten Typen von nebenan für sich finden, der gut für sie war. Wie Gemüse.

Ein Freund wie eine Jackbohne. Ein Jackbohnenfreund. Köstlich.

Er warf ihr einen warmen Blick aus seinen dunkelblauen Augen zu.

Sie brauchte unbedingt und eindeutig einen Jungen von nebenan. Später. In ferner Zukunft.

Aber wäre er nicht genau das, wenn sie dieses Apartment nehmen würde? Wortwörtlich, Junge, nein, korrigierte sie sich, nichts an Gabe war noch ein Junge. Er war *der Mann* von nebenan. Sie schluckte schwer. Gabe war definitiv nicht ihre Jackbohne, und das hier war definitiv nicht der richtige Zeitpunkt. Sie wiederholte ihr Mantra, damit sie nicht in Versuchung geriet. *Nicht meine Jackbohne, nicht meine Jackbohne –*

„Zoë?"

„Hm? Was?"

„Ich habe gefragt, ob du auf eine Tasse Kaffee mit reinkommen möchtest?"

Sie zwang sich zu lächeln. „Eine freundschaftliche Tasse Kaffee?"

„Gibt es eine andere?"

„Guter Punkt." Fred bellte. „Kann ich Fred mitbringen?"

Gabe betrachtete ihr Fellbaby. „Ähm, klar."

Zoë folgte Gabe die Treppe zum Haus hinauf und stampfte mit ihren Stiefeln auf die Matte. „Du solltest vielleicht ein Handtuch für Fred holen", sagte sie, als sie nach drinnen kamen.

Fred nutzte die Gelegenheit, um den Schnee von sich abzuklopfen und auf den Parkettfußboden zu schütteln.

„Zwei Handtücher", sagte Gabe.

Sie ergriff Freds Halsband, um ihn festzuhalten, während sie warteten. Gabes Küche war umwerfend schön – weiße Schränke, dunkelgraue Steinarbeitsflächen, Geräte aus Edelstahl, ein doppelter Ofen, ein Herd mit sechs Kochplatten. Und sie war makellos sauber.

Gabe kam zurück und reichte ihr ein Handtuch. Sie trocknete Fred ab, während Gabe den Parkettfußboden aufwischte. Fred schüttelte sich noch einmal, gerade genug, um Gabe nasszumachen. „Schönen Dank", murmelte er. Er stand auf und streckte ihr seine Hand entgegen. „Ich hänge deine Jacke auf."

Sie stopfte die Mütze in ihren Ärmel, reichte ihm die Jacke und ließ ihre Stiefel auf der Matte stehen. Er verschwand, und sie setzte sich an die Kücheninsel, um zu warten.

„Also, Kaffee?", fragte er, als er zurückkam.

Er trug jetzt ein Hemd, das seine breiten Schultern und seine definierte muskulöse Brust betonte. Ihr Herz klopfte noch ein bisschen mehr. *Du musst gegen deine impulsive Natur ankämpfen. Sei stark, Mädchen!*

„Du hast ja ein anderes Hemd angezogen", krächzte sie.

Er sah sie merkwürdig an. „Ja. Fred hat es nass gemacht."

„Oh." Sie rieb ihre eiskalten Hände aneinander. „Kaffee klingt perfekt."

Er machte sich daran, in einer schicken Maschine mit viel zu vielen Knöpfen und Schaltern Kaffee zu brauen.

„Du stehst wirklich auf Kaffee, wie?", fragte sie.

„Ich bin von Shanes Kaffee verwöhnt, deswegen hat er mir das hier zu Hause eingerichtet."

„Deine Küche ist schön. Kochst du?"

Er sah sich um und lächelte verlegen. „Nein, ich koche nicht. Ich habe einen Innenarchitekten engagiert, der sie eingerichtet hat. Ich sollte es wohl lernen, oder?"

„Wenn du gerne kochst, könntest du hier eine Menge Spaß haben."

„Ist nicht so sinnvoll, für nur einen zu kochen. Es bleibt immer so viel übrig."

„Ja, ich weiß, was du meinst." Sie sah sich um. „Moment, wo ist Fred?" Es war niemals gut, wenn Fred sich davonschlich. „Fred! Hierher, Junge!"

Fred kam mit ihrem Stiefel am Maul angetrottet. „Nein", sagte sie ihm streng. „Pfui. Aus!"

Fred rannte davon. Sie jagte ihm ins Wohnzimmer hinterher,

wo Ledersofas standen, Holztische und Industriemetalllampen. Ein paar Schwarzweißbilder vom Mond in verschiedenen Phasen hingen an der Wand. Fred sprang auf das kleine Ledersofa. „Runter!", rief sie.

Er raste davon. Sie jagte ihn um den Kaffeetisch herum, und er sprang aufs Sofa – Wolfsspitze waren Springer. „Fred!"

Gabe kam ins Wohnzimmer. „Lass das", befahl er mit einem Ton, bei dem sie sich aufrichtete. Fred ließ den Stiefel fallen und sah Gabe an, als wartete er auf den nächsten Befehl. Fred war wohl eindeutig der Meinung, dass Gabe hier das Alphatier war.

Sie rief Fred, und er trottete an ihre Seite. „Du hast so eine autoritäre Stimme", sagte sie und kraulte Fred hinter dem Ohr. „Selbst ich wollte gehorchen."

Gabe hob eine Braue. „Ach ja?"

Sie wurde rot. „Muss so eine Älterer-Bruder-Sache sein. Ich bin die jüngste, deswegen bin ich es gewohnt, herumkommandiert zu werden."

Er schenkte ihr ein verhaltenes Lächeln. „Und ich bin es gewohnt, herumzukommandieren."

Auf das Funkeln in seinem Auge hin wich sie einen Schritt zurück. Sie stieß gegen Fred, der sich hinter sie gestellt hatte, als sie nicht hingesehen hatte. „Ah!" Sie stolperte und wäre beinahe hintenüber gestürzt, als Gabe seine Hand ausstreckte, sie am Arm packte und sie stattdessen nach vorne gegen seine Brust fiel.

„Ganz ruhig", sagte er.

„Ich bin ruhig", quietschte sie.

Er schmunzelte. Das war nicht so gut angekommen.

„Ich meine, ich bin entspannt." Sie richtete sich auf. Er hielt sie immer noch, seine Hände an ihren Oberarmen, warm und fest. „Ähm, du kannst jetzt loslassen."

„Jetzt wärmen wir dich erst mal auf", sagte er, nahm ihren Stiefel in die eine Hand und legte seine andere an ihren unteren Rücken, während er sie zurück in die Küche führte. Heiliger Bimbam! Eine Hand, und sie brannte bereits. Nicht auszudenken, was zwei Hände anrichten könnten.

Fred trottete vor ihnen her und drückte sich gegen das kalte Glas der Verandatür. Er liebte die Kälte.

Gabe stellte ihren Stiefel zurück auf die Matte, dann ging er in die Küche und goss ihnen beiden Kaffee ein. Er lehnte sich ihr gegenüber gegen die Kochinsel, hielt seine Tasse und musterte sie.

Verlegen glättete sie ihr Haar. Sie hatte vermutlich Mützenhaare. „Was ist?"

„Wie kommt es, dass ich nie Zeit mit dir verbracht habe?", fragte er. „Du bist doch hier aufgewachsen, oder?"

„Ja. Ich kenne deinen Bruder, Luke, aber du warst in der Schule zu weit über mir, um mich zu beachten." Sie trank einen Schluck Kaffee. Wow, der war gut. Sie trank noch einen weiteren. Sie liebte Shanes Kaffee.

Auch er trank einen Schluck von seinem Kaffee. „Bist du nach dem College zurück nach Hause gekommen?"

„Ich habe es nie ans College geschafft. Ich habe so viel bei meiner Gesangslehrerin gelernt und, naja, in Greenwich Village zu spielen war schon eine Ausbildung an sich." Greenwich Village war in New York City ihre Lieblingsgegend. „Das ist das Mekka für Jazzmusiker. Leute aus der ganzen Welt spielen dort in den Clubs. Aber die Stadt war zu teuer, deswegen bin ich nach Hause zurückgekommen und bin gependelt." Sie lachte wehmütig. „Wie so ziemlich jeder andere auch."

„Ich habe früher auch in der Stadt gewohnt, aber im Village war ich nie."

„Bist eher so ein Typ für die schicken Gegenden, wie?" Sie grinste. „Ich habe dich mit deinen schicken Outfits und deinem Schickimicki-Job durchschaut."

Er schmunzelte. „Was weißt du denn über meinen Schickimicki-Job?"

„Nicht viel. Erzähl mir davon."

Sie nippte an ihrem Kaffee, während Gabe ihr von wohlhabenden Mandanten erzählte, von wichtigen Fällen und dem Drang, immer zu gewinnen. Der ständige Fokus auf das Ergebnis, die ungesunden Arbeitszeiten und der Burnout, den am Ende jeder bekam.

„Wow", sagte sie, als er wieder etwas ruhiger wurde. „Ich schätze, du vermisst es nicht?" *Und vermisst du deine Verlobte? Hast du sie wirklich abserviert, weil sie einen Hirntumor hatte?* Es fiel ihr schwer, das von dem Typen zu glauben, der ihr so großzügig eine Wohnung angeboten hatte und dann auch noch mietfrei. Sie sollte nicht auf den Tratsch hören. Solch eine schmerzhafte Erinnerung wie der Tod seiner Verlobten würde sie nicht ansprechen.

Das ging sie nichts an. Es sei denn, zwischen ihnen passierte etwas, was definitiv nicht der Fall sein würde.

„Nein, das vermisse ich gar nicht." Er trank einen Schluck von seinem Kaffee. „Ich möchte mehr über deine Karriere erfahren. Du hast eine schöne Stimme."

„Danke."

„Ich kann es nicht fassen, dass du keinen Plattenvertrag hast", bemerkte er, was sie freute, bis er fortfuhr. „Du bist viel zu talentiert, um dich damit zufriedenzugeben, bei Tanzveranstaltungen in Kleinstädten aufzutreten."

Sie hob ihr Kinn. „Ich mag Tanzveranstaltungen in Kleinstädten, besonders, wenn es meine Kleinstadt ist." Das vertraute leidenschaftliche Brennen regte sich, und sie wurde wieder unruhig. Sie musste zusehen, dass bald etwas passierte. Diesen Traum verfolgte sie nun schon so lange, und er war jetzt nicht greifbarer als vor zwölf Jahren. Anders als ihre Familie, die alle schon in jungen Jahren ihren großen Durchbruch hatten. Ihre Mom war in ihren Zwanzigern eine Schauspielerin in mehreren berühmten Filmen gewesen, ihr Dad war Jazzpianist und Sänger im The Davis Trio und mit fünfundzwanzig für die *Pete Macauley Show* gebucht worden; und ihre Schwester, Jasmine, war mit neunzehn zum ersten Mal in einer Broadwayshow aufgetreten. Für sie wurde es allerhöchste Zeit.

„Du willst doch sicher mehr", sagte Gabe, der irgendwie ihre wahren Gefühle spürte.

Plötzlich deprimiert wärmte sie ihre Hände an der Tasse. „Vielleicht sollen manche Dinge einfach nicht sein", sagte sie ruhig.

„Vielleicht. Aber was ist mit deinem Auftritt in L.A.? Vielleicht bringt dich das ja irgendwohin."

Sie sah ihm in die Augen. „Ich werde bei der Castingshow *Next American Voice* mitmachen. Wenn ich gewinne, ist der Vertrag nicht wirklich toll. Jeder in der Branche weiß das. Er schränkt einen ein, vor allem jemanden, der wie ich alle seine Lieder selbst schreibt."

„Trotzdem ist es doch was", sagte er. „Wenigstens würden die Leute dich dann kennen. Sie *sollten* dich kennen. Du bist umwerfend."

Sie sah ihm in die dunkelblauen Augen, die sie mit solchem Ernst musterten, dass sie spürte, dass sie ihm vertraute. Etwas, das sie sich noch bei keinem Mann laut auszusprechen getraut hatte.

„Das hier wird diesen Raum nicht verlassen", begann sie.

„Anwaltsschweigepflicht", sagte er mit ernstem Gesicht, während seine Augen amüsiert funkelten. „Verstanden."

„Ich habe darüber nachgedacht, mir ein Studio zu mieten und mein eigenes Album aufzunehmen. Du weißt schon, einfach Indie."

Seine Handfläche schlug auf den Tresen. „Das solltest du tun. Das ist eine großartige Möglichkeit, Aufmerksamkeit zu erregen. Ich bin mir fast sicher, dass dich selbst ein YouTube-Video weiterbringen könnte."

Sie runzelte die Stirn. YouTube war für Amateure. Das sagte ihr Dad immer. Sie kam aus einer Profifamilie.

„In meiner Familie hat jeder mit Kunst Erfolg gehabt", erzählte sie ihm. „Das heißt, jeder außer mir. Ich weiß nicht, ob es wirklich zählen würde, wenn ich Indiemusik machen würde, verstehst du?"

„Das einzige, was zählt, ist, ob es dir etwas bedeutet."

Sie starrte auf die Arbeitsfläche. „Schätze schon."

„Deine Schwester hat also am Broadway getanzt, und die Band deines Dads war bei der *Pete Macauley Show*." Jeder in der Stadt wusste über ihre Familie Bescheid.

„Und meine Mom hat in Filmen mitgespielt, in der *Eye on Top*-Trilogie." Das war ganz schön viel, womit sie mithalten musste. Nicht, dass ihre Familie sie jemals spüren ließ, dass sie eine Versagerin war, doch es war einfach eine Tatsache, dass sie immer noch Kellnerin war, die sich nach Auftritten strecken musste, und das wussten sie alle.

„Du hast gute Show-Business-Gene", sagte Gabe, „das heißt aber nicht, dass du dir nicht deinen eigenen Weg bahnen kannst."

„Ist es das, was du getan hast?"

Einen Moment lang antwortete er nicht. Endlich sagte er: „Nein. Ich bin in die Fußstapfen meines Vaters getreten und in der Firma aufgestiegen, um sobald wie möglich sein Partner zu werden, bis er mit siebenundfünfzig an einem Herzinfarkt gestorben ist. Das hat mich wachgerüttelt und ich bin abgehauen. Seitdem praktiziere ich hier als Anwalt." Er schüttelte den Kopf. „Ich bin mir nicht sicher, warum ich immer noch hier bin. Ich vertrödele einfach nur die Zeit, schätze ich. Ich kann nicht glauben, dass vier Jahre so schnell vergangen sind, seitdem ich den Fall des zerstörten Briefkastens gelöst habe."

Sie lachte. „Den was?"

„Mr Jacobs Fall des unbekannten Briefkastenzerstörers – ach egal." Er grinste.

„Mehr musst du nicht sagen." Sie hob eine Hand. „Mr Jacobs sagt schon alles. Was ist deine Leidenschaft?"

„Leidenschaft?", fragte er gedehnt.

Sie spürte, wie sie rot wurde. „Ich meine–" Sie räusperte sich. „Du musst herausfinden, was deine Leidenschaft ist und dein Glück verfolgen."

„Wie du?"

„Ja." Sie runzelte die Stirn. „Und jetzt sitzen wir im selben Boot." Ihr großer Plan, ihrem Glück zu folgen, hatte bei ihr nicht besser funktioniert als Gabes nicht vorhandener Plan, war das nicht deprimierend?

Er streckte seine Hand aus und drückte ihre. „Hey, das ist nicht unbedingt was Schlechtes."

„Ähm ..." Das Prickeln war wieder da. *Nicht meine Jackbohne, nicht meine Jackbohne.* Fred lief mit etwas Glänzendem im Maul davon. „Fred!" Gabe ließ ihre Hand los. Sie rannte Fred hinterher und nahm Gabes Handy aus Freds Maul.

Sie tadelte Fred, der sie mit seinem glücklichen Lächeln im Gesicht ansah. Sie reichte Gabe das Handy. „Entschuldigung."

„Das war nagelneu", murmelte er. Sie starrten beide auf das Display, das an mehreren Stellen gebrochen war. Es war eines dieser großen teuren Touchscreen-Dinger. Auch an den Ecken war es angenagt.

„Das tut mir so leid", sagte sie. „Ich werde dir ein Neues kaufen, sobald ich bezahlt werde. Wir sollten besser gehen." Sie packte Fred und eilte zu ihrer Jacke.

Gabe kam zu ihr, als sie damit beschäftigt war, ihre Jacke irgendwie anzuziehen, während sie sich gleichzeitig verzweifelt bemühte, Fred nicht loszulassen, der viel lieber noch mehr von Gabes Haus erkunden wollte.

Gabe nahm Freds Leine. „Also nimmst du das Apartment?"

Sie wich seinem Blick aus und konzentrierte sich stattdessen auf Fred, der begeistert zu Gabe aufsah. Himmel, selbst der

Hund war dabei, sich in ihn zu verlieben. „Lass mich darüber nachdenken", sagte sie. „Ich ruf dich an."

„Okay." Er reichte ihr Freds Leine und begleitete sie zur Haustür. „Bye."

„Bye!", rief sie über die Schulter und war schon zur Tür hinaus. „Danke für den Kaffee!"

Sie eilte zu ihrem Wagen, schnallte Fred an und fuhr nach Hause, wobei sie sich fühlte, als wäre sie gerade einem gigantischen Schneeball ausgewichen.

Nur, um einen ins Gesicht zu bekommen, als sie zu Hause ankam. Ein leuchtend gelber Räumungsbescheid war an ihre Tür geklebt.

4

Zoë trommelte mit dem Räumungsbescheid in der Hand an Johns Tür.

Die Tür wurde aufgerissen, und John musterte sie von oben bis unten. „Ja?"

Sie wedelte mit der Nachricht vor seinem Gesicht. „Was ist das?"

Er zuckte die Schultern.

„Bis zum Wochenende?" rief sie. „Was zum Teufel? Wie soll ich denn in einer Woche packen, ausziehen und eine neue Wohnung finden? Du hättest mir wenigstens noch das Monatsende zugestehen können! Hätten zwei Wochen dich denn umgebracht? Ich habe die Miete für diesen Monat doch schon gezahlt."

John ließ sie stehen, fläzte sich aufs Sofa und nahm den Videospielcontroller. Sie folgte ihm in die Wohnung, nahm ihm die Fernbedienung ab und schaltete den Fernseher aus.

„Hey!" Er riss ihr die Fernbedienung aus der Hand und baute sich direkt vor ihr auf. Er roch nach Bier und Nachokäse. „Das Gesetz ist auf meiner Seite. Du hast mit deinem blöden Köter die Regeln gebrochen."

Sie war so wütend, dass sie ihm am liebsten ins Gesicht gespuckt hätte. Sie stürmte zur Tür. „Ich werde meinen Anwalt anrufen!"

„Nur zu", sagte John.

Sie ging und knallte die Tür hinter sich zu. Großartig. Jetzt hatte sie keine andere Wahl. Sie musste Gabes Angebot annehmen. Sie konnte nicht bei ihren Eltern wohnen, da ihre Mom allergisch auf Hunde war. Sie konnte auch nicht bei ihrer Schwester wohnen, da sie bereits eine Katze und ein Baby hatte. Sie wollte das Chaos dort nicht noch schlimmer machen. Sie marschierte zurück zu ihrem Apartment und hasste die Situation, in die sie das brachte. Sie war sich immer noch nicht so sicher, was Gabe anging. Sie hatte Daisy nach ihm gefragt. Wenn irgendjemand wusste, was mit Gabe los war, dann Daisy. Gabe stand der O'Hare Familie nahe, und Daze war, seit sie Trav geheiratet hatte, selbst eine O'Hare.

Als sie nach Hause kam, ließ sie Fred aus seiner Hundebox und verbrachte viel Zeit damit, ihn zu streicheln und sich von ihm liebhaben zu lassen. Fred schien immer zu spüren, wenn sie Trost brauchte, und schmiegte sich in seiner Art einer Hundeumarmung an sie. Nachdem sie sich beruhigt hatte, rief sie Daisy an, die ihr sagte, sie solle nach dem Mittagessen zu ihr kommen, denn es war unmöglich zu telefonieren, wenn ihre Jungs herumrannten.

Kurz darauf klingelte Zoë an Daisys Haus. Es war ein brandneuer Anbau mit separatem Eingang an dem ursprünglichen Haus, das ihr Mann, Trav, immer noch für seine Gartenbaufirma benutzte. Daisy öffnete die Tür mit dem vierjährigen Bryce und dem zweijährigen Cole an ihrer Seite. Die Jungen trugen gehäkelte Monsterhüte auf ihrem blonden Haar. Bryce hatte Daze' blaue Augen, während Cole haselnussbraune Augen hatte wie sein Dad. Bryce war der schelmische Unruhestifter, wobei der sanftere, gelassenere Cole sein Bestes gab, um mit ihm mitzuhalten.

„Daisy und ihre kleinen Blumen!", rief Zoë.

„Wir sind keine Bumen!", sagte ein empörter Bryce.

„Ja!", warf Cole ein und nickte, dass seine Ohrklappen flatterten.

„Ihr müsst also die Monster sein", sagte Zoë. „Grrrr!"

„Roar!", machte Trav hinter ihnen. Beide Jungen kreischten und rannten davon. Trav grinste, seine haselnussbraunen Augen funkelten vor Freude. Bryce hatte seine schelmische Ader sicherlich von seinem Daddy. „Hey, Zoë, ich muss rennen." Er rannte hinter den Jungs hinterher, seine Arme nach vorne gestreckt, seine Hände tasteten durch die Luft.

„Hey, Z!" Daze war so wunderhübsch wie immer – lange,

wellige blonde Haare, leuchtendblaue Augen und ein sonniges Lächeln. Sie hatte trotz Kindern ihre Figur behalten und betonte sie mit einem enganliegenden, weißen, langärmeligen T-Shirt mit V-Ausschnitt, Jeans und Stiefeletten. Daze umarmte sie kräftig. „Komm rein. Was ist los?"

„Ich muss umziehen!", sagte Zoë.

Daze runzelte die Stirn. „Oh nein. Ist er mit seiner Räumungsklage wirklich durchgekommen?" Zoë nickte, und Daze bedeutete ihr, ihr in die Küche zu folgen. „Warte. Lass mich Chips und Getränke holen, dann kannst du mir die ganze Geschichte erzählen."

Zoë entspannte sich ein wenig. Daze hatte immer die Kartoffelchips aus dem Bioladen da, die sie so gerne mochte. Sie waren schließlich Bio, deswegen fühlten sich beide besser, wenn sie eine Tüte leeraßen. Sie setzte sich in die Frühstücksnische mit der umlaufenden Bank. Daze gesellte sich wenige Minuten später mit der Chipstüte und zwei Gläsern Wasser zu ihr.

Daze nahm sich eine Hand voll Chips. „Okay, leg los. Wohin ziehst du?"

„Gabe Reynolds hat mir angeboten, bei ihm zu wohnen. Also …" Sie hob eine Schulter und senkte sie wieder.

„Bei ihm zu Hause?"

„Er hat ein Studioapartment über der Garage und einen eingezäunten Garten für Fred." Sie hielt inne, denn sie wusste, dass Daze bei diesem letzten Teil in den Große-Schwester-Modus umswitchen würde. Ihre Freundin war sieben Jahre älter, deswegen hatten sie einander in der Schule nicht gekannt, doch als Daze erfuhr, dass ein junges Mädchen aus Clover Park für Auftritte in der Stadt gebucht wurde, hatte sie die achtzehnjährige Zoë eingeladen, in ihrem Apartment zu übernachten, wenn sie spätabends noch einen Auftritt hatte. Sie standen einander nahe, und erst recht, als Daze zurück nach Clover Park gezogen war, was großartig war, nur, dass Zoë keine naive Achtzehnjährige mehr war und bereits eine große Schwester im Nacken sitzen hatte.

Zoë fuhr fort. „Er sagte, ich kann umsonst dort wohnen, aber natürlich werde ich ihm Miete bezahlen. Vermutlich werde ich ja sagen. Ich sollte das doch tun, oder?"

Daze machte große Augen. „Du sollst keine Miete zahlen? Seid ihr beide–"

„Ich weiß, wonach sich das anhört, aber ..." Sie trank einen Schluck Wasser, dachte an Gabe und überlegte, was eigentlich seine Absicht gewesen war, als er ihr die Wohnung kostenlos angeboten hatte. „Er ist einfach nur ein Freund", beendete sie den Satz lahm.

Als Daze besorgt dreinblickte, setzte Zoë ein breites Lächeln auf, um sie zu beruhigen.

„Süße, du scheinst dir Sorgen zu machen", sagte Daze. „Du weißt, du kannst immer bei uns wohnen. Wir haben ein Gästezimmer, und die Kinder lieben Fred."

„Aaahhh! Roar! Roar!", war aus dem Nachbarraum zu hören. *Krach! Wa-aa-ah!* Dann, einen Moment später: „Mir deht es dut."

Daze hob einen Finger und eilte ins Wohnzimmer. „Alle Monster finden sich jetzt zum Mittagsschlaf ein."

„Ach Mann ...", protestierten die Jungen gleichzeitig.

„Daddy liest euch noch eine Geschichte vor", sagte Daze. „Aber keine spannende, Trav."

„Das sind aber die besten, stimmt's, Jungs?", fragte Trav.

Ein paar Augenblicke und weitere Kreischer später sank der Lärmpegel.

„Das ist in Ordnung", sagte Zoë, als Daze auf ihren Platz zurückkehrte. „Ihr habt schon genug ohne mich und Fred zwischen euren Füßen zu tun."

„Das macht uns nichts", sagte Daze. „Hier herrscht sowieso schon das Chaos. Du und Fred passt da wunderbar rein."

Zoë lachte. „Ich glaube, ich nehme die Wohnung bei Gabe. Es sei denn ..." Sie unterbrach sich. „Irgendwelche dringenden Warnungen? Irgendwas, das ich wissen sollte? Ich habe Gerüchte gehört, aber ich weiß, ich sollte keine voreiligen Schlüsse ziehen."

Daze neigte den Kopf. „Was hast du denn gehört?"

„Das möchte ich nicht wiederholen. Sag mir einfach, was du über ihn weißt."

„Trav hat immer gesagt, dass Gabe ein netter Typ ist. Er ist schon seit Jahren mit Shane befreundet."

„Das reicht mir dann auch schon."

Daze hob einen Finger. „Aber–"

„Was?" Zoë seufzte.

„Süße, hör einfach zu. Trav hat immer gesagt, dass er früher vor Gericht ein Hai war. Er hat so ziemlich alle Fälle für seine

Mandanten von großen Firmen gewonnen, und lass mich dir sagen, dass diese Firmen nicht immer unschuldig waren."

Zoë zuckte die Schultern. „Dann ist er also gut in seinem Job. Keine große Sache."

„Der Punkt ist, er kann sehr überzeugend sein. Sei dir einfach sicher, dass das genau das ist, was du willst."

Zoë winkte das ab. „Ist ja nur für kurze Zeit. Ein Ort zum Übernachten." Sie kaute auf einem Chip herum, dann fragte sie schließlich nach dem, was ihr wirklich Sorgen bereitete. „Stimmt das mit seiner ehemaligen Verlobten?"

Daze verzog das Gesicht. „Gabe will nicht viel dazu sagen. Shane meint, sie wurde von einem Lkw überfahren, aber niemand ist sich sicher, ob das ein Unfall oder Selbstmord war. Und nach dem Zusammenprall ist der Lkw-Fahrer von der Straße abgekommen und in ein Gebäude gekracht. Er konnte nicht mehr erzählen, was passiert ist."

„Du denkst, sie hat sich umgebracht, weil Gabe sie abserviert hat?", flüsterte Zoë.

„Das werden wir wohl nie erfahren."

Bis jetzt hatte alles, was sie über Gabe gehört hatte, gestimmt, und sie hatte beinahe Angst, diese nächste Frage zu stellen, doch sie musste es wissen. Musste herausfinden, was für ein Mann Gabe wirklich war. „Hat er mit ihr Schluss gemacht, weil er nicht mit ihrer Krankheit umgehen konnte nach dem Tod seines Dads? Wegen ihres Hirntumors?"

Daze schüttelte den Kopf. „Das weiß ich nicht. Er hat Shane nur ganz wenig erzählt, und Shane hat ihn nicht gedrängt, weil es so ein sensibles Thema ist. Aber, Liebes, die Menschen machen merkwürdige Dinge, wenn sie trauern. Sein Dad ist nur wenige Tage, bevor sie sich getrennt haben, gestorben. Und direkt am nächsten Tag ist sie gestorben."

Aus irgendeinem Grund war sie enttäuscht. Sie wollte, dass Daze sagte, dass Gabe so etwas niemals tun würde. Dass er wirklich der nette Typ war, der er zu sein schien, der anderen half, großzügige Trinkgelder gab und ihren Hund streichelte.

Daze senkte ihre Stimme. „Hast du dich in ihn verguckt?"

„Nein! Nicht, solange er mein Vermieter ist." Vielleicht machte sie sich Sorgen um nichts. Wenn sie keinen anderen Gig fand, würde sie wahrscheinlich in einem Monat nach L.A. aufbrechen, und all das wäre sowieso unerheblich.

Daze runzelte die Stirn. „Ich mache mir nur Sorgen um dich nach diesem Rausschmiss und Eddie."

„Habe ich dir erzählt, dass ich auf der Junge-von-nebenan-Diät bin?", fragte Zoë. „Nur noch süße Jungs von nebenan mit Seitenscheitel." Sie nickte einmal. „So ist es richtig."

Daze schnaubte. „Aber Gabe ist doch nebenan!"

„Es wird schon alles gut gehen." Zoë aß noch mehr Chips. „Richtig? Daze, ich möchte, dass es gut geht."

„Ich bin mir sicher, dass es gut gehen wird", sagte Daze aufmunternd. „Du solltest nur, du weißt schon, vorsichtig sein." Sie sah Zoë in die Augen. „Ruf mich an, wenn er dich überzeugt."

„Ja." Sie seufzte. „Ja, das werde ich. Alles wird gut, alles wird gut, alles wird gut."

„Es ist gut, wenn du ein Mantra hast", sagte Daze schmunzelnd.

„Ich habe auch noch nicht meine Jackbohne.'"

Daze prustete. „Was bedeutet das denn?"

„Mein nächster Freund muss so gut für mich sein wie Jackbohnen."

Daze brach in Lachen aus. „Das klingt fürchterlich."

Auch Zoë konnte nicht mehr. „Ich weiß!"

Als sie sich beide beruhigt hatten, sagte Daze: „Ruf ihn jetzt an und sag es ihm."

Zoë holte ihr Handy aus der Tasche, zog die Visitenkarte mit seiner Nummer hervor und wählte sie.

„Hi, Zoë", meldete sich Gabe. Seine Stimme klang tief und knurrend durch das Handy, worauf sich ein Prickeln durch ihren Körper ausbreitete.

„Hi, ich werde die Wohnung nehmen. Ich muss noch ein paar Anrufe tätigen, aber ich hoffe, dass ich am Samstag einziehen kann, wenn das in Ordnung ist."

„Perfekt. Ich werde dir einen Schlüssel nachmachen lassen."

„Okay, danke." Daze gestikulierte wie wild auf das Handy. „Daze möchte dich kurz sprechen. Ich bin bei ihr."

„O-kay", sagte er langsam.

„Ich werde dich im Auge behalten, Haifisch", sagte Daze.

Gabes Antwort konnte sie nicht hören, aber Daze lachte und beendete das Gespräch.

„Was hat er gesagt?", fragte Zoë.

„Er hat diese Melodie aus dem Weißen Hai imitiert." Daze lachte sich halb tot.

Zoë schluckte. „Ist es schon Wein Uhr?"

Gabe fiel es am Dienstagmorgen schwer, sich auf seine Mandantin zu konzentrieren, denn er wusste, dass Zoë bald kommen würde, um sich ihren Schlüssel abzuholen. Er rieb sich die Nasenwurzel und sah über den Tisch die ältliche Frau an, die im ersten Schuljahr seine Klassenlehrerin gewesen war. „Mrs Peters, es tut mir leid, aber es ist nicht gegen das Gesetz, dass ihr Nachbar eine Vogelfutterstelle in seinem Garten hat."

Mrs Peters kniff hinter ihrer rosafarbenen Cateye Brille die Augen zusammen. „Ist ja gut und schön, Vögel zu füttern, aber das lockt auch Mäuse an. Und seitdem meine ..." Sie schniefte und holte ein Spitzentaschentuch aus ihrer Handtasche. „Meine süße Prinzessin gestorben ist, habe ich ein Mäuseproblem." Sie schürzte die Lippen und beugte sich vor. „Ich höre, wie sie in meinem Keller herumtrappeln. Wahrscheinlich bauen sie eine ganze Mäusestadt da unten." Dramatisch legte sie ihren Handrücken über die Stirn. „Ich kann da jetzt unmöglich hinuntergehen. Sie organisieren sich und warten nur darauf, dass ein ahnungsloser Mensch hinunterkommt, damit sie ausschwärmen und ihn verschlingen können." Sie sah ihn an und wartete ab, wie er auf diese gruselige Situation reagierte.

„Könnten Sie vielleicht einen Kammerjäger rufen?", fragte er.

„Und all diese unschuldigen Mäuse töten!", rief sie empört.

Gabe wusste nicht, wie lange er noch in einer Kleinstadt praktizieren konnte. Er überlegte, seinen Anwaltsberuf an den Nagel zu hängen und dazu überzugehen, auf einem sich aufbäumenden Wildpferd zu jonglieren. Er lächelte vor sich hin. Auf eine ganz eigene Art ergab das mehr Sinn für ihn. Nicht, dass er jemals auf einem Wildpferd geritten war, geschweige denn jongliert hatte.

Er richtete seine Aufmerksamkeit wieder auf Mrs Peters. „Haben Sie schon mal überlegt, mit Ihrem Nachbarn direkt über das Problem zu sprechen?"

„Pff. Ist ja nicht so, als würde dieser alte Kerl, Harvey, sich irgendetwas anhören, was ich zu sagen habe. Der Mann holt sich seine Post im Pyjama."

Er hatte keine Ahnung, was das mit all dem zu tun hatte.

„Wie wäre es mit einer neuen Katze?"

„Keine kann meine Prinzessin ersetzen", sagte sie. „Sie war einzigartig– loyal, anhänglich, erziehbar. Wussten Sie, dass ich ihr beigebracht habe, zur Toilette zu gehen?"

Hat sie auch abgespült? Die Frage behielt er jedoch für sich.

„Ich werde tiergerechte Fallen bestellen", sagte er mit dem Unterton von Endgültigkeit, hoffte, dass sie den Wink verstehen würde, dass für ihn der Fall damit abgeschlossen war. „Damit werden die Mäuse gefangen, aber nicht getötet. Und ich werde mit Mr Finkle sprechen."

„Und wer wird die Fallen entsorgen?" Sie senkte ihre Stimme, obwohl nur sie beide im Büro waren. „Sie wissen schon, sobald die Mäuse darin gefangen sind."

Er atmete resigniert aus. Mrs Peters war Witwe, und ihre einzige Tochter lebte Tausende von Meilen von ihr entfernt in Oregon. „Ich mache das."

Sie stand auf und schüttelte ihm die Hand. „Danke, Gabe. Es ist schön, mit dir Geschäfte zu machen."

„Mit Ihnen auch." Nicht, dass er mehr als ein Händeschütteln dafür bekäme. Diese Stadt hatte eine merkwürdige Definition von dem, wofür ein Anwalt da war. Abgesehen von ein paar Testamenten und kleineren geschäftlichen Verträgen verbrachte er die meiste Zeit damit, den Vermittler zu spielen.

Er hörte, wie sich die Tür öffnete, dann rief Mrs Peters: „Wie geht's dir, Zoë, Liebes?"

Gabe stand abrupt auf, dann setzte er sich wieder, da er nicht zu eifrig wirken wollte. Die beiden Frauen plauderten, dann ging Mrs Peters, und Zoë kam in sein Büro.

„Hey", sagte er. Brillanter Eröffnungsspruch.

Sie strahlte. Gott, er liebte dieses sonnige Lächeln. „Hey", sagte sie. „Hast du den Schlüssel?"

Er zog ihn aus seiner Tasche und reichte ihn ihr.

Sie starrte lange darauf, dann steckte sie ihn in ihre winzige rosa Handtasche mit der violetten Blume. Es gefiel ihm, dass sie so mädchenhaft war. Er war in einem Haus voller Testosteron aufgewachsen.

„Also, Gabe", sagte sie zögernd, „ich dachte, wir sollten vielleicht über die Miete sprechen. Es erscheint mir nicht richtig, dass ich nichts bezahle. Sag mir einfach, was du für angemessen hältst, dann werde ich nicht überrascht. Ich meine, vielleicht sollten wir auch einen Mietvertrag aufsetzen." Sie erwärmte sich für das Thema. „Einen Vertrag, in dem alles explizit steht, was erwartet wird. Ich weiß nicht, du bist der Anwalt. Was meinst du?"

„Nicht nötig", sagte er. „Die Wohnung steht leer, und du kannst so lange bleiben, wie du möchtest. So wird der Raum wenigstens genutzt."

Sie kniff die Augen zusammen. „Ist das eine dieser Abmachungen, bei denen ich denke, dass ich etwas umsonst bekomme, aber in Wirklichkeit willst du–" sie senkte ihre Stimme und beugte sich vor „– in Naturalien bezahlt werden?"

Er schmunzelte. „Was für Naturalien?"

Sie richtete sich auf und hob ihre Brauen. „Du weißt schon."

Er legte auf dem Schreibtisch seine Finger ineinander. Sie starrte auf seine Hände. „Was würde denn dein Trompeter dazu sagen?"

Sie riss ihren Blick von seinen Fingern los und starrte ihn mit großen Augen an. „Jordan? Er wäre verdammt wütend."

Er beugte sich vor, brauchte eine ehrliche Antwort, was diesen Typen betraf. „Und warum, Zoë?"

Sie wand sich sichtlich. „Ist eine lange Geschichte", sagte sie und wich erneut geschickt der Frage aus. „Du willst also nicht …" Sie sah sich um, für den Fall, dass jemand zuhörte, worauf er lächeln musste, denn schließlich war das sein privates Büro und niemand sonst war hier. „Du weißt schon."

Er schmunzelte.

Sie warf ihre Haare über die Schulter. „Ähm, du musst schon auf die Frage antworten."

„Muss ich das, Frau Anwältin?", fragte er mit seiner besten einschüchternden Anwaltsstimme.

Sie wedelte mit ihrem Finger in seine Richtung. „Man hat mich vor dir und deinen Anwaltstricks gewarnt. Du bist ein Hai."

Seine Lippen zuckten. „Das hat dir Daisy erzählt."

„Ja."

Er lächelte. „Das ist aber ziemlich nett von ihr."

„Ach, du leugnest es also nicht? Bist stolz darauf, ein Hai zu sein, nicht wahr?"

„Das hat mir geholfen, meine Fälle zu gewinnen, also ja. Das war allerdings der Gerichtssaal-Gabe."

„Und wer bist du jetzt?"

„Nur ein Typ, der in der Gemeinde hilft." Sie saß einfach da und musterte ihn von der anderen Seite des Tisches aus, deswegen fügte er hinzu: „Wen hättest du denn gern?"

„Ach egal." Sie drückte sich vom Stuhl hoch, und er griff nach ihrer Hand.

„Setz dich." Als sie einfach nur dastand und ziemlich angepisst aussah, ergänzte er: „Bitte."

Sie setzte sich.

„Das war doch nur ein Scherz", sagte er. „Ich möchte, dass du dich wohlfühlst. Ich möchte wirklich und ehrlich helfen. Das ist alles." Er hob eine Braue, neugierig, ob seine Unschuldsnummer funktionierte. Denn es war außer Frage, dass, auch wenn er ihr wirklich helfen wollte, er sie auch wollte. Und zwar sehr.

Sie lächelte unsicher. „Ich schätze, diese ganze Vermieter-Mieter-Sache macht mich ganz kribbelig. Du weißt schon, nach John. Da ist alles ziemlich schnell den Bach runtergegangen."

„Das widerspricht vollkommen der Güte meines Herzens", sagte er. Damit hatte er das Unschuldsgetue wohl etwas weit getrieben.

Sie sah ihn misstrauisch an. Er wollte nicht, dass sie in seiner Nähe nervös und angespannt war. Er wollte, dass sie offen und freundlich war. Wirklich freundlich.

„Ich werde mich dir nicht nähern, falls du dir deswegen Sorgen machst", sagte er. „Ehrlich."

Sie schürzte die Lippen, dachte offensichtlich darüber nach.

„Es sei denn, du bittest mich darum", ergänzte er, denn er war nicht bereit, die Tür vollkommen zu schließen, die er eigentlich offen haben wollte.

„Okay, lass mich eines fragen." Sie zögerte, und er hielt seinen Atem an, wusste, dass sie versuchen würde, ihn in die Ecke zu drängen, damit er zugab, dass er insgeheim Lust für sie empfand. „Hättest du mich um eine Verabredung gebeten, wenn diese ganze Sache mit dem Apartment nicht gewesen wäre?"

Er hatte es gewusst. Wie sollte er antworten? Er hatte darauf hingearbeitet. Das klang lahm. Es war nur so, dass er niemanden um eine Verabredung gebeten hatte, seitdem seine Verlobte, Alisa, gestorben war, und er wollte wirklich nicht darüber reden. Doch, wenn er sagte, dass er sie nicht um eine Verabredung gebeten hätte, naja, Frauen waren bei so einer Sache etwas empfindlich. Das fühlte sich an wie eine dieser Sieht-mein-Po-fett-in-dieser-Jeans-aus-Fragen. Es gab nur eine richtige Antwort.

„Nein." Technisch war das richtig, denn die Sache mit dem Apartment war passiert, und zu fragen, was passiert wäre, wenn, war keine faire Frage. Das war eine Falle. Und er war darauf trainiert, Fallen zu finden.

„Oh." Sie runzelte die Stirn und sah auf seinen Schreibtisch.

Jetzt fühlte er sich wie ein Arschloch. „Ich würde gerne mit dir ausgehen", antwortete er wahrheitsgemäß. *Für eine gewisse Zeit.* „Aber nur, wenn es dir auch angenehm ist." Er verschränkte die Arme, bemühte sich, unnahbar zu wirken. „Zwischen uns würde nur etwas passieren, wenn *du* den ersten Schritt machen würdest." Sie erhob sich und warf ihm ein kurzes Lächeln zu. „Dann gibt es ja kein Problem", sagte sie mit angespannter Stimme, bei der ihm das Herz hinabrutschte. „Ich muss wieder an die Arbeit." Sie zog ihren Mantel an und nahm sich ihre Handtasche. „Bis bald dann, Nachbar!"

„Bis bald", brachte er hervor.

Die Tür schloss sich hinter ihr, und er ließ leise seinen Kopf auf den Schreibtisch sinken. *Brillante Strategie, Herr Anwalt.*

5

Zoë sang am Freitagabend mit schwerem Herzen bei ihrem letzten Auftritt in ihrer Lieblings-Jazzbar in New York City. Das Blue Tizzy würde am Montag seine Tore schließen, da die Pacht verdoppelt worden war und sie es sich nicht länger leisten konnten, im Geschäft zu bleiben. Die Situation war schlimm für Musiker und die kleineren Lokale, die sie unterstützten. Sie beendeten ihr letztes Lied, und sie umarmte die Inhaberin, Judy, die Zoë ihren ersten Auftritt verschafft hatte. Judy, eine Mittsechzigerin, war ein fanatischer Jazzfan und kleidete sich gern wie ein Flapper aus den Zwanzigerjahren. Sie trug ihre platinblonden Haare in einem niedlichen Bob, dazu ein Stirnband mit einer Feder und Glitzersteinen. Ein glänzendes silbernes Paillettenkleid und schwarze Mary Jane Pumps machten das Outfit perfekt.

„Ich werde dich vermissen", sagte Zoë.

„Ich dich auch", sagte Judy mit ihrer verrauchten Stimme. Sie löste sich von ihr, ihre blauen Augen sahen ganz weich aus. „Aber ich werde mich in der Sonne von Florida entspannen, endlich in Ruhestand gehen, also ist es nicht nur schlecht. Du wirst mich stolz machen, hörst du mich? Ich möchte diese Lieder eines Tages im Radio hören."

„Ich versuche es", sagte sie und blinzelte die Tränen beiseite. Sie wollte Judy so unbedingt stolz machen. „Du weißt, dass ich es versuche."

Judy umfasste ihrer Wange. „Das weiß ich. Ich bin stolz darauf, wie weit du schon gekommen bist. Weißt du noch, wie deine Stimme das erste Mal gezittert hat, als du hier aufgetreten bist?"

Zoë nickte.

„Und jetzt gehört dir die Bühne. Himmel, dir gehört der ganze Raum."

„Danke, Judy." Sie plauderten noch eine Weile, dann gesellte sie sich zu ihren Bandkollegen an die Bar.

Ein älterer Mann zu ihrer Linken spendierte ihr einen Drink. „Sie sind die hübscheste Sängerin, die mir je begegnet ist", sagte der Mann.

„Danke", sagte sie.

Jordan unterbrach ihn, indem er seinen großen Körper zwischen sie beide schob. „Entschuldigen Sie bitte, das hier ist meine Frau."

Der Mann hob eine Hand und rutschte weiter die Bar hinunter. Jordan nahm seinen Platz ein und in seinen dunkelbraunen Augen loderte ein Feuer, das sagte: *Leg dich nicht mit mir an.*

Sie drehte sich zu ihm um und flüsterte: „Jordan, ich habe dir doch gesagt, du sollst damit aufhören."

Mit einem Finger hob er ihr Kinn. „Ich passe doch nur auf dich auf, Zoë-bean."

„Ich weiß", sagte sie seufzend.

„Trink nicht, was er da bestellt hat", sagte Jordan und nahm ihr das Getränk ab. Ein harmloses Glas Weißwein. „Der hat wahrscheinlich irgendwas da reingetan." Sie schüttelte den Kopf. Jordan ging immer davon aus, dass alle Menschen schlecht waren. Er gab dem Barkeeper ein Zeichen, schob das Getränk zurück und bestellte ihren üblichen Dirty Martini und ein Bier für sich selbst.

Als ihre Drinks kamen, trank Jordan einen Schluck von seinem Bier und sah sie von der Seite an. „Ich sehe deine Räder rattern. Was denkst du?"

Sie hatte daran gedacht, wie unbedingt sie ihren großen Durchbruch wollte und dass sie, nachdem sie heute Abend aufgetreten waren, wirklich wollte, dass sie ihn mit ihrer Band hatte, mit der sie die letzten fünf Jahre zusammen gespielt hatte. Jordan war die jüngste Ergänzung zu Sizzling Coda, vor zwei

Jahren war das gewesen, doch wegen ihrer gemeinsamen Vergangenheit hatte er wunderbar dazu gepasst. Er wollte seinem Vater beweisen, dass er es an die Spitze schaffen konnte, genau wie sie. Sie arbeiteten mit so viel innerem Feuer an ihrem Erfolg, warum konnten sie es dann einfach nicht auf ihre eigene Art schaffen?

„Ich denke darüber nach, dass es vielleicht an der Zeit ist, ein Indiealbum aufzunehmen", sagte sie. „Wir sind einem Plattenvertrag jetzt nicht näher als vor fünf Jahren. Clubs wie dieser hier, in dem wir unsere Brötchen verdienen, geben auf. Wir sollten ein bisschen Geld sparen, ein Studio mieten, einen Produzenten engagieren und unser eigenes Album herausbringen."

Er stellte sein Bier ab. „Nein."

„Wie? Nein? Warum nicht?" Sie richtete sich verärgert auf. Wenn nicht bald etwas passierte, würde sie definitiv bei *Next American Voice* landen. Es gab einfach keine andere Möglichkeit für einen Durchbruch.

Sein Mundwinkel hob sich. „Mein temperamentvolles Mädchen. Weil ich nicht so leicht aufgebe–"

„Das ist nicht Aufgeben! Es ist nur ein anderer Weg."

Er beugte sich vor und schob ihr Haar zurück, um ihr direkt ins Ohr zu flüstern: „Ich arbeite gerade an etwas."

Sie konnte kaum dem Drang widerstehen, die Augen zu verdrehen. Jordan arbeitete immer an etwas. „Wie du meinst", murmelte sie. Vielleicht konnte sie das Geld aufbringen, um ein Indie-Soloalbum aufzunehmen. Das war nicht ideal, aber es war wenigstens etwas. Wenn die Band damit nicht hinter ihr stand, was konnte sie schon anderes tun, als es auf eigene Faust zu probieren? Wenn sie einen guten Produzenten fand, mit dem sie im Studio arbeiten konnte –

„Zoë, ich meine es so. Ich arbeite gerade an etwas, das unser großer Durchbruch werden könnte."

„Ich bin es leid, auf unseren großen Durchbruch zu warten." Sie trat auf der Stelle und *musste* einfach etwas dagegen tun.

„Halt einfach durch. Nur noch ein bisschen." Er drückte ihre Hand. „Bitte."

Jordan sagte fast nie bitte. „Wie lange?"

Er lächelte, denn er wusste, dass er gewonnen hatte. „Nicht lange. Ich weiß es nicht genau. Einen Monat, höchstens zwei. Da gibt's noch eine Menge zu tun, bevor sie uns nehmen, aber wir sind auf ihrem Radar, das hast du mir zu verdanken."

„Wer? Was?"

Er drückte einen Finger gegen ihre Lippen, brachte sie zum Schweigen. „Alles zu seiner Zeit, meine Liebe."

Sie biss in seinen Finger, worauf er nur lächelte und so tat, als würde er wie ein Krokodil mit seinen strahlend weißen Zähnen nach ihr schnappen. Sie wandte sich zur anderen Seite, wo Wade und Alex saßen, irgendwelche Nüsse aßen und Whisky tranken. „Wisst ihr Jungs, was Jordan vorhat?"

„Er hat doch immer etwas vor", sagte Alex.

„Jupp", nickte Wade.

„Sie wissen es nicht", sagte Jordan in ihr Ohr.

Sie schob ihn fort.

„Hör auf, in mein Ohr zu sprechen", sagte sie. „Das ist empfindlich."

„Ich weiß", schnurrte er in ihr Ohr. Sie schnaubte frustriert und wandte ihm ihren Rücken zu. „Was haltet ihr Jungs denn davon, wenn wir unser eigenes Album aufnehmen?"

„Cool", sagte Wade.

„Merk dir diesen Gedanken", sagte Jordan, lehnte seinen Arm auf die Bar neben sie und schaffte es irgendwie, dass es sich anfühlte, als läge sein Arm gleichzeitig um ihre Schultern. Er sprach mit den Jungs. „Unser großer Durchbruch ist nicht mehr weit."

„Ist er das nicht immer?", sagte Alex, bevor er seinen Whisky leerte.

Sie sah von Alex zu Wade. Sie waren schon lange in der Band und schienen zufrieden damit zu sein, jeden Gig zu spielen, den sie und Jordan für sie an Land ziehen konnten. Wade arbeitete für den Lebensmittelgroßhandel seiner Familie und fuhr jeden Morgen die Lieferungen aus, schlief am Tag und spielte nachts bei ihren Auftritten. Alex hatte einen Trustfund. Seine Familie tat bei ihren Freunden so, als wäre er Perkussionist in einem Symphonieorchester. Sie seufzte. Diese beiden gierten nicht so nach Erfolg, wie sie es tat.

„Du hast einen Monat", sagte sie zu Jordan. Und dann würde sie etwas Eigenes machen, *Next American Voice* oder ein Solo-Indie-Album, sie war sich noch nicht sicher, aber irgendetwas würde sie tun.

Jordan zog sie vom Barhocker und in seine Arme, schaukelte sie von einer Seite zur anderen. „Ich wusste, ich kann mich auf mein Mädchen verlassen."

Sie löste sich von ihm. „Ich bin *nicht* dein Mädchen."

„Du weißt, was ich meine", sagte er und hob sein Bier erneut. „Wir nennen dich alle unser Mädchen. Nicht wahr, Jungs?"

„Ja, ja", murmelten Wade und Alex, die sich an diesen Streit schon gewöhnt hatten.

Sie setzte sich wieder auf ihren Barhocker. „Gib mir einen Tipp, Jor."

Er beugte sich vor und grinste, seine Augen voller Verschlagenheit. „Versprichst du mir, dass du keiner Menschenseele was erzählst?"

„Ja!", sagte sie genervt, aber trotzdem unfähig, ein Lächeln zu unterdrücken.

„Hast du schon mal von Hep Six gehört?"

„O mein Gott!" Hep Six war eine international berühmte Jazzband, die regelmäßig auf Tour durch Europa ging. Ihre Musik war großartig, und sie hatten mehrere Hits, die regelmäßig im Radio gespielt wurden.

„Schhh!" Er lächelte und schien mit ihrer Reaktion zufrieden zu sein. „Denk also einfach darüber nach."

Wade und Alex beugten sich vor. „Worüber sind wir o mein Gott?", fragte Wade.

„Hep Six wollen uns vielleicht!", rief Zoë.

Jordan schüttelte den Kopf. „Nichts sagen!"

Wade und Alex sahen einander an, die Brauen gehoben. Sie hüpfte auf ihrem Platz auf und ab. „Als Back-up oder als Vorgruppe?" Sie schlug Jordan auf den Arm. „Was? Erzähl's mir!"

Er schmunzelte. „Sie überlegen, ob sie uns als Vorgruppe nehmen, aber das ist noch nicht sicher. Sie denken über eine Menge Bands nach. Behalt es bitte für dich." Er legte seine Hand auf ihren Kopf.

Sie starrte ihn nur mit offenem Mund an. Sie konnte es nicht glauben. Selbst Back-up für Hep Six zu singen, wäre solch eine Ehre. Als ihre Vorgruppe aufzutreten, wäre ein wahrgewordener Traum. Vielleicht würden sie die Möglichkeit bekommen, miteinander zu singen, miteinander abzuhängen, etwas von ihnen zu lernen. Sie bekam Gänsehaut. Das hier war riesig. Der große

Durchbruch, auf den sie gewartet hatte, und sie würde ihn mit ihrer Band haben.

Jordan legte einen Finger unter ihr Kinn und schloss für sie den Mund. „Das war genau die richtige Reaktion", sagte er ihr.

„Cool", sagte Wade.

„Lass uns wissen, sobald du was hörst", sagte Alex. „Pool?"

„Nein, geht ihr nur", sagte Jordan. „Ich muss mich mit Zoë unterhalten." Wade und Alex nickten und marschierten davon.

„Wie gut kennst du deinen neuen Vermieter?", fragte Jordan.

Sie trank einen Schluck von ihrem Martini. „Gut genug."

„Triffst du ihn oft?", fragte Jordan. „Belästigt er dich?" Dieser letzte Teil klang fast bedrohlich.

Sie nippte an ihrem Drink. Waren heiß machen und belästigen dasselbe? Jetzt, da sie Erwachsene waren, spielte Jordan die Rolle des großen Aufpasser-Bruders. Als Kind hatte er sie gnadenlos aufgezogen. Und als Teenager, naja, das war gewesen, als die Hölle losbrach. Zumindest für sie. Jordan, der zwei Jahre älter war, hatte sich über Nacht in einen umwerfenden einsachtzig Bullen von einem Mann verwandelt. Mit ihm hatte sie ihren ersten Kuss, ihr erstes Mal, ihre erste Liebe erlebt. Nichts davon war sie für ihn, und genauso hemdsärmelig war er mit ihr umgegangen.

Mit zwanzig war sie ihm bei einer Party im Village wieder begegnet, als er vom College nach Hause gekommen war, und sie war sich sicher gewesen, dass sie jetzt, da sie beide erwachsen waren, zusammen sein konnten. Sie hatte sich ihm geradezu an den Hals geworfen, denn sie war heimlich in ihn verliebt gewesen, seitdem er sie mit dreizehn geküsst hatte, als sie ihn todesmutig im Sommer darum gebeten hatte. Wieder hatte er sich genommen, was sie ihm angeboten hatte, und hatte sie am nächsten Tag in die Wüste geschickt und dazu gesagt, er hoffte, dass sie Freunde bleiben könnten. Am nächsten Tag hatte sie ihn auf einer anderen Party eine andere Frau küssen sehen.

Sie hatte den Fehler gemacht und ihn zur Rede gestellt. „Jordan, was tust du da? Wer ist das?"

„Cherise", sagte er lächelnd, „das hier ist Zoë, eine Freundin der *Familie*."

Cherise hatte die Nase gerümpft. „Die ist ja niedlich. Wie alt bist du? Darfst du überhaupt schon hier sein?"

Jordan hatte gelacht. „Für so manche Dinge ist sie schon alt genug. Nicht wahr, Zoë?"

Sie hatte gehaspelt, so wütend, dass sie kein Wort hatte herausbringen können. Dann hatte sie sich umgedreht und war mit vor Demütigung brennenden Wangen gegangen.

Danach war sie eine Weile nicht mehr auf Partys im Village gegangen. Sie hatte weitergelebt. Als ihre Wege sich Jahre später wieder in Jazzclubs und bei gelegentlichen Familienfeiern kreuzten, hatte er sich für sein Verhalten ihr gegenüber entschuldigt. Er hatte geschworen, dass er keine männliche Hure mehr war, und hoffte, dass sie das Ganze vergessen konnten. Und obwohl sie ihm vergeben hatte, hatte sie seine Bitte um ein Date einen Monat später abgelehnt. Jahre später, als der Schmerz nachgelassen hatte, hatte sie ihn in ihre Band aufgenommen. Seitdem war er ihr Beschützer, großer Bruder und Kumpel in Personalunion.

„Zoë", hakte Jordan nach. „Ich habe gefragt, ob er dich belästigt."

„Nein, ich glaube, ich belästige ihn."

„Wie das?", fragte er trügerisch ruhig.

„Fred hat sein Handy gefressen."

Er grinste und sprach wieder in unbeschwertem Tonfall weiter. „Wie ist das denn passiert?"

„Wir waren dabei, einen Kaffee zu trinken–"

„Wo?"

„Ähm, in seiner Küche."

„Du warst also in der Küche in seinem Haus?"

„Ja, und wir haben uns unterhalten–"

„Was hast du denn in seinem Haus gemacht?", wollte er wissen.

„Hab ich doch gesagt, wir haben einen Kaffee getrunken."

„Fang nicht schon wieder was mit deinem Vermieter an", sagte Jordan. „Mein Rücken verkraftet keine zwei Umzüge in so kurzer Zeit."

„Ha-ha."

„Ich meine es ernst."

„Ich fange nichts mit ihm an. Wofür hältst du mich, für einen Idioten?"

Er nahm eine Locke ihres Haars und drehte sie zwischen seinen Fingern. „Natürlich nicht. Du bist Zoë-bean, die Große."

Sie lachte über den Spitznamen aus Kindertagen. „Jordy, das Horn."

Er küsste sie auf die Wange. „Was würde ich nur ohne dich tun?"

„Du würdest dich eindeutig langweilen."

Er lachte. „Vollkommen korrekt. Komm, ich begleite dich zum Bahnhof. Ich will nicht, dass du zu spät zurückkommst."

„Okay, danke." Sie trank ihr Glas aus und ging in dem Wissen, dass Jordan ihr den Rücken freihielt. Wie immer.

~

Am Samstagmorgen war der große Umzugstag. Zoë hatte ihren Dad, Jordan und ihren Schwager Will um Hilfe gebeten. Mit Hilfe der drei Männer würde sie in Nullkommanichts die Wohnung wechseln. Ihr Handy vibrierte, als sie auf sie wartete. Es war ihre Schwester, Jasmine. Sie hoffte, dass Will sich nicht verspätete.

„Hey, Jaz", meldete sie sich.

„Du sprichst mit Will und nicht mit mir? Jetzt weiß ich, dass was nicht stimmt. Wie lange kennst du Gabe schon? Was habt ihr für eine Abmachung?"

„Er hilft mir, er gibt gutes Trinkgeld und er isst im Garner's." Er war außerdem anscheinend ein Hai vor Gericht, aber sie meinte, die Haisache käme bei Jaz wohl nicht so gut an. Und vielleicht hatte er seine kranke Verlobte verlassen, oder auch nicht, und die war dann gestorben. Gabes Leben klang irgendwie wie eine Tragödie. Erst war sein Dad gestorben und dann ein paar Tage später seine Verlobte. Selbst, wenn es stimmte und er sie verlassen hatte, als er erfahren hatte, dass sie krank war, tat er ihr doch leid. Die Schuldgefühle mussten an seiner Seele nagen.

Jaz' Stimme klang laut und herablassend wie immer durchs Handy. „Na, dann, wenn er in dem Restaurant isst, in dem auch der Rest der Stadt isst, dann muss er ja in Ordnung sein."

Zoë seufzte. „Daze sagt, dass er gut mit Shane befreundet ist. Ich weiß, dass er in Ordnung ist, allein schon durch seinen Umgang."

„Hmmm … Hast du die Gerüchte über ihn gehört?"

„Ich gebe nichts auf Gerüchte."

„Gut. Dann frag ihn einfach selbst, wenn du dir Sorgen machst. Machst du dir Sorgen?"

Ein bisschen. „Nein, ich mache mir keine Sorgen. Ich miete seine Wohnung und heirate ihn nicht."

„Findest du ihn süß?"

„Jaz! Da ist nichts! Er hat nur zufällig ein Apartment, und ich bin nur zufällig wegen Fred aus meinem Apartment rausgeschmissen worden."

„Dein Vermieter ist ein Arschloch."

„Das weiß ich." Natürlich wusste sie das jetzt. Zunächst war John so begeistert von ihrer Gesangskarriere gewesen, hatte sie angefeuert, war mit ihr zu allen Auftritten in der Stadt gegangen. Doch das war alles nicht echt gewesen. Er hatte nur die kostenlosen Getränke und die Unterhaltung als ihr Gast haben wollen (worüber er sie informierte, als sie ihn dabei erwischt hatte, wie er eine andere Frau an der Bar geküsst hatte.)

„Schlaf nicht mit deinem neuen Vermieter", sagte Jaz. „Du wirst für Fred nur alles wieder vermasseln."

„Ich werde nicht mit Gabe schlafen!" Erst Daze, dann Jordan und jetzt auch noch Jaz. Sie alle verhielten sich, als hätte sie gar keine Selbstbeherrschung. Himmel, es war ja nicht so, als schliefe sie in der Gegend herum. „Ich habe doch schon gesagt, ich brauche bloß eine Wohnung. Sie ist ja nicht einmal in seinem Haus! Sie ist über der Garage!"

„Okay, beruhig dich wieder. Ist sie schön?"

„Ja." Fred stieß mit seiner Hüfte gegen ihr Bein, wollte, dass sie ihn streichelte. Sie gehorchte, und er wedelte glücklich mit dem Schwanz. „Es gibt auch einen Garten für Fred."

„Okay. Will ist unterwegs." Sie hörte ein Geräusch, als küssten sie einander.

„Hast du Will als Geisel behalten, damit du dich in mein Leben einmischen kannst?", fragte Zoë.

Jaz lachte herzlich. „Das war gut. Denk dran: Nicht nackig machen!"

„Oh, Schluss damit!", protestierte Zoë.

Wieder lachte Jaz, dann begann Baby Ella zu jammern. „Sie ist wach. Muss los! Hab dich lieb!"

Zoë knirschte mit den Zähnen. „Ich dich auch. Bye."

Kurze Zeit später wurden ihre Kartons in den Van geladen,

den die Band sonst benutzte, um ihre Ausrüstung zu transportieren, und bei Gabe wieder ausgepackt. Sie hatte nur Platz für das Bett, den Schrank, einen Nachttisch, einen kleinen Beistelltisch und das Sofa. Das war in Ordnung. Es war gemütlich. Außerdem war es nur für einen Monat, vielleicht zwei, wenn das mit dem Gig zusammen mit Hep Six klappte.

Auch Gabe war gekommen, um mit anzupacken. Nachdem sie alles in die Wohnung gebracht hatten, hatten die Männer in ihrem Leben das Bedürfnis, Gabe zu verhören.

„Sind Sie Single?", fragte ihr Dad in seiner tiefen Leg-dich-nicht-mit-meiner-Tochter-an-Stimme. Auf diese Art hatte er in der Highschool regelmäßig Jungen im Teenageralter verschreckt.

„Ja, Sir", erwiderte Gabe mit einer Stimme, die sowohl Respekt als auch unterschwellige Stärke zeigte. Sie schmolz dahin. Sie mochte Stärke.

Ihr Dad brummte.

„Zoë ist tabu", sagte Jordan. „Ich rate dir, die Vermieter-Mieter-Beziehung professionell zu halten." Er sah Zoë von der Seite an.

„Ich würde nicht sagen, dass professionell die Tatsache, dass Zoë in meinem Studioapartment wohnt, adäquat beschreibt", sagte Gabe. „Das ist mehr eine zwanglose Vereinbarung."

„Was zum Teufel soll das denn heißen?", fragte Jordan, der sich gereizt direkt vor Gabe aufbaute. Er war größer als Gabe und massig, doch Gabe wich nicht zurück.

Gabe sprach mit gleichmäßiger, kontrollierter Stimme: „Es heißt genau das, was ich gesagt habe."

Sie wollte Jordan gerade schon sagen, er solle es endlich auf sich beruhen lassen, als Will sich räusperte. „Zoë ist für mich wie eine Schwester", sagte er mit einer Stimme, als hätte er das geübt. Hatte Jaz mit ihm trainiert? „Also, du weißt schon, ähm, Hände weg."

Die drei Männer starrten Gabe an. Er sah sie alle an, und sein Blick blieb an ihr hängen, bevor er sich dann wieder den drei Männern zuwandte und mit seiner autoritären Anwaltsstimme sagte: „Zur Kenntnis genommen. Wie heißt es so schön? Der Beklagte ist unschuldig, bis seine Schuld erwiesen ist."

Jordan stieß einen Knurrlaut aus und bewegte sich auf Gabe zu. Ihr Dad hielt ihn mit einer strengen Hand auf Jordans Schulter zurück.

„Immer mit der Ruhe, Sohn", sagte ihr Dad. Er hatte Jordan immer als den Sohn betrachtet, den er nie gehabt hatte.

Jordan schnaubte und starrte Gabe weiter wütend an.

„Ich gehe Fred holen!", sagte Zoë fröhlich und ließ die Männer in ihrer mittäglichen Pattsituation zurück.

6

Als Zoë später am Nachmittag von ihrem Wocheneinkauf zurückkkam, stellte sie fest, dass das Wasser immer noch in der Spüle stand, weil sie vorhin die Schränke ausgewischt hatte. Sie starrte es an. Der Abfluss schien verstopft zu sein. Sie räumte die Einkäufe weg und überlegte, was sie tun sollte. Naja, sie hatte einen Vermieter, oder nicht? Sie würde es Gabe sagen. Sie ließ Fred in den Garten und ging zu seiner Haustür.

Gabe öffnete die Tür. In Hemd und Jeans mit Loafern sah er ordentlich und adrett wie immer aus.

„Hey", sagte er mit warmer Stimme. „Komm rein. Wo ist Fred?"

„Der tollt in deinem Garten herum und frisst Schnee. Ich bin nur vorbeigekommen, um dir zu sagen, dass der Abfluss in der Küche verstopft ist. Das Wasser fließt nicht ab, darum weiß ich nicht, ob wir einen Klempner brauchen oder einen von diesen Pümpeln oder vielleicht einen Rohrreiniger? Ich wollte nichts Falsches machen, deswegen bin ich hier, um es dir zu sagen."

„Ich sehe mir das mal an." Er folgte ihr in die Wohnung, blieb vor der Spüle stehen und neigte den Kopf. „Jupp. Ist verstopft."

„Hast du gedacht, ich habe mir das nur ausgedacht, um dich in meine Wohnung zu locken?", fragte sie.

„Wäre nicht so schwierig gewesen, mich hierher zu holen", erwiderte er und warf ihr einen kurzen Blick zu. Sie wippte auf ihre Fersen zurück. Das Apartment fühlte sich plötzlich viel kleiner an. Er steckte seine Hand ins Wasser und betastete den Abfluss. Nichts passierte. „Ich werde einen Klempner rufen."

„Warte! Klempner sind am Wochenende so teuer."

„Du kannst aber so nicht wohnen", sagte Gabe. „Wie willst du denn kochen und deine Teller spülen?"

„Das wird schon gehen. Montag reicht."

Er schüttelte den Kopf, wusch sich die Hände und rief trotzdem an. Als er den Anruf beendet hatte, drehte er sich zu ihr um. „Der Klempner kommt gegen fünf her. Du kannst heute Abend bei mir essen. Okay?"

Sie schluckte. „Soll ich irgendwas mitbringen, oder ..."

„Nicht nötig." Er schenkte ihr ein langsames, sexy Lächeln. Der Hai war wieder da. „Ich werde mich um alles kümmern."

„Okay, ähm, danke."

Gabe nickte einmal und ging. Auf zittrigen Beinen ließ sie sich aufs Sofa fallen. Das würde nur ein freundschaftliches Abendessen werden. Zwei Nachbarn, die sich zusammensetzten, um etwas zu essen. Keine große Sache.

Gabe drehte am Abend ein bisschen am Rad, als er sich fürs Abendessen vorbereitete. Das war seine große Chance. Zoë würde kommen, sie würden allein sein, und er wollte, dass es etwas Besonderes wurde. Er stellte Kerzen auf den Esszimmertisch und bestellte das Essen, denn trotz seiner Hightech-Gourmetküche konnte er nicht kochen. Shane redete ihm immer wieder ein schlechtes Gewissen ein, weil seine Küche unberührt war. Seine Mom hatte ihr Porzellan und ihre Kristallgläser im Schrank im Esszimmer gelassen, also holte er auch das heraus. Nervosität breitete sich in ihm aus. War das zu viel? Zog er hier eine Show ab, mit der er womöglich selbst nicht mithalten konnte? Ein romantisches Abendessen schrie nicht sofort Beziehung. Und sie musste doch etwas essen, oder? Er hatte ihr ein Abendessen versprochen.

Er stellte die Kristallgläser zurück in den Schrank.

Holte sie wieder heraus.

Er hörte, wie ein Truck vorfuhr, und blickte aus dem Fenster. Der Klempner war da.

Er nahm seine Jacke und ging mit dem Klempner, Sal, hinüber zu Zoës Apartment, um ihm das Problem zu zeigen.

Gabe klopfte an ihre Tür. Einen Moment später öffnete Zoë lächelnd. „Oh, gut, Sie sind da", sagte sie.

Die Lust machte ihn dumm. „Der Klempner ist hier", sagte er und zeigte auf das Offensichtliche. *Reiß dich zusammen.* Fred kläffte wie verrückt, bis der Klempner ihn streichelte; dann schmiegte er sich glücklich an ihn. Der Klempner zog seine Jacke aus und ging hinüber zur Spüle. Zoë hielt Fred an der Leine, damit der Mann in Ruhe arbeiten konnte.

„Wie läuft's?", fragte Gabe. „Lebst du dich langsam ein?" Er sah sich um. Es waren immer noch ein paar Kisten an der Wand aufgestapelt.

„Ja. Ich werde morgen noch ein bisschen mehr auspacken. Ich wollte erst mal die wichtigsten Sachen haben."

Sal kam mit seinem Kopf unter der Spüle hervor. „Nur verstopft. Dauert nicht lang."

Minuten später stellte der Klempner das Wasser wieder an, und die Spüle leerte sich perfekt. „Bitte sehr", sagte Sal. „Die Rechnung schicke ich per Post."

„Okay, danke", sagte Gabe.

Sal nahm sich seine Jacke und ging. Zoë ließ Fred wieder los, der anfing, an Gabe hochzuspringen. „Sitz!", befahl Gabe. Fred setzte sich. Als Belohnung streichelte er ihn ausgiebig.

„Möchtest du immer noch, dass ich zum Abendessen komme?", fragte Zoë. „Also, ich meine, ich kann ja jetzt auch hier kochen."

Gabe ging in die Hocke, um Fred zu streicheln, wollte nicht, dass Zoë merkte, wie sehr er sie dort haben wollte. „Absolut. Lächelt Fred?"

Zoë lachte. „Ja, Wolfsspitze nennt man auch lächelnde Holländer. Das sind holländische Hunde, und sie lächeln wirklich."

Gabe betrachtete Freds großes albernes Lächeln und merkte, wie er das Lächeln erwiderte. Er stand auf. „In einer Stunde gibt es Abendessen."

„Brauchst du Hilfe?", fragte sie. „Ich kann dir helfen."

„Nein. Passt schon."

„Okay." Sie wedelte mit den Fingern. „Dann bis in einer Stunde."

Er ging duschen, rasierte sich, zog eine gute Stoffhose und ein Hemd an, von der Sorte, die er trug, als er ein gestresster Anwalt gewesen war. Er sprühte sich mit Parfum ein und betrachtete sich im Spiegel. Besser ging es nicht.

Der Lieferjunge kam mit dem Essen aus einem wirklich guten italienischen Restaurant in Eastman. Er füllte den Inhalt in verschiedene Töpfe und Pfannen, damit es aussah, als hätte er selbst gekocht. Frauen drehten durch, wenn ein Mann kochen konnte. Er kleckerte etwas Marinarasauce auf den Herd, um die Illusion zu unterstreichen.

Zum Schluss legte er noch langsamen Jazz auf. Schließlich war sie Jazzsängerin. Dann zündete er die Kerzen an. Er dimmte die Lichter und begutachtete die Szene. Definitiv romantisch wie in einem hübschen Restaurant. Das musste nicht Beziehung bedeuten, versicherte er sich. Das konnte einfach nur Verführung heißen. Ein paar Augenblicke später klingelte es an der Tür, und sein Herzschlag beschleunigte sich. Es war lange her, seit er sich das letzte Mal um eine Frau bemüht hatte. Er fühlte sich wie ein unbeholfener Teenager beim ersten Date.

Er öffnete die Tür. „Hallo."

„Hi." Sie kam herein, und er half ihr aus ihrer Jacke. Sie drehte sich um. „Ich, ähm, habe das Gefühl, underdressed zu sein." Sie trug einen engen Pullover, Jeans und Stiefel, die sie vorhin auch schon angehabt hatte. Es gefiel ihm.

„Überhaupt nicht", sagte er.

Sie zog ihre Stiefel aus und ließ sie an der Haustür stehen, wodurch sie einige Zentimeter kleiner wurde. Er legte eine Hand an ihren unteren Rücken und führte sie in die Küche.

„Das duftet wunderbar. Moment mal, ich dachte, du kochst nicht?"

„Nur einfache Gerichte", sagte er schnell.

Sie warf einen Blick ins Esszimmer und blieb abrupt stehen. „Gabe? Das ist alles richtig schön. Ich meine, du siehst so gut aus, und die Kerzen." Sie gestikulierte mit einer Hand durch die Luft. „Die Musik. Das Essen. Aber soll das ein Date sein? Ich dachte, das wäre nur eine freundschaftliche Einladung?"

Gabe fragte sich, ob er jetzt einen Schritt vorwärts wagen oder seine Fehleinschätzung überspielen sollte. Er hatte geglaubt, dass auch sie interessiert gewirkt hatte, vielleicht war das auch nur ihre Art, freundlich zu sein, so, wie sie das zu jedem war. Er drehte sich zu ihr um, sah extrem unbehaglich aus und entschied sich dafür, es zu überspielen.

„Definitiv eine freundschaftliche Einladung", sagte er.

Er ging ins Esszimmer und blies die Kerzen aus. Dann stellte er auch noch die Musik aus. „Ich habe einmal eine Einladung zum Abendessen im Kino gesehen, da hatten sie Kerzen. Aber wir brauchen keine. Ist ja kein Date." Und wenn sie das glaubte –

„Oh." Sie biss sich auf die Lippe, und er musste sich zurückhalten, nicht dasselbe zu tun. Sie hatte schöne Lippen – so voll und rosig.

Er ging in die Küche und deutete auf die Töpfe und Pfannen. „Das Essen habe ich bestellt und es nur auf dem Herd aufgewärmt. Alles ganz zwanglos."

Sie neigte ihren Kopf zur Seite, musterte ihn. „Bist du dir sicher?"

„Jupp." Er schob seine Hände in die Taschen.

„Ich wette, du bist es gewohnt, Gäste zu empfangen?", vermutete sie.

Er empfing nie Gäste. „Ständig", sagte er. „Wein?"

„Gerne."

„Wir können im Wohnzimmer am Sofatisch essen. Förmlich im Esszimmer brauchen wir nicht."

„Nein, das ist nett. Wir können im Esszimmer essen. Du hast den Tisch so hübsch gedeckt mit ..." Sie warf einen Blick hinein. „Sind das Kristallgläser? Und Porzellan und Silberbesteck."

Er zuckte die Schultern.

Sie sah ihn merkwürdig an. „Lass uns da essen, danke."

Er schenkte ihr ein Glas Merlot ein, dann sich selbst auch und hob sein Glas in ihre Richtung. „Auf freundschaftliche Abendessen", sagte er.

Sie sah ihn an, als wäre er verrückt. Er hatte auch selbst das Gefühl, ein bisschen verrückt zu sein. Dennoch erwiderte sie den Toast. „Auf freundschaftliche Abendessen", sagte sie.

Er trank einen langen Schluck von dem Wein und drehte sich um, um das Abendessen zu servieren.

～

Zoë nippte an ihrem Wein und betrachtete Gabes breiten Rücken, während er Engelshaarnudeln, Sauce, Fleischbällchen, Brokkoli und Knoblauchbrot auf zwei Teller lud. Sie war sich nicht sicher, was sie von dem heutigen Abend erwartet hatte. Einerseits hatte er sie zum Abendessen bei sich zu Hause eingeladen, was sehr intim und romantisch war. Andererseits war sie unentschlossen wegen Dazes Warnung, dass Gabe sehr überzeugend sein konnte. Und dann die ganze Sache mit seiner Ex. Sie war hin- und hergerissen gewesen, ob es ein Date war oder nicht, deswegen hatte sie sich für ungezwungen entschieden. Kein Make-up und kein Theater wegen der Klamotten, einfach das, was sie vorhin schon angehabt hatte. Gabe hingegen hatte sich schick gemacht, er duftete wunderbar, irgendein würziges Parfum, das sie inhalieren wollte, wenn er in ihrer Nähe war. Irgendwie wollte sie, dass er die Musik wieder einschaltete und die Kerzen wieder anzündete – es hatte schließlich so romantisch ausgesehen –, doch sie befürchtete, ihre Unsicherheit hatte jegliche romantische Intention, die er gehabt haben mochte, im Keim erstickt. Es gab nicht viele Männer, die sich solche Mühe gaben, und deswegen mochte sie ihn nur noch mehr.

Gabe stellte das Abendessen auf den Tisch und zog einen Kirschholzstuhl heraus, damit sie sich setzen konnte. Er war solch ein Gentleman. Vielleicht waren ihre Sorgen unbegründet.

„Danke", sagte sie, als er ihr den Stuhl wieder zurechtrückte.

Er setzte sich an den Kopf des Tisches, direkt neben ihren Platz. Sie konnten Händchen halten, wenn sie das wollten. Wollte sie das?

„Das Essen ist von Emilio's", sagte er. „Alles ist frisch zubereitet. Hausgemachte Sauce, Fleischbällchen, selbst das Brot."

„Klingt großartig", sagte sie und legte sich eine Stoffserviette auf den Schoß. Es fühlte sich fast an, als wäre sie in einem hübschen Restaurant. „Gabe?", wagte sie sich vor.

Er legte seine Gabel ab. „Ja?"

„Das Kerzenlicht und die Musik haben mir irgendwie gefallen. Ich meine, wenn es dir nichts ausmacht, könnten wir die wieder…?"

Er schenkte ihr ein langsames, sexy Lächeln, bei dem das Grübchen sichtbar wurde, das sie so verführerisch fand. Jetzt, nachdem er sich rasiert hatte, sah er noch mehr aus wie der Junge von nebenan. „Klar."

Er verließ sie für einen Moment, und die Musik begann, wieder aus den Lautsprechern zu klingen. Sie entspannte sich etwas, als die vertraute Stimme von Billie Holiday den Raum füllte. Sie blickte auf. Deckenlautsprecher. Cool. Er kehrte mit einem Feuerzeug zurück und zündete die Kerzen auf dem Tisch an.

„Und die Lichter könntest du auch dimmen", sagte sie.

Das tat er und kam an den Tisch zurück. „Heißt das, du …" Plötzlich fühlte sie sich schüchtern. „Ich weiß es nicht. Es hat mir einfach nur gefallen."

Er hob sein Glas in ihre Richtung, und sie stieß mit ihm an. „Darauf, es einfach nur zu mögen", sagte er mit rauer Stimme.

Sie sollte verdammt sein, wenn es bei diesen Worten nicht bei ihr pochte. Unsicher, was sie darauf erwidern sollte, trank sie einen langen Schluck Wein. Auch er trank und betrachtete sie über den Glasrand. Sie spürte, wie sie rot wurde. Gott sei Dank konnte er das im warmen Kerzenlicht nicht sehen.

Sie machte sich über die Nudeln her. „Das ist köstlich", sagte sie, nachdem sie gekaut hatte. „Ich liebe italienisches Essen."

„Wirklich? Ich auch. Was ist dein Lieblingsessen?"

„Ravioli. In der Stadt ist da dieses Lokal, in das ich sonst immer allein wegen der Ravioli gegangen bin. Ich glaube, man braucht so eine Nudelmaschine, wenn man die selbst machen will."

„Mein Stiefvater macht Nudeln und Sauce selbst. Es gibt nichts Besseres."

„Ich kann richtig gut Essen bestellen", scherzte sie.

„Ich auch."

Sie lächelten einander an.

„Was hat dich dazu gebracht, in das Haus zurückzuziehen, indem du aufgewachsen bist?", fragte sie. „Zumindest glaube ich mich zu erinnern, dass du früher in dieser Straße gewohnt hast."

„Ja, das ist es. Ich wollte hierher zurück, und meine Mom und mein Stiefvater wollten sich verkleinern. Das Timing hat einfach gepasst."

Sie sah sich um. „Sah es so aus, als du hier gewohnt hast?"

„Ihre Möbel haben sie mitgenommen oder gespendet. Nur die Esszimmermöbel sind geblieben. Und ich habe das eine oder andere verändert. Die Küche erneuert. Den Keller umgebaut."

Sie grinste. „Hast du den Keller zu einer Männerhöhle gemacht?"

„Wenn du mit Männerhöhle Billardtisch, Bar und Heimkino meinst–"

„Genau das ist eine Männerhöhle."

„Dann ja."

Ein paar Minuten aßen sie in behaglichem Schweigen. Wenn das hier ein Date war, war es das entspannteste erste Date, das sie je gehabt hatte. Für gewöhnlich plapperte sie wie aus der Pistole geschossen vor sich hin, nur um sicher zu gehen, dass kein unangenehmes Schweigen aufkam. Und sie aß auch nie viel. Sie nahm sich noch ein Stück von dem Knoblauchbrot. Alles war so gut.

„Also, was gibt es Neues bei deiner Musik?", fragte Gabe.

Sie hob einen Finger und kaute zu Ende. „Nicht viel. Jordan sagt, dass er was in der Pipeline hat, aber wer weiß schon, ob das aufgeht. Er hat immer irgendwas in der Pipeline."

„Ihr solltet das mit dem Indie-Weg probieren. Die Welt ist jetzt vielmehr verbunden. Jeder kann seine Musik online stellen und dadurch entdeckt werden. Das ist vielleicht noch besser als diese Show. Obwohl, wenn du zu dieser Show gehst und gewinnst, und ich bin mir sicher, dass du das wirst, dann kennst du einen Anwalt, der diesen Vertrag nehmen und dir einen besseren aushandeln könnte."

„Der ist so ziemlich in Stein gemeißelt."

„Nichts ist in Stein gemeißelt." Sein Tonfall, der so hart und selbstbewusst klang, gab ihr einen kleinen Einblick in die Zeit, als er noch ein Firmenanwalt gewesen war. Es wäre gut, ihn auf ihrer Seite zu haben, so viel war sicher.

Sie trank einen Schluck von dem Wein. „Ich habe über meine Optionen nachgedacht. Es ist so schwierig, weißt du? Ich möchte mit meiner Band rauskommen, aber Jordan will es nicht auf dem Indie-Weg versuchen. Außerdem ist es teuer, wenn man es richtig macht. Man muss ein Aufnahmestudio mieten und jemanden finden, der bei der Produktion weiß, was er tut."

„Ich würde in euch investieren", sagte er.

„Gabe."

„Was?"

„Erst willst du mich kostenlos hier wohnen lassen, was ich nicht tun werde; dann würdest du für das Indiealbum meiner Band bezahlen?"

„Ja."

„Du bist viel zu großzügig gegenüber jemandem, den du gerade erst kennengelernt hast."

„Wir haben uns nicht gerade erst kennengelernt." Er hielt inne, und sein Blick wanderte von ihren Haaren zu ihren Augen und blieb schließlich an ihren Lippen hängen. „Ich habe schon seit einem Monat ein Auge auf dich geworfen."

Ihr stockte der Atem. „Oh."

„Vergiss, dass ich das gesagt habe." Er trank einen langen Schluck von seinem Wein.

Ein Herzschlag verging.

„Warum hast du mich dann nicht um eine Verabredung gebeten?", fragte sie.

„Ich wollte es mir nicht mit meiner Kellnerin verderben, um zu vermeiden, dass sie mir ins Essen spuckt."

Sie lachte. „Das kann ich mir nicht vorstellen."

„Warum?"

„Ich glaube, du nimmst dir, was du willst."

Er betrachtete sie auf seine nervenaufreibende Art. Sie hatte das Gefühl, dass, wenn er sie nur lange genug musterte, alle Antworten, die er wollte, einfach für ihn sichtbar werden würden. All ihre lüsternen, impulsiven Gedanken. Oh, das hier war nicht gut. Ein Tag. Sie hatte einen verdammten Tag ausgehalten, bevor die Versuchung sie eingelullt hatte.

„Zoë, würdest du gerne–"

„Ich werde mich nicht dazu überreden lassen, mit dir zu schlafen!", platzte es aus ihr heraus.

Er lächelte und sah dabei verdammt selbstgefällig aus. „Eigentlich wollte ich dich um eine Verabredung bitten", sagte er. „Aber wenn du gern schon einen Schritt weitergehen möchtest ..."

Ihr Gesicht stand in Flammen. Da sah man mal, was passierte, wenn große Schwestern sich in ihrem Kopf breitmachten. *Schlaf nicht mit deinem Vermieter, Schlaf nicht mit deinem Vermieter,* und jetzt konnte sie an nichts anderes mehr denken als daran, mit ihrem Vermieter zu schlafen!

Mit einem langen Schluck trank sie ihr Glas aus. „Vielleicht werde ich mit dir ausgehen", erwiderte sie und versuchte, cool zu tun.

„Vielleicht? Wie kann man denn vielleicht ausgehen?"

Sie stellte ihr Glas ab. „Darf ich ehrlich sein?"

„Ich bitte darum."

„Ich habe ein Datingrésumee, das mit Verlierern gespickt ist. Einer davon war mein Vermieter, und ansonsten reichlich Typen, die dachten, dass es cool ist, die Sängerin nach einem Auftritt abzuschleppen, aber nicht so cool, tatsächlich eine Beziehung mit ihr anzufangen." Sie seufzte. „Und die Wahrheit ist, vielleicht sind es nicht nur die Typen, mit denen ich ausgehe, vielleicht bin ich einfach eine schlechte Partie. Ich will diese Musikkarriere so unbedingt, dass ich sie schmecken kann. Ich stürze mich auf jede Gelegenheit, und die Beziehungssache geht immer den Bach runter, wenn ich unterwegs bin."

Sein Blick war erhitzt. „Du willst also nur etwas Kurzzeitiges?"

Sie brauchte keine Affäre. Eine solche Achterbahn war zermürbend. Sie musste sich auf ihre Karriere konzentrieren.

„Im Moment ist einfach keine gute Zeit für mich", sagte sie. „Für irgendetwas."

Er betrachtete sie einen Augenblick lang, und sie fürchtete schon, dass er direkt durch die Mauern in ihr angeschlagenes Herz blicken konnte und sah, dass sie es nicht riskieren wollte, sich noch einmal das Herz brechen zu lassen, und sich doch, tief in ihrem Inneren, fernab von jeder Vernunft, nach einer Liebe sehnte, die Bestand hatte. Das war so eine Aschenputtel-Fantasie. Doch wenn es bis jetzt nicht für sie funktioniert hatte, würde es niemals passieren. Sie hatte sich bereits dreimal verliebt. Das Problem musste sie sein. Etwas, das dafür sorgte, dass die Typen–

„Was hat es mit Jordan auf sich?", fragte er.

Sie machte große Augen. „Was meinst du?"

„Ich meine, dass er dich ansieht, als wäre er in dich verliebt."

„Das ist er nicht!"

Gabe zuckte die Schultern.

„Er ist ein Kumpel. Wir sind zusammen aufgewachsen. Sein Dad und mein Dad waren im The Davis Trio. Ich dachte, das hätte ich dir erzählt."

„Ihr habt also nie …" Er wartete darauf, dass sie die Lücke füllte. Röte kroch ihren Hals empor. „Ach, egal", sagte er.

„Wir haben festgestellt, dass wir besser nur Freunde sind", sagte Zoë.

Wieder musterte er sie, und es machte sie unruhig. Als könnte er direkt in ihre Seele blicken.

„Habt ihr beide das festgestellt oder nur du?", fragte er.

„Beide!"

Er hob beschwichtigend seine Hände. „Okay, okay."

Er machte sich wieder ans Essen, also tat sie das Gleiche. Geschickt lenkte Gabe das Gespräch auf Lieblingsfilme und Fernsehsendungen, und sie entspannte sich wieder. Gabe sah sich gerne Sendungen über das Restaurieren alter Autos an (so typisch Mann), und sie sah sich gerne alles mit Vampiren an, besonders, wenn die sich verliebten.

Als sie mit dem Essen fertig waren, bedankte sie sich für die Mahlzeit und gab vor, zu Fred zurück zu müssen. Sie war sich nicht sicher, was es wirklich mit dieser … Chemie zwischen ihr und Gabe auf sich hatte, doch sie wusste, sie durfte dem nicht nachgeben. Das Timing war schlicht und einfach schlecht. Sie würde bald für ihre nächste große Sache aufbrechen.

Gabe begleitete sie zur Tür und sah zu, wie sie sich die Stiefel anzog. „Wir haben also festgestellt, dass du Single bist, und ich bin Single, wirst du wieder mit mir zu Abend essen? Ich meine, außerhalb des Hauses, weißt du, wie bei einem Date."

Der Haianwalt in ihm gab nicht so leicht auf, so viel war sicher.

Sie biss sich auf die Lippe. „Das hier hat sich schon irgendwie wie ein Date angefühlt."

Lächelnd neigte er den Kopf. „Wie wäre es dann mit einem weiteren Date? Nächstes Wochenende?"

„Freitags und samstagabends arbeite ich."

„Dann Sonntag."

Sie sollte das wirklich im Keim ersticken. Sei stark, sagte sie sich. Im Kopf legte sie sich eine nette Ablehnung zurecht, die ein Anwalt verstehen würde. *Gabe, du bist nicht meine Jackbohne, deswegen wird das hier eine freundschaftliche Beziehung bleiben, bis ich nicht mehr deine Mieterin bin. Unter der weiteren Bedingung, dass ich bis dahin mit meiner Musik einen gewissen Erfolg hatte und du einen vernünftigen Grund dafür vorbringen kannst, dass du die Frau, die du eigentlich hättest heiraten sollen, verlassen hast, als du festgestellt hast, dass sie an einer tödlichen Krankheit leidet. Quid pro Quo, Latein usw.*

„Okay", sagte sie.

Er half ihr in die Jacke, dann hob er behutsam ihr Haar aus

dem Kragen, wobei seine warmen Finger ihren Nacken berührten. Er beugte sich zu ihrem Ohr vor. „Das ist ein Date."

Sie drehte sich um. „Oder einfach eine freundschaftliche Einladung?"

Sie zuckte zusammen, als seine warme Hand eine Strähne hinter ihr Ohr schob. „Zoë, ich denke, wir wissen beide, dass es hier um mehr als nur Freundschaft geht."

Sie seufzte und begann zu plappern. „Ich trage solchen Ballast mit mir herum. Das hier könnte wirklich chaotisch werden, wenn ich nebenan wohne und–"

„Ich mag es chaotisch."

Sie hielt inne. „Wirklich?"

„Und ich habe auch Ballast."

Sie regte sich nicht. Würde er ihr jetzt die wahre Geschichte über seine Ex erzählen? „Was für Ballast?"

„Meine Verlobte und ich haben uns gestritten, als ich ihr gesagt habe, dass ich meinen gut bezahlten Anwaltsjob aufgeben wollte. Sie wollte fröhlich weiter mit meiner Kreditkarte unbegrenzt shoppen gehen. Da habe ich ihr gesagt, dass sie sich das abschminken kann und wir auf dieser Basis keine Beziehung führen können, und am nächsten Tag wurde sie von einem Truck überfahren." Er senkte den Blick und sagte leise: „Was hältst du von solchem Ballast?"

Sie legte eine Hand auf seinen Arm. „Hast du überreagiert, weil du um deinen Dad getrauert hast?"

Einen langen Moment war er still. Schließlich sagte er: „Ich war in einer schlimmen Verfassung."

„Ich habe gehört, dass sie krank war."

Sein Gesichtsausdruck wirkte verbissen. „Jupp."

„Also … Warum hast du wirklich mit ihr Schluss gemacht?"

Er senkte seine Brauen. „Sie hat mit mir Schluss gemacht."

„Oh, dann ging es bei der Trennung also nicht um ihren Hirntumor?" Er schob beide Hände in sein Haar und blinzelte schnell. „Ich wusste überhaupt nichts von dem verdammten Tumor, bis ihre Mutter ihn bei der Beerdigung erwähnt hat."

Oh. Oh. Oh! Ihr Instinkt hatte also Recht gehabt. Er war ein guter Mann. Das war er wirklich. Und jetzt war er traurig. Sie hatte diese grässliche Erinnerung in ihm geweckt, nachdem er mit dem Abendessen bei Kerzenschein so nett gewesen war.

„Das tut mir so leid, Gabe", sagte sie, bevor sie ihn impulsiv umarmte, versuchte, ihr dummes und vollkommen unnötiges Nachhaken zu einem offensichtlich schmerzhaften Thema wiedergutzumachen.

Er löste sich von ihr. „Ist schon in Ordnung. Jetzt fühlt es sich an wie ein Mitleidsdate, vergiss also, was ich gesagt habe."

„Ich habe kein Mitleid mit dir. Ich bin erleichtert, die wahre Geschichte gehört zu haben."

„Hast ziemlich schlimme Dinge über mich gehört, oder?" Er vergrub seine Hände in den Taschen. „Ich weiß, dass die Leute hier gerne Geschichten erzählen."

Ihr Herz zog sich zusammen. „Lass uns ausgehen. Einfach ungezwungen ein bisschen Spaß haben, okay?"

Erneut musterte er sie einen langen Moment. „Ich bin mir nicht so sicher. Ich glaube, ich brauche noch eine Umarmung."

Sie lächelte. „Natürlich."

Sie umarmte ihn erneut, und dieses Mal erwiderte er die Geste. Sie löste sich von ihm und blickte zu ihm auf, um sich zu vergewissern, dass es ihm gut ging. Die Sache war so traurig –

Sein Mund stieß auf ihren. Ihre Knie wurden weich, doch es bestand keine Gefahr, dass sie fiel, denn er hatte sie an sich gepresst, sein Arm um ihre Taille, seine andere Hand fuhr durch ihr Haar und blieb in ihrem Nacken liegen. Ihr Verstand setzte aus, als seine Zunge für einen langen, heißen Kuss in ihren Mund eindrang und eine tiefe, pochende Sehnsucht erwachte. Endlich ließ er sie los, damit sie Luft holen konnte, und er sah sie mit einem heißen Blick an, der ihr sagte, dass er mehr wollte – viel mehr.

Er schien ihr ihren Missgriff verziehen zu haben.

„Gabe", sagte sie zitternd, „du hast gesagt, du würdest keinen Schritt machen, wenn ich dich nicht darum bitte." Sie stand immer noch an ihn gepresst da, krallte sich immer noch in sein Hemd. Sie lockerte ihren Griff.

„Kannst mich ja verklagen."

„Aargh! Du hast mich mit dieser Umarmung reingelegt, du Hai." Sie wand sich, um wegzukommen, rieb sich dadurch jedoch nur an ihm, da er sie immer noch nicht losließ. „Gabe!"

Wieder küsste er sie, nahm ihrer Irritation jegliche Energie. Beinahe wäre sie gestolpert, als er sich plötzlich löste. „Dann bis Sonntag."

Sie schürzte ihre Lippen, hin- und hergerissen zwischen Lust und Ärger. „Im Moment will ich dich gar nicht mögen."

Er grinste und sah so wie der arrogante, sexy Haianwalt aus, der sich nahm, was er wollte.

Sie zeigte auf ihn. „Ich will dich nicht."

„Zoë, Zoë, Zoë, muss ich dir beweisen, was für eine Lügnerin du bist?" Sein Blick verzehrte sie, und sie fragte sich, wie sie so schnell von freundschaftlichen Nachbarn zu Freunden mit fleischlichen Gelüsten geworden waren. Nur einen kurzen Kuss vom Liebesland entfernt.

„Ich, du, aah!" Sie machte sich davon, bevor sie mit dem Hai, der sich als Junge von nebenan ausgab, ins Bett fallen konnte.

Sie war halb die Treppe zu ihrem Apartment hinaufgerannt, als sie anfing zu singen, so glücklich war sie zu wissen, dass Gabe wirklich der gute Typ war, für den sie ihn hatte halten wollen. Das hieß nicht, dass sie ihn bumsen musste. Sie kicherte. Doch es war schön, das zu wissen.

Wirklich, wirklich … schön.

7

Zoë wachte am Mittwochabend erschrocken auf, als Fred mit wütendem Kläffen einen Eindringling meldete. Sie setzte sich im Dunkeln auf und schielte auf ihren Radiowecker. Drei Uhr morgens. Für gewöhnlich war es irgendein Lärm, den er draußen hörte – ein Auto in der Nähe, ein Helikopter am Himmel. Er beruhigte sich.

„Ganz ruhig", sagte sie ihm und versuchte, wieder einzuschlafen.

Ein paar Minuten später bellte Fred wieder und wieder, lauter und wilder. Sie ließ ihn aus seiner Hundebox und folgte ihm hinten in die Ecke des Apartments, wo er stehen blieb und zur Decke hinauf bellte. Sie schaltete das Licht an, schielte und sah eine Klappe in der Decke, die vermutlich auf den Dachboden führte. „Fred, schhh." Sie legte eine Hand um seine Schnauze, damit er einen Moment still war, und hörte über der Decke ein Flattern und Klopfen.

Irgendetwas war da. Fred hüpfte in Richtung Decke und bellte wie wild. Sie holte einen Stuhl, kletterte hinauf und zog an dem kleinen Metallring der Luke. Quietschend öffnete sie sich und etwas Schwarzes flog heraus. Sie drehte sich um, als es durch das Apartment huschte, und Fred lief hinterher. Sie sprang vom Stuhl. Eine Fledermaus! Sie duckte sich, als die Fledermaus mehrere Runden durch das kleine Apartment flatterte.

Sie packte Freds Leine, befestigte sie am Halsband, nahm ihre Stiefel und eilte zur Tür hinaus. Eilig schlüpfte sie in die Stiefel und lief direkt nach nebenan zu Gabe. Auf keinen Fall konnte sie schlafen, wenn dieses Ding über ihr flog. Waren Fledermäuse nicht Tollwutüberträger? Fred war geimpft, aber sie nicht. Das war eindeutig ein Problem für einen Vermieter.

Aufgeregt klingelte sie an der Tür – es war eiskalt –, während Fred an der Leine zerrte, weil er zu der Fledermaus zurückwollte. Mehrere lange Augenblicke später öffnete Gabe die Tür in einer grauen Jogginghose und sonst nichts. Einen Moment war sie von seiner bemerkenswerten Brust abgelenkt. Seine Muskeln waren definiert, und ein Fleck hellen Brusthaars führte hinunter zu einer Linie, die sie sich die Lippen befeuchten ließ.

„Zoë, was ist?" Seine Stimme war rau und belegt vom Schlaf.

Sie lief hinein. „In meinem Apartment ist eine Fledermaus!"

Er strich sich mit einer Hand durchs Haar. „Eine Fledermaus? Wie ist die denn da reingekommen?"

„Sie war auf dem Dachboden, und als ich die Tür geöffnet habe, ist sie rausgeflogen."

Er drehte sich um und ging wieder hinein. „Ich werde jemanden anrufen."

„Wen?"

„Den Kammerjäger."

Hatte er das Problem schon mal gehabt?

Er verschwand kurz und kam einen Augenblick später zurück, das Handy am Ohr. „Hey, Bert, Gabe Reynolds hier. Wir haben hier eine Fledermaus, die in der Wohnung meiner Mieterin rumflattert. Könntest du bitte gleich morgen früh vorbeischauen?"

Er legte auf und sah sie an. „Ich habe auf den Anrufbeantworter gesprochen. Er wird sich morgen sicher bei mir melden."

„Wie jetzt? Er kommt nicht gleich?"

Er sah auf sein Handy. „Es ist drei Uhr morgens."

„Ich weiß, aber … da ist eine Fledermaus in meinem Apartment. Was, wenn sie mein Blut saugt, während ich schlafe?"

Er schmunzelte. „Du weißt schon, dass Fledermäuse sich nicht in Vampire verwandeln, oder?"

„Das sagst du."

„Willst du auf dem Sofa schlafen?" Er deutete auf sein Sofa im Wohnzimmer. „Ich würde dir ja ein Bett anbieten, aber es gibt nur meins." Er hob eine Braue. „Es macht mir allerdings nichts aus, es zu teilen."

„Ich nehme das Sofa", sagte sie. Auf keinen Fall würde sie in ihrer Wohnung mit einer Fledermaus schlafen. Oder mit Gabe, nebenbei bemerkt. Himmel, wahrscheinlich würde sie überhaupt nicht schlafen.

„Ich hol dir eine Decke und ein Kissen."

„Danke." Sie stellte ihre Stiefel neben die Tür und ging zum Sofa.

Ein paar Augenblicke später kehrte er mit einer Decke und einem Kissen zurück, die sie gegen ihre Brust drückte. Sie war immer noch durcheinander von der nächtlichen Begegnung. Fred hatte es sich bereits zum Schlafen auf dem Boden gemütlich gemacht und schlief vollkommen entspannt auf dem Rücken. Dieser Hund konnte überall schlafen.

„Geht's dir gut?", fragte er. „Brauchst du noch irgendwas?"

„Kannst du noch ein bisschen bei mir bleiben?", fragte sie leise.

„Klar. Hübscher Pyjama übriges."

Sie sah auf ihr rosafarbenes Top hinunter und die graue Flanellhose mit den Schafen. Sie hatte fast vergessen, dass sie einen Pyjama trug. „Deiner auch", sagte sie und starrte auf seine Brust.

Er setzte sich aufs Sofa neben sie und streckte seine Beine aus, um sie auf den nahen Sofatisch zu legen. „Komm her."

Sie rutschte näher an seine Wärme heran. Er legte einen Arm um sie, und sie begann sich zu entspannen, als das Adrenalin aus ihrem Körper wich. Er streckte die Hand nach der Lampe auf dem Beistelltisch aus.

„Schalt das Licht noch nicht aus", sagte sie.

„Du hast dich wirklich erschreckt, oder?" Er zog sie an sich und küsste ihr Haar. „Das Vieh hatte aber mehr Angst vor dir als du vor ihm."

„Das bezweifele ich."

Er hob ihr Gesicht, legte die Hand an ihre Wange. „Jetzt bist du in Sicherheit", sagte er und strich mit seinen Lippen über ihre.

Sie lehnte sich zurück. „Du weißt schon, dass du mein Vermieter bist. Ich werde dir Miete zahlen."

Er seufzte. „Das schon wieder? Was versuchst du mir zu sagen? Dass du möchtest, dass wir nur Freunde sind? Okay, wir sind nur Freunde." Er nahm in einer übertriebenen Geste seinen Arm von ihr.

„Es ist nur so, dass ich dazu neige, mich auf was Körperliches einzulassen und es dann hinterher bereue."

„Ja, ich auch."

Überrascht drehte sie sich um. „Wirklich?"

„Nein. Männer bereuen es nie, sich auf was Körperliches eingelassen zu haben."

„Na, das ist ja wenigstens ehrlich."

„Es ist drei Uhr morgens. Ich bin zu müde, um dir was vorzumachen."

Sie lächelte in sich hinein. „Erzähl mir, was auf deiner Bucketlist steht."

„Du meinst Dinge, die ich noch tun möchte, bevor ich sterbe?"

„Ja. Was sind deine Träume?"

„Ich habe keine."

„Komm. Jeder hat Träume."

„Ich nicht."

Sie zog ihre Beine an und legte ihre Arme um ihre Knie. „Ich folge meinem Traum, einen Plattenvertrag zu bekommen, nun schon so lange … doch es fühlt sich an, als würde er sich immer mehr von mir entfernen."

Er grunzte. „Wovon träumst du noch?"

Sie schüttelte den Kopf. „Von so vielem."

Er zog ein Kissen an sich und lehnte sich zurück.

Sie rutschte mit ihrem Kissen ans andere Ende. „Hier, du kannst dich ausstrecken." Sie saßen an den beiden Enden des Sofas, die Beine ausgestreckt und ineinandergelegt. Ihr Bein lag zwischen seinen.

„Pass aber auf, wohin du deinen Fuß bewegst", sagte Gabe. „Du bist da in einer empfindlichen Region."

„Keine Sorge, meine Beine sind nicht so lang."

Er sah jetzt wacher aus. „Erzähl mir, wovon du träumst. Vielleicht fällt mir dann für mich selbst etwas ein."

„Ich träume von meinem eigenen Album … Oh! Einen Porsche zu fahren und … und Ravioli selber zu machen! Und es wäre toll, wenn ich Surfen lernen würde und–" Sie unterbrach sich. „Ich bin eine Träumerin. Ich könnte so endlos weitermachen. Genug von mir."

Er drückte sanft ihren Fuß und hob ihn auf seinen Schoß, wo er mit einer langsamen Fußmassage begann. Sie hätte den Fuß ja weggezogen, doch es fühlte sich so gut an. Sie schloss die Augen und entspannte sich noch mehr.

„Was war das Letzte, was du sagen wolltest", sagte er leise und schälte ihr die Socke vom Fuß. „Was möchtest du sein? Ein Rockstar?"

„Das ist dumm."

„Alles, was du hier sagst, wird nicht gegen dich verwendet werden." Seine Finger drückten in ihre Fußsohle, warm und tief. Sie seufzte.

Sie öffnete ein Auge. „Anwaltsschweigepflicht?"

„Ja." Wieder massierte er ihren Fuß, strich an ihren Zehen entlang.

„Und du lachst auch nicht?"

„Niemals." Er schmunzelte. „Nur, um das aus dem Weg zu bekommen."

„Es ist aber irgendwie peinlich."

Er nahm sich ihren anderen Fuß, schälte auch da die Socke herunter, zog beide Füße auf seinen Schoß und drückte vorsichtig. „Jetzt musst du's mir sagen."

„Nur, wenn du auch etwas gestehst."

Seine Hand legte sich um ihren Knöchel, während seine andere die Oberseite ihres Fußes rieb. „Okay. Aber du zuerst."

„Ich wollte immer eine Prinzessin in einem Schloss sein, mit einem langen, gebauschten Kleid." Sie bedeckte ihr Gesicht mit ihren Händen. „Ich habe als Kind zu viele Prinzessinnenfilme gesehen." Nur drei, um genau zu sein, aber die waren sehr beeindruckend gewesen.

Seine Hand wanderte an ihrer Pyjamahose empor und drückte ihre Wade. „Das ist schön, Prinzessin Zoë. Jetzt ich."

Vor Neugier ließ sie die Hände sinken und sah zu, wie er wieder ihren Fuß massierte. Sein Blick war vollkommen auf ihren Fuß mit den rosa lackierten Zehennägeln konzentriert.

„Ich wünschte, ich könnte mich einmal einfach nur entspannen und was ganz spontan tun."

„Wie meine Füße massieren?"

Er lachte. „Das war nicht wirklich spontan." Er hustete „Verführung" und grinste. Sie zog ihren Fuß aus einer Hand, doch er zog ihn zurück und begann wieder, ihn zu massieren. „Nein, ich meine, wie … einfach meine Augen schließen, auf der Karte auf irgendeinen Punkt zeigen und dahin reisen. Ganz egal wo auf der Welt."

Ihre Augen wurden ganz groß. „Das gefällt mir!" Aufgeregt setzte sie sich auf. „Weißt du, was sogar noch spontaner wäre? Einfach zum Flughafen fahren und den nächsten Flug nehmen."

Er richtete sich ebenfalls auf. „Nach irgendwo?"

„Absolut!"

„Willst du mitkommen?"

„Oh. Ich, ich weiß nicht."

„Zu früh."

Sie wusste nicht, was sie sagen sollte. Es war zu früh, obwohl ihr die Idee einer spontanen Reise gefiel. Einfach irgendwohin fliegen, wo das Schicksal einen hinführte. Er schaltete das Licht am Beistelltisch aus, und dieses Mal war sie froh. Sie rutschte wieder auf ihr Kissen und schloss die Augen, während er ihre Füße weiter massierte.

„Erzähl mir von dir", sagte er in der Dunkelheit. „Fang mit deiner frühesten Erinnerung an."

„Ich bin in New York geboren", sagte sie.

„Erzähl weiter."

Sie erzählte und erzählte und erzählte, ihre Lebensgeschichte kam in Etappen und mit immer wieder neuen Anfängen, während verschiedene Erinnerungen sich dazwischen drängten und sie immer wieder abschweifen ließen. Er war so aufmerksam, so ermutigend, dass sie einfach weiter sprach, ihm vom Anfang bis zum Ende von ihrer Liebe zur Musik erzählte und von all dem, was sie durchgemacht hatte, um zu werden, was sie heute war. Von all der harten Arbeit – der Ausbildung, dem Vorsingen und den Ablehnungen, dem Segen, auftreten zu können.

„Und jetzt erzähle du mir deine Geschichte", drängte sie.

„Du willst nicht davon hören, wie es ist, Anwalt zu sein."

„Natürlich will ich das."

„Lass mich dir von meiner Familie erzählen. Die ist interessanter." Er rutschte an der Rückenlehne herunter und schob sie ein Stück vor, damit sein größerer Körper zwischen sie und die Sofalehne passte.

„Hey!", rief sie, als sie fast vom Sofa rutschte, doch dann zog er sie zurück an sich, ihre Beine gegen seine, legte ihren Kopf auf seinen Arm.

„So."

Sie seufzte. Das perfekte Löffelchen. Dass er größer war, passte irgendwie perfekt zu ihr. Sie streckte ihre Füße zwischen seine Beine, um ihre Zehen zu wärmen. „Erzähl", sagte sie.

Am Ende sprachen sie die ganze Nacht. In der Dunkelheit, ohne einander anzusehen, war es irgendwie leichter. Schließlich schliefen sie ein, als in der Morgendämmerung die Sonne durch das Fenster spähte.

∼

Gabe gähnte am nächsten Tag bei der Arbeit und versuchte, sich auf das Testament vor sich zu konzentrieren. Nie zuvor hatte er die ganze Nacht über mit einer Frau geredet. Je mehr er von Zoë wusste, desto mehr mochte er sie. Er hatte nicht schlafen können, als er sie in seinen Armen gehalten hatte; dafür hatte er sie zu sehr gewollt. Er war die ganze Nacht wach geblieben, dann war er vom Sofa gerutscht, hatte noch einmal beim Kammerjäger angerufen, nachgesehen, ob die Fledermaus weg war, war mit Fred nach draußen gegangen und hatte sie vorsichtig geweckt, damit sie Fred sein Frühstück geben konnte.

Sie hatte sich wie ein Zombie bewegt, war ein paarmal gestolpert, während Fred ihr aufgeregt gefolgt war. Dann schien sie wacher zu werden, blieb stehen und sah ihn an. Verwirrt zog sie die Brauen zusammen.

„Guten Morgen, Sonnenschein", sagte er. „Du hast auf meinem Sofa geschlafen, um der bösen Fledermaus zu entgehen."

Sie lächelte und gähnte. „Ach ja. Guten Morgen. Wie lange habe ich geschlafen?"

„Ungefähr drei Stunden. Die Fledermaus ist jetzt weg, wenn du wieder in deine Wohnung möchtest."

„Danke!" Sie stellte sich auf Zehenspitzen, küsste seine Wange und ging nach Hause.

Er wünschte sich, er hätte mit ihr gehen können. Nicht nur, um mit ihr zu schlafen. Wenn er mit Zoë zusammen war, war es, als wäre er der Sonne nahe. Sie schob den finsteren Arm des Todes weiter von ihm fort. Solange er sich erinnern konnte, hatte der Tod ihn verfolgt. Er hatte den Mutterleib mit seinem toten Zwilling geteilt. Was das anging, war seine Mom immer ehrlich gewesen. Hatte ihm erzählt, dass er überlebt hatte, weil er der stärkere gewesen war. Lange Zeit hatte er sich schuldig gefühlt, als hätte er sich genommen, was die rechtmäßige Chance seines Zwillings auf Leben gewesen wäre. Später, als er ihr endlich von seinen Schuldgefühlen erzählt hatte, hatte seine Mom erklärt, dass es ganz oft vorkam, dass ein Zwilling die ersten Monate der Schwangerschaft nicht überlebte. Dennoch hatte er seine Kindheit damit verbracht, auf seine Geschwister aufzupassen und später auf seine Stiefgeschwister, war immer auf Nummer sicher gegangen, damit sie am Leben blieben. Manchmal hatte er sogar nachts nachgesehen, ob sie noch atmeten. Von ein paar gebrochenen Knochen abgesehen hatten alle die Kindheit unbeschadet überlebt.

Und dann war da sein Dad, der vor seinen Augen gestorben war. Und ein paar Tage später seine Verlobte Alyssa. Die Geschichte war ihm herausgerutscht, als Zoë von Ballast gesprochen hatte, und er hatte es gleich bereut. Obwohl es ihm ein Date eingebracht hatte, was er egoistischerweise wollte, auch wenn er insgeheim fürchtete, dass er, wenn er Zoë näherkam, damit dasselbe grässliche Schicksal für sie heraufbeschwören würde. Er wusste, dass das nicht logisch war, dennoch fühlte es sich so wahr an, dass ihm der kalte Schweiß ausbrach, wenn er darüber nachdachte.

Doch er wollte Zoës Sonnenschein in seinem Leben.

Es würde ihr gut gehen, redete er sich zu. Sie würde ja nicht lange bleiben. Sie hatte großartige Dinge in ihrer Zukunft vor, großartige Gelegenheiten.

Er zwang sich, sich zu konzentrieren und das Testament ein zweites Mal zu lesen. „Miss Smith", sagte er geduldig, „wir haben doch darüber gesprochen. Sie sollten Ihr Haus wirklich nicht Ihrer Katze überlassen. Ich dachte, Sie wollten ein paar Änderungen vornehmen, was das geht."

„Ich werde doch der Bibliothek eine größere Summe hinterlassen", erklärte sie. Sie hatte fünfzig Jahre lang in der Bibliothek gearbeitet und der Bibliothek genau fünfzig Dollar vermacht. Sie hatte an die ursprüngliche Summe noch eine Null gehängt.

„Wer ist Ihr nächster Verwandter?"

„Es ist das einzige Heim, dass Oreo jemals gekannt hat", sagte sie. „Wie soll ich denn sonst dafür sorgen, dass er glücklich ist, wenn es mich nicht mehr gibt?" Daraufhin schniefte sie und brach in Tränen aus.

Er reichte ihr ein Taschentuch. Das würde ein sehr langer Tag werden.

Zoë hatte Gabe seit jener Nacht, in der sie sich so lange unterhalten hatten, nicht gesehen. Ihre Arbeitszeiten liefen konträr zueinander. Er arbeitete am Tag, und diese Woche hatte sie lange Abendschichten im Garner's, um auszugleichen, dass sie sich den Freitag und Samstag für Auftritte freinehmen musste. Doch sie ging ihre Unterhaltung in Gedanken öfter durch. Was für sie am meisten hervorstach, war, wie sehr er seine Familie liebte. Selbst wenn er von den Fehlern seiner Brüder sprach und wie sie sich gestritten hatten, als sie aufgewachsen waren, schien die Liebe immer durch.

Wenn sie nicht aufpasste, würde er ihr das Herz stehlen. Deswegen wäre sie am Samstag bei ihrer Mittagsschicht, als sie abwesend fragte: „Was möchten Sie gerne trinken?", beinahe aus der Haut gefahren, als sie die Antwort hörte.

„Hey, Sonnenschein."

„Oh, hi, Gabe." Sie kicherte ohne ersichtlichen Grund. „Wie geht's dir? Club Soda, ich weiß."

Er nahm ihre Hand, drückte sie und erinnerte sie an die Fußmassage, die er ihr gegeben hatte. Ihr Herz donnerte in ihrer Brust. „Du hast mir für morgen ein Date versprochen."

„Ja", war alles, was sie herausbringen konnte.

„Pack deinen Badeanzug ein. Ich hole dich nach dem Mittagessen ab. Um ein Uhr."

„Es ist doch viel zu kalt zum Schwimmen."

„Vertrau mir einfach."

„Muss ich jemanden suchen, der auf Fred aufpasst?"

„Das ist nur ein kleiner Ausflug." Als sie schwieg, grinste er. „Es wird dir gefallen, das verspreche ich."

„In Ordnung, Haijunge von nebenan."

Er schüttelte den Kopf. „Ich habe keine Ahnung, ob das jetzt was Gutes oder Schlechtes ist."

„Ich werde es dich wissen lassen." Sie steckte ihren Stift und den Notizblock zurück in ihre Schürzentasche. „Dein BLT- Sandwich kommt sofort."

Am nächsten Tag packte sie eine Tasche – Badeanzug, Handtuch, Flipflops, Toilettenartikel – und wunderte sich, wo sie möglicherweise schwimmen gehen würden. Würde Gabe mit ihr in ein Schwimmbad fahren? Was für ein merkwürdiger Ort für ein Date.

Um Punkt ein Uhr war Gabe da. „Fertig?" Fred sprang an ihm hoch. „Sitz!", sagte er zu Fred, der sich sofort hinsetzte.

„Fertig!", zwitscherte sie. Sie setzte Fred mit einem Kauspielzeug in seine Hundebox, damit der beschäftigt war. Sie konnte ihm immer noch nicht vertrauen, wenn er allein frei in der Wohnung herumlief. Sie folgte Gabe nach draußen und blieb abrupt stehen. Ein glänzender kirschroter Porsche stand in der Einfahrt.

„Unsere Kutsche", sagte Gabe. „Mein Bruder Nico wird uns allerdings umbringen, wenn ich den Wagen mit nur einem einzigen Kratzer zurückbringe."

„O mein Gott!" Zoë rannte zum Auto. „Du hast daran gedacht, dass ich schon immer mal in einem Porsche fahren wollte!"

„Nicht nur irgendein Porsche. Ein 1971er 911E." Er öffnete die Beifahrerseite und half ihr hinein.

Sie ließ sich auf den schwarzen Ledersitz sinken. Der Wagen war picobello – das Interieur ganz in schwarz-silber mit altmodischen Druckknöpfen am Radio.

Er setzte sich auf den Fahrersitz. „Du kannst zurückfahren, wenn du möchtest."

„Ja, das möchte ich!" Sie strahlte. „Wohin fahren wir?"

„Ah ja. Keine Fragen. Du ruinierst noch die Überraschung."

Er fuhr zum großen Big Bear Hotel and Resort, das etwa eine Stunde entfernt lag. „Bleiben wir übers Wochenende?"

„Komm, sie haben einen Indoor-Wasserpark. Jetzt wirst du Surfen lernen."

Zoë quietschte und eilte hinter ihm her.

Bald schon waren sie Teil einer kleinen Gruppe von fünf Leuten in einem Wellenpool. Ihr Lehrer, ein kalifornischer Surfertyp, wiederholte ständig, dass sie „die Welle spüren" und dass sie „eins mit ihr werden" sollten, worauf Gabe jedes Mal die Augen verdrehte und Grimassen schnitt. Was aber nichts an seinem umwerfenden Anblick in seiner schwarzen Badehose änderte. Er hatte goldene Haut und trainierte Muskeln von seinen breiten Schultern über seine definierten Bauchmuskeln bis hin zu seinen muskulösen Beinen. Selbst bei seinen Waden hätte man ins Schwärmen geraten können. Sie hatte zweimal hinsehen müssen, als er aus der Umkleide gekommen war. Es war ihm jedoch nicht aufgefallen, da er zu sehr damit beschäftigt gewesen war, sie in ihrem schlichten rosa Tankini von oben bis unten zu betrachten, worauf sie so rot geworden war, dass sie ganz schnell ins Schwimmbecken gerannt war, um sich abzukühlen.

Gabe legte seine Hände um ihre Taille und half ihr aufs Brett. Seit sie im Wasser waren, hatte er sie öfter angefasst, weswegen es ihr schwer fiel, sich zu konzentrieren.

„Gu-uu-ut, rosa Lady", sagte der Surfertyp zu ihr. „Und jetzt hinstellen." Er selbst stellte sich auf dem Brett auf die Füße.

Das tat sie – und dann kam eine kleine Welle. Ihre Arme wirbelten durch die Luft, und sie fiel mit einem reichlich uneleganten Platscher ins Wasser. Gabe legte seine Hände um ihre Taille und half ihr gleich zurück aufs Brett. Sein Brett berührte er erst gar nicht.

„Willst du es denn nicht lernen?", fragte sie ihn, während sie auf dem Brett saß.

„Das hier ist dein Traum. Ich möchte, dass du es genießt."

Ihr Magen flatterte. Er war so süß. Außerdem sah seine Brust aus wie die eines eingeölten Models aus der Parfumwerbung in einem Magazin. Sie benetzte ihre Lippen und wandte den Blick ab.

„Und aufstehen, rosa Lady", rief der Servertyp. „Fühl die Welle."

Sie stellte sich auf und versteifte sich, als eine riesige Welle auf sie zugerollt kam. „Oh-hh", keuchte sie mit zittriger Stimme. Das Brett tanzte auf der Welle, sie verlor den Halt, und die Welle brach über ihr und spülte sie ein paar Meter weit weg. Spuckend und hustend tauchte sie wieder auf.

„Beug die Knie", sagte Gabe und schob ihr das Brett entgegen. Sie sah ihn gereizt an, weil er tat, als wäre das so einfach, obwohl er es selbst nicht einmal probiert hatte.

Sie ruderte zur Gruppe zurück und kletterte wieder aufs Brett. Ha! Das war gar nicht so schwierig. Plötzlich war sie viel sicherer auf dem Brett. Als sie aufs Wasser blickte, stellte sie fest, dass Gabe das Brett für sie hielt.

„Beug die Knie", sagte er, und sie gehorchte.

Er ließ los. Die nächste Welle kam angerollt, und ihr Brett hob sich mit der Welle und drehte sich. „Woo-hoo!", rief sie und fiel ins Wasser.

Eine Stunde später hatte Zoë es geschafft, eine Reihe von ein Meter hohen Wellen zu reiten. „Ich spüre die Wellen!"

Gabe neigte den Kopf und lachte. Sie surfte eine Stunde, bis die nächste Gruppe kam.

„Das war toll!", rief sie, als sie den Pool verließen.

Gabe lächelte. „Du hast ausgesehen, als hättest du viel Spaß gehabt."

Sie holten ihre Handtücher, um sich abzutrocknen. „Ich kann es kaum erwarten, als nächstes im Meer zu surfen!"

Gabe hob skeptisch eine Braue. „Wir sollten mit kleinen Wellen anfangen." Er küsste sie kurz. „Geh dich anziehen. Möchtest du essen gehen oder was bestellen?"

„Ich muss zu Fred zurück."

„Dann also Lieferservice."

Kurze Zeit später saß Zoë zum ersten Mal in ihrem Leben hinter dem Lenkrad eines Porsches. Unglücklicherweise hatte er eine Gangschaltung, was schwieriger war, als Gabe behauptet hatte. Selbst unter Gabes Anleitung würgte sie den Motor mehrmals ab und ließ die Gänge aufheulen, bevor sie dann einen schnellen Start hinlegte, nur, um den Motor an der ersten Ampel wieder abzuwürgen.

„Fahr rechts ran", presste Gabe zwischen seinen Zähnen hervor.

Sie ließ den Motor wieder an und fuhr ruckelnd an den Rand. Dort würgte sie ihn erneut ab. „Tut mir leid."

„Nein, nein, schon okay", sagte Gabe mit der ruhigen Stimme eines Heiligen. „Ich werde dir ein anderes Mal zeigen, wie man mit Gangschaltung fährt. Nur besser nicht in Nicos Porsche. Er würde es merken, wenn die Gänge ausgeleiert sind. Lass uns Plätze tauschen."

Sie liefen schnell um den Wagen herum, Zoë rutschte wieder auf den Beifahrersitz und Gabe fuhr los.

„Wenigstens fahre ich *in* einem Porsche", sagte Zoë und genoss die Kraft und die Geschwindigkeit des Wagens.

Als sie nach Hause kamen, wandte Gabe sich ihr zu. „Komm einfach rüber, wenn du soweit bist."

„Ich werde Fred füttern und ihn ein bisschen im Garten rumlaufen lassen, bevor ich ihn wieder reinbringe."

„Du kannst ihn ruhig mitbringen."

Sie neigte ihren Kopf. „Gabe, beim letzten Mal hat er dein Handy angefressen."

„Dann werde ich Kinderschutzgitter besorgen. Damit können wir dafür sorgen, dass er in einem unbedenklichen Bereich bleibt."

Einen Moment lang starrte sie ihn an. Er war so nett zu ihrem Fellbaby, sogar nachdem Fred sein Handy ruiniert hatte. Ihr Herz schmolz.

„Du bist so süß", sagte sie.

„Das bin ich wirklich nicht."

Sie schüttelte den Kopf, küsste ihn auf die Wange und ging, um nach Fred zu sehen.

~

Als Zoë kurz darauf an Gabes Haustür klingelte, nachdem Fred bereits wieder in ihrer Wohnung eingeschlafen war, spürte sie von Anfang an ganz andere Schwingungen. Gabe ließ sie herein und betrachtete sie von Kopf bis Fuß in ihrem schlichten Pullover und der Jeans – und er war weit von dem Jungen von nebenan entfernt. Es war mehr so ein Ich-werde-dir-die-Klamotten-vom-Leib-reißen-und-dich-nehmen-Blick. Etwas, das er hinter einem freundlichen Lächeln verborgen hatte, bis jetzt.

„Was gibt es denn?", fragte sie strahlend.

Er legte seine Hand an ihren unteren Rücken, brannte ein Loch direkt durch ihren dünnen Pullover, während er sie in die Küche führte. „Das kannst du entscheiden."

Sie setzte sich an die Kücheninsel, und er reichte ihr einen Stapel Speisekarten. Sie bestellten Chinesisch, dann setzte Gabe sich neben sie. Er drehte ihren Hocker und stützte seine Füße auf die untere Sprosse, sodass seine Beine zwischen ihren waren. Sein Knie drückte gegen die Innenseite ihres Knies.

„Zoë?"

Sie sah ihm in die Augen, und ihr wurde erneut heiß, denn jetzt sah sie es ganz deutlich. Er war der gierige Panther, der sich an seine Beute heranpirschte. Und sie sollte sich wirklich nicht schon wieder auf ihren Vermieter einlassen. Oder auf Haimänner. Ohhh, und das Timing war auch alles andere als ideal. In zwei Wochen würde sie hier weggehen, wenn sie an *Next American Voice* teilnehmen wollte. *Nicht meine Jackbohne, nicht meine Jackbohne.*

„Was?", fragte sie leise.

„Du wirkst nervös", sagte der Hai zu dem kleinen Fisch.

„Überhaupt nicht!", quietschte sie.

Seine dunkelblauen Augen brannten sich in ihre. „Wir hatten heute viel Spaß. Zumindest hat es so ausgesehen, als hättest du Spaß. Ich hatte definitiv jede Menge."

„Ich auch."

„Was ist dann das Problem?"

Sie seufzte. „Ich brauche wirklich eine Jackbohne."

Verwirrt hob er die Brauen. „Eine Jackbohne?"

„Naja, du weißt schon, einen Mann, der gut für mich ist, ohne Kompromisse." Sie nickte lebhaft. „Bleib ruhig und iss Gemüse. Das ist mein Motto. All das Zeug, das gut für einen ist."

Sein Bein drückte vorsichtig gegen ihre und spreizte sie ein bisschen weiter. Sie spürte, wie sie rot wurde.

„Zoë, kann ich deine Jackbohne sein?"

Sie kicherte, denn er sah so verdammt ernst aus. „Ich weiß nicht. Bist du gut für mich?"

Er beugte sich vor. „Ich könnte sehr gut … zu dir sein."

Sie hätte sich am liebsten von seinem beunruhigenden Blick abgewandt, doch sie kam nicht so leicht von seinen Beinen fort. „Ich bin mir sicher, dass du viele Frauen mit deinem geschmeidigen Gerede rumkriegst."

„Das mit dem Gemüse probiere ich zum ersten Mal. Funktioniert es?"

Sie suchte nach einer schlagfertigen Antwort, um Gabe klarzumachen, dass es nicht funktionierte – auf gar keinen Fall! –, und nicht, wie sehr sie Lust auf ihn hatte, ihren Vermieter, ganz egal, wie gut er aussah, wie sexy, wie … süß er war. Und sie würde bald abreisen. Ihr nächster Gig stand kurz bevor. Ihr großer Durchbruch. Es würde passieren. Sie würde dafür sorgen, dass es passierte. Oder, wenn es sein musste, würde sie diese dämliche Show in L.A. machen, für die sie in einer Woche zusagen musste, wenn sie teilnehmen wollte.

Sie öffnete den Mund, und nichts kam heraus.

Seine langen Finger streichelten ihre Wange. „Lass mich deine Jackbohne sein."

Ohne auf eine Antwort zu warten, küsste er sie sanft. Dann hob er den Kopf wieder, sah in ihre Augen, und sie wusste, sie hatte den Kampf verloren. Die Anziehung war einfach zu stark, die Versuchung zu groß. Sie packte seinen Kopf und nahm ihm als Antwort mit ihrem Kuss den Atem.

Als sie ihn losließ, schmunzelte er. „Ich spüre da ein Ja."

„Ja", sagte sie. „Aber es kann sein, dass ich bald weg muss."

Er gab ihr einen kurzen Kuss und lächelte. Das Grübchen tauchte wieder in dieser stoppeligen Wange auf, und ihr wurde ganz schwindlig. „Aber jetzt bist du hier. Kannst du Billard spielen?"

Sie lächelte. „Ich bin bekannt für mein Spiel."

Er hob eine Braue. „Bist du gut?"

„Furchtbar. Interessiert?"

Er lächelte lüstern. „Sehr."

Ein heißes Prickeln schoss durch sie hindurch. „Lust, es noch interessanter zu machen?"

„Strip-Pool?"

Sie haspelte. „Ich meinte eine Wette."

„Der Verlierer zieht sich aus?"

„Ähm …" Sie wurde rot und wandte den Blick ab.

Er nahm ihre Hand. „War nur ein Witz. Wie wäre es, wenn wir um fünf Dollar spielen? Du darfst anfangen."

„Sagen wir hundert. Ich brauche ein neues Kleid."

„Ich werde mit dir shoppen gehen."

Ihr fiel die Kinnlade herunter. „Ein Mann, der shoppen geht? Niemals."

„Würde ich gerne, wenn ich zusehen darf, wie du die Kleider anprobierst." Sein langsames, verschlagenes Lächeln machte sie zugleich heiß und nervös.

„Du ziehst mich schon wieder auf", sagte sie.

Seine Hände streichelten die Außenseite ihrer Beine von ihren Knien hinauf zu ihrer Hüfte, wo sie liegen blieben. „Nicht wirklich. Darf ich dir ein neues Kleid kaufen?"

Sie bekam ganz große Augen. „Du möchtest mir eins kaufen? Ich dachte, du willst nur mit mir shoppen gehen."

„Ich möchte beides tun."

„Du willst shoppen und … das klingt nach etwas, das ein fester Freund tun würde."

„Das ist es ja auch. Sag einfach Ja."

Sie musterte ihn – sein Grübchen, diese stoppeligen Wangen, die funkelnden blauen Augen. „Ja."

„Ich liebe es, wenn du Ja sagst." Er küsste sie und dann noch einmal. „Und ich freue mich auf unser Strip-Poolspiel."

Sie lehnte sich zurück, obwohl sie nicht weit kam, weil seine Hände an ihrer Hüfte lagen und seine Beine mit ihren verschlungen waren. „Ich habe nicht gesagt, dass ich Strip-Pool spielen würde. Einfach nur Billard. Um Geld."

„Okay, okay." Er lächelte, als wüsste er etwas, das sie nicht wusste.

„Ohne Ausziehen", sagte sie. „Verstanden? Ich werde mich nicht ausziehen."

„Verstanden", sagte er schnell.

Woraufhin sie sich fragte, ob Gabe sich ausziehen würde. Wäre das so schlecht? Sie hatte ihn schon ohne Hemd gesehen, und das war ein ziemlich netter Anblick gewesen. Sie senkte den Blick auf die Stelle, wo seine Hose sich wölbte, und hörte ihn leise lachen. Mit brennendem Gesicht riss sie ihren Blick wieder zu seinem Gesicht.

„Es gefällt dir, mich aufzuziehen, stimmt's?", fragte sie.

„Ein bisschen."

„Hmpf." Sie verschränkte die Arme, doch dann küsste er sie erneut, und sie konnte sich nicht mehr daran erinnern, warum das so eine schlechte Idee war. Ihre Arme legten sich von selbst um seinen Hals, sie spürte das seidige Haar an seinem Ansatz im Nacken. Lange Zeit später löste er sich von ihr, stand auf und ging quer durch die Küche.

„Wir sollten so langsam den Tisch decken", sagte er. „Das Essen dürfte bald kommen."

Sie versuchte, keine Flunsch zu ziehen. Er war ein wirklich guter Küsser, und sie war nicht bereit, jetzt schon aufzuhören.

„Natürlich", sagte sie in gleichgültigem Tonfall. Sie sah zu, wie er die Teller aus dem Schrank nahm. „Kein Problem für mich", fügte sie hinzu.

Mit den Tellern in der Hand drehte er sich um. „Ich verhalte mich wie ein Gentleman." Als sie schwieg, fügte er hinzu: „Ich verhalte mich wie deine Jackbohne."

Sie brach in Lachen aus. „Jackbohnen sind widerlich."

Kurz darauf aßen sie an der Kücheninsel. Gabe war ungewöhn-lich still, und sie bemerkte, dass sie drauflos plapperte, um die Stille zu füllen, und erzählte ihm von ihren Gästen im Garner's. Als sie zu Ende gegessen hatten, stand sie auf, um ihm beim Abräumen zu helfen, doch er legte eine Hand an ihren Arm. „Das kann warten. Lass uns Billard spielen."

Sie gingen in seinen ausgebauten Keller, wo ein Billardtisch in der Mitte des Raumes stand. An einer Seite gab es eine komplett bestückte Bar. Die andere Hälfte des Kellers beherbergte ein Heimkino mit sechs Leder-Klappsesseln.

Gabe ging direkt zur Bar. „Was kann ich dir bringen? Ich habe Bier, Wein, Whisky, Wodka und die Zutaten für … Piña Colada. Das haben wir meinem kleinen Bruder Angel zu verdanken, dass wir Piña Colada haben. Er ist ein Süßschnabel."

„Hast du Cranberrysaft?"

Er bückte sich, um in einem kleinen Kühlschrank nachzuse-hen. „Habe ich."

„Dann nehme ich Wodka Cranberry."

Gabe holte eine kleine Flasche Cranberrysaft hervor, mixte ihr Getränk und goss sich selbst einen Whisky ein. Sie trank einen Schluck und hustete. „Der ist aber stark." Der Drink schmeckte hauptsächlich nach Wodka, und er hatte ihr kein Eis gegeben. „Versuchst du, mich betrunken zu machen?"

„Ich habe nie behauptet, dass ich gut darin bin, Drinks zu mixen. Du kannst ihn dir so mixen, wie du willst." Er deutete auf die Bar und fing an, die Kugeln bereitzulegen. „Du fängst an."

Zoë entschied sich schnell, es dabei zu belassen, und konzen-trierte sich stattdessen auf den Billardtisch. Sie hatte jahrelang in Bars und Clubs gesungen und wusste, wie man mit einem Queue umging. Sie nahm sich einen und stieß die Kugeln an. Sofort rollte eine in eine Ecktasche.

„Ich schätze, du meinst es ernst", sagte Gabe und öffnete die beiden oberen Knöpfe seines Hemds.

Sie schluckte, als sie die goldene Haut und einen Fleck Brust-haar sah. Sie trank noch einen Schluck von ihrem Drink, von dem sie so langsam argwöhnte, dass es eher Wodka mit einem

Spritzer Cranberry war als umgekehrt. „Ähm, was machst du da?"

Er öffnete die Manschetten, rollte die Ärmel hoch und entblößte muskulöse Unterarme, an die sie sich so gut von ihrem Surfunterricht erinnerte. „Ich muss es bequem haben, um Pool spielen zu können."

„Oh." Einen Moment lang hatte sie gedacht, er würde sich ausziehen. Nicht, dass das irgendwie falsch gewesen wäre. Je mehr sie tatsächlich darüber nachdachte, desto mehr erschien es ihr, eine gute Idee zu sein, ihm beim Ausziehen zuzusehen. Er hatte eine ansprechende Brust. Und Schultern. Und der Rücken. Und ... alles.

Eine Weile spielten sie in behaglicher Stille. Gabe mixte ihr einen weiteren Drink. Zoë fühlte sich ausgezeichnet, spürte ein leichtes Prickeln und trat ihm beim Pool in den Po. Das Kleid würde in Nullkommanichts ihr gehören. Dann wagte sie einen unmöglichen Stoß und versenkte die Achterkugel.

„Dann muss ich mich wohl jetzt ausziehen", verkündete Gabe. Er wartete auf ihre Zustimmung. Das war so nicht richtig. Sie hatte verloren, also sollte sie sich ausziehen, doch da sie dem nie zugestimmt hatte, war vielleicht doch er dran mit dem Ausziehen.

Sie fuhr sich mit den Händen durchs Haar und fühlte sich entspannt und frei. „Ich dachte, wir spielen um Geld?"

Er zog seinen Geldbeutel hervor, faltete einen Zwanzig-Dollar-Schein zwischen den Fingern und legte ihn auf den Rand des Billardtischs. Sie starrte das Geld an. Irgendwie war es nicht so verlockend wie die Vorstellung, dass Gabe sich auszog. Sie trank noch einen Schluck Wodka. Als sie ihr Glas ansah, stellte sie überrascht fest, dass sie bereits das zweite Glas ausgetrunken hatte.

„Hmm", murmelte sie. „Vielleicht nur ein bisschen ausziehen."

Der Hauch eines Lächelns huschte über sein Gesicht, bevor er sein Hemd auszog. Er hatte goldene Haut und war muskelbepackt, und das Verlangen, seine Brust zu lecken und an ihr zu knabbern, traf sie wie der Schlag.

Zoë schlug sich die Hand vor die Augen und wandte unbehaglich den Blick ab. „Ziehst du dein Hemd wieder an?"

„Ist das eine Frage?"

Sie spähte zwischen ihren Fingern hindurch. Immer noch umwerfend. „Nein? Du wirkst nicht wie eine Jackbohne?"

Er nahm ihr die Hand von den Augen. „Wer sagt das?"

Ihr stockte der Atem, und sie gab nach, legte ihre Handflächen an seine großartige Brust. „Alle?"

„Du hast aber viele Fragen", sagte er und erlaubte ihr, ihre Hände über seine Brustmuskeln und seine wunderschön glatte Haut zu streichen, die eine unglaubliche Hitze ausstrahlte. Schön. Sexy. Verrückt.

Sie spürte seine Stimme in seiner Brust, wenn er sprach. „Ich möchte nur eine Antwort von dir hören – ja."

„Hmm?", fragte sie abwesend, während ihre Hände über seine definierten Bauchmuskeln wanderten. Sie sah zu dieser feinen Haarlinie hinunter, die zu einer Ausbuchtung in seiner Hose führte, die so viel mehr versprach. Plötzlich fühlte sie sich überhitzt und konnte aber nicht aufhören, ihn zu berühren.

Er legte seine Hand an ihre Wange. „Sag ja, Zoë."

Sie riss ihren Blick von der Ausbuchtung los und blickte in seine brennenden Augen. Sie hatte keine Ahnung mehr, wovon sie eigentlich sprachen, doch plötzlich fühlte es sich richtig an, zu tun, worum er sie gebeten hatte. „Ja."

Seine Lippen begegneten ihren zu einem zärtlichen Kuss, der sie gierig auf mehr machte. Sie presste sich an ihn und kostete seinen wunderbaren Mund. Er stöhnte und packte ihr Haar, während er sie verschlang. Seine Hände wanderten an ihrem Rücken hinauf und hinab und glitten dann auf ihren Po, um sie fester an sich zu drücken. Sie war ganz in ihren Empfindungen verloren, konnte nicht mehr denken und gab sich ganz dem Gefühl hin. Lange Zeit später unterbrach er den Kuss und sah sie an.

„Noch eine Runde Strip-Pool?", fragte er, und seine Hand lag immer noch fest an ihrem Po.

„Ähm …" Sie benetzte ihre Lippen und versuchte zu denken. Ihr Kopf war ganz wirr. Er knabberte an ihrer Unterlippe, ließ sie los und baute die Kugeln wieder auf. Sie lehnte sich gegen den Tisch.

Sie war bereits ziemlich wodkaselig, weswegen sie sich nur darauf konzentrieren konnte, wie seine Muskeln sich beugten und anspannten, während er um den Tisch herumging. „Vielleicht nicht – hmm."

Gabe spielte an und beobachtete, wie sich die Kugeln verteilten. Er stieß die Siebenerkugel in Richtung Ecktasche und traf nicht. „Ich bin nicht wirklich dein Vermieter, also musst du dir deshalb keine Sorgen machen."

„Bist du nicht?" Sie stieß zu, verfehlte und sah die abtrünnige Kugel stirnrunzelnd an.

„Du zahlst keine Miete", sagte Gabe.

Als sie den Kopf neigte, wurde ihr schwindlig, und sie hob ihn wieder. „Aber ich will dir doch Miete bezahlen." Sie war wahnsinnig zufrieden mit ihrer Antwort. „Also bist du mein Vermieter."

Er stieß zu, und es juckte ihr in den Fingern, diesen muskulösen Rücken zu erkunden. Er versenkte zwei Kugeln.

Er drehte sich mit einem langsamen, sexy Hailächeln zu ihr um, das ihr sagte, dass er Frauen wie sie als Snack verspeiste. „Ich bin deine Jackbohne, meine Schöne."

„Ga-abe", sang sie. Sie konnte nicht widerstehen, von hinten ihre Arme um ihn zu legen, weil er sie seine Schöne genannt hatte, und er war auch schön. Ihr war nie bewusst gewesen, dass Männerrücken so gut aussehen konnten. Sie küsste seine Schulter. „Danke. Aber ich werde Miete bezahlen. Ich will dich nicht ausnutzen."

Er drehte sich um und zog sie fest an seinen Körper. „Nutz mich aus", knurrte er, dann eroberte er erneut ihren Mund. Sie verlor sich in Hitze und Lust und dem Geschmack von Whisky. Sie konnte nichts anderes tun, als an ihm hängen, heiß und wachsweich vor Begierde, bis er sie lange Zeit später wieder losließ. Auf zittrigen Beinen schwankte sie zurück, ein bisschen aus dem Gleichgewicht, da er sie nicht mehr hielt.

Er drehte sich um und versenkte die Achterkugel. „Verdammt. Jetzt habe ich verloren. Sollte ich mich jetzt weiter ausziehen oder du?"

Ihr Blick wanderte zur Ausbuchtung in seiner Jeans. Sie schluckte. „Ähm …" Sie begegnete seinem erhitzten Blick; er atmete schwerer. „Ich denke, vielleicht du?"

Er öffnete den Knopf seiner Jeans und zog den Reißverschluss ganz langsam herunter. Sie pochte. Die Jeans fiel, und er stand in einer schwarzen Boxershorts da, die sich über eine überaus ansehnlichen Erektion spannte. Sie musste nicht zweimal nachdenken. Sie stürzte sich auf ihn, und er fing sie auf, während sie ihn wild küsste. Sie schlang ihre Arme und Beine um ihn und küsste ihn, wie sie noch nie jemanden geküsst hatte, hungrig, gierig, als würde sie sterben, wenn sie nicht mehr bekam.

Sie riss ihren Mund von seinem. „Nach oben?"

Er stöhnte und setzte sie ab.

„Was?" Sie schob ihre Hände in ihr Haar und stolperte zurück. „Was ist los?"

Er wandte ihr den Rücken zu und zog seine Jeans wieder hoch. „Ich begleite dich jetzt besser nach Hause."

Nein! Die Enttäuschung war, als hätte jemand einen Eimer Eiswasser über sie gekippt. „Warum?"

„Darum", sagte er angespannt.

„Aber ich will dich", schmollte sie.

Er stöhnte. „Ich versuche gerade, das Richtige zu tun."

„Immer musst du mich aufziehen, Gabe Reynolds!" Sie drehte sich um und marschierte nach oben.

Er holte sie ein und half ihr in die Jacke, mit der sie gerade kämpfte. Der verdammte Ärmel wollte nicht. Musste kaputt sein oder so.

„Ich möchte dich wiedersehen", sagte er und schob ihren Arm in den Ärmel. „Bald."

„Warum? Damit du mich wieder mit deinen Muskeln und Küssen wild machen und mich dann rauswerfen kannst?"

„Schhh, sei nicht böse." Er legte seine Arme um ihre Taille und küsste ihren Hals. Sie seufzte und neigte ihren Kopf. „Ich mag dich sehr." Er küsste eine heiße Spur zu ihrem Schlüsselbein hinunter. „Ich hab mich nur … ein bisschen hinreißen lassen. Du bist betrunken, also sollten wir warten."

Sie hob einen Finger. „Dann hättest du nicht Strip-Pool spielen und mich Cranberrywodka trinken lassen dürfen! Und du bist auch betrunken, also!"

Er schmunzelte und strich mit seiner Nase über ihre Wange hinauf zu ihrem Ohr, das er dann leckte. „Bin ich nicht, im Unterschied zu dir vertrage ich Alkohol ganz gut. Du bist die erste, mit der ich jemals Strip-Pool gespielt habe, und ich bin ein bisschen abgehoben. Normalerweise bin ich ziemlich ernst." Er hob ihr Kinn und küsste sie auf die Nasenspitze. „Ich bin mehr als einmal langweilig genannt worden."

Sie sah ihn mit offenem Mund an. „Du bist nicht langweilig! Und, PS: Wer immer das gesagt hat, hat sie nicht mehr alle!"

Er küsste sie zärtlich. „Danke."

„Komm morgen Abend zum Essen zu mir", sagte sie mit der schlichten Absicht, ihn in ihr Bett zu locken. „PS: Und ich meine bestelltes Essen."

„Morgen habe ich so ein Familiending."

Am liebsten hätte sie mit dem Fuß aufgestampft. All der lusterfüllte Schwindel, nur um dann abserviert zu werden. „Dann eben nicht!", sang sie und ging hinaus.

Er packte ihren Ellbogen und wirbelte sie wieder herum. Sie wankte zur Seite, und er zog sie an seine harte Brust. Sie schmiegte ihre Wange an ihn und lauschte auf seinen regelmäßigen Herzschlag. Als sie die Augen schloss, wurde ihr schwindlig, und sie öffnete sie wieder.

„Dienstag?", fragte er.

„Vor Freitag habe ich keinen Abend mehr frei."

„Dann Freitag."

Sie strahlte und legte ihre Arme um seinen Hals. „Okay."

„Zoë", knurrte er, „durch dich will ich so viel."

„Dann nimm–" Ihre Antwort wurde durch seinen Kuss unterbrochen. Seine Zunge drang in ihren Mund ein, und sie hieß sie willkommen, hingerissen, als ihre Knie weich wurden und seine Hände Besitz von ihr ergriffen. Sie rieb sich an ihm wie ein notgeiler Teenager. Am liebsten hätte sie gelacht, weil sie sich so albern vorkam, doch dann drehte er sie blitzschnell herum, und ihr Lachen erstarb in ihrer Kehle, als er ihren Rücken gegen die Wand drückte und sich an ihr rieb. Ja, genau so. Sie stöhnte, packte seinen Po, drängte ihn, weiterzumachen. Seine starke Hand hielt ihren Kopf bei einem einnehmenden Kuss, der ihr den Atem raubte, während seine andere Hand ihr Bein packte, es hochhob und sie für sein gieriges Reiben öffnete. Heilige ... Ihr stockte der Atem, als er die richtige Stelle traf ... O mein Gott.

Er hob seinen Kopf und sprach an ihren Lippen. „Wenn der richtige Zeitpunkt gekommen ist." Es folgte ein weiterer fordernder Kuss und langsames Reiben, das sie verzweifelt wimmern ließ. Er zog sich zurück, um ihr in die Augen zu sehen, und sein eigener Blick glitzerte direkt in ihr Innerstes, das sich auch jetzt noch zusammenzog, als er sich langsam und rhythmisch an ihr rieb und sie dabei beobachtete.

„Ja", sagte sie, denn sie wusste, dass er ihr Ja mochte.

Sie spürte sein Lächeln an ihren Lippen, bevor er erneut ihren

Mund eroberte und genau da rieb, wo sie es brauchte, bis eine Explosion sie erzittern ließ. Sie stöhnte, und sein Kuss erstickte den Laut.

Er löste sich von ihr, und als sie an der Wand klebenblieb wie eine gare Spaghetti, presste er ihr einen zärtlichen Kuss auf die Stirn. „Ich möchte eine Menge von dir, Liebes."

„Mmm …" Mehr brachte sie nicht heraus.

Er zog sie von der Wand, seine Hand an ihrem unteren Rücken, und er führte sie auf wackligen Beinen zur Tür hinaus. Sie war sich nicht sicher, was er gemeint hatte, als er gesagt hatte, dass er von ihr wollte, doch ihr Herz erwärmte sich, als wäre es etwas wirklich Gutes. Etwas, das sie in ihm ausgelöst hatte. Bei diesem „Liebes" war ihr ganz warm und schnulzig zumute.

Lächelnd trat sie auf die Veranda, denn sie liebte einen guten Orgasmus. War es nicht schon eine ganze Weile her, seit sie das letzte Mal einen Guten gehabt hatte? Verdammt, sie konnte sich nicht an das letzte Mal erinnern, dass ein Mann sie so schnell und explosiv dorthin gebracht hatte.

Sie drehte sich um. „Gute Nacht!", rief sie gut gelaunt. Doch schon wieder war er direkt hinter ihr, seine Hand an ihrem Rücken, und er begleitete sie zu ihrer Wohnung.

Er küsste sie wieder auf die Nasenspitze, als sie ihre Tür erreichten. „Gute Nacht, meine Schöne!"

„Gute Nacht, Haijunge von nebenan." Sie holte den Schlüssel aus ihrer Handtasche und hielt ihn triumphierend hoch.

Er schmunzelte und schüttelte den Kopf. „Jackbohne", erinnerte er sie.

„Das glaube ich nicht", schmunzelte sie.

Er nahm ihr den Schlüssel ab, öffnete die Tür und führte sie hinein. Fred bellte kurz.

„Ich bin's nur, Freddie!", trällerte sie. Schnell beruhigte er sich, müde, weil es schon so spät war. Die Tür schloss sich leise hinter ihr. Junge, Gabe hatte es aber eilig gehabt zu gehen. Sie seufzte und lehnte sich einen Moment gegen die Tür. Kurz traf sie die Sorge, dass sie da etwas angefangen hatte, was sie nicht hätte anfangen sollen, doch die Gründe, warum sie es lassen sollte, schienen vage und unwichtig. Vermieter. Verlieber.

Auf unsicheren Beinen ging sie zu Bett. Was sollte es schon, dass sie bald zu neuen Ufern aufbrechen würde, wenn sie sich doch jetzt so gut fühlte?

8

Gabe ertappte sich dabei, wie er am Freitagabend vor sich hin pfiff, während er kurz einen Blick in den Spiegel warf und darauf wartete, dass Zoë am Abend für ihr bestelltes Essen und hoffentlich noch viel mehr vorbeikam. Er musste dafür sorgen, dass sie dieses Mal nicht zu viel trank. Er würde ihr nur Wein anbieten, kein hartes Zeug.

Es klingelte an der Tür. Er lief hinunter und dachte daran, dass das erst ihr drittes Date war. Er öffnete die Tür und wurde sofort hart. Sie trug eine schwarze Lederjacke, offen, dazu einen lila Rollkragenpullover, einen grauen Rock und schwarze Lederstiefel, die bis zu ihren Knien reichten. Das Outfit war gleichzeitig züchtig und dann doch so körperbetont, dass seine Fantasie Purzelbäume schlug. Er wollte unter diesen Rock, schnell und hart in sie hineinstoßen. Das tiefe Trommeln seines Pulses schallte durch ihn hindurch, eine verdammt urtümliche Sache, die ihn drängte, sie zu nehmen.

Sie lächelte gut gelaunt und zog ihre Jacke aus. „Hey!"

Er musste sich zwingen, ihr Lächeln zu erwidern. Sein Impuls, Besitz von ihr zu ergreifen, war überraschend stark und wurde jedes Mal stärker, wenn er sie sah. Normalerweise war er der Lehn-dich-zurück-und-geh-es-langsam-an-Typ. Zoë hatte hübsch gerundete Kurven, und es passte zu ihr. Er wollte ihre frische Offenheit in sich aufnehmen, ihren Funken, und dann wollte er schmutzige Dinge mit ihr tun. Er trat unbehaglich von einem Bein aufs andere, als sie sich von ihm abwandte, denn ihre Rückansicht mit ihren süßen runden Kurven raubte ihm fast den Verstand. Er sah ihr zu, wie sie die Jacke und ihre Handtasche an die Garderobe hängte. Ruhig bleiben. Erst das Abendessen.

„Wir müssen ausgehen zum Essen", bellte er.

Sie zuckte zusammen. „Oh, okay."

Ein richtiger Prince Charming. Auf keinen Fall würde er das Abendessen überstehen, wenn sie nur zu zweit waren, er würde unmöglich seine Hände bei sich behalten können. Er dachte an neulich Abend, als sie in seinen Armen gekommen war. Was, wenn er sie kurz einmal kosten würde, bevor sie aufbrachen? Nur einmal kurz den Rock hochschieben. Er würde sie nicht einmal ausziehen. Nur ihr Höschen für seine Zunge ein Stückchen beiseite schieben.

„Ist das okay?" Sie drehte sich einmal und sah ihn über ihre Schulter an. „Ich kann auch ein Kleid anziehen."

„Nein, schon gut", krächzte er. „Ist zwanglos."

Sie runzelte die Stirn und drehte sich zu ihm um. „Ich kann mich umziehen gehen." Sie strich den Rock glatt. „Ich werde ein Kleid anziehen."

„Das musst du nicht." Es sei denn, sie zog sich hier vor ihm um. Oder vielleicht konnte er ihr helfen. „Lass mich das Kleid mal sehen."

„Ich wusste es!" Sie drehte sich um, um ihre Jacke zu nehmen, als es an der Tür klingelte.

Er erwartete niemanden. Widerwillig ging Gabe zur Tür. Großartig. Sein jüngerer Bruder Vince. Genau, was er brauchte, wenn er versuchte, mit Zoë weiterzukommen. Zwei Worte wurden immer gerne benutzt, um Vince zu beschreiben – männliches Model. Er war sogar schon gefragt worden, ob er modeln wollte, doch er hatte abgelehnt. Gabe hätte ihn mit einem anderen Wort beschrieben – Hitzkopf.

„Hey, Bruderherz", sagte Vince und drängte sich ins Haus. Seine Augen begannen zu leuchten, als er Zoë sah. „Hey, Hübsche."

Gabe stieß einen Laut aus, der verdächtig nach einem Knurren klang. „Zoë, das ist mein Bruder Vince."

Vince nahm ihre Hand und hielt sie. „Stiefbruder. Schön, dich kennenzulernen, Zoë." Seine Stimme war tief und melodisch. Frauen liebten sie. Ausgehend von Zoës Gesichtsausdruck war sie keine Ausnahme. „Ich bin der Stiefbruder, vor dem er dich gewarnt hat."

Sie bekam große Augen. „Oh, er hat gar nicht–"

„Was willst du, Vince?", blaffte Gabe.

Vince drehte sich zu ihm um und verzog das Gesicht. „Ma will, dass du beim Sonntagsessen dabei bist. Keine Ausrede."

Gabe verengte seine Augen. „Dafür hättest du mich auch anrufen können."

Vince nahm ihn in den Schwitzkasten und rieb mit seinen Fingerknöcheln Gabes Kopf. Gabe rammte ihm den Ellbogen in die Magengrube und befreite sich. Verdammt. Sein Bruder war diesen dummen Kinderrangeleien immer noch nicht entwachsen. Vince war schon immer größer als Gabe gewesen, obwohl Vince ein Jahr jünger war. Er sah seinen Bruder wütend an.

Vince hob seine Hände. „Ich hatte gerade in der Gegend zu tun." Er wandte sich Zoë zu. „Meine Baufirma baut gerade die neue Turnhalle für die Grundschule."

„Er meint die Baufirma seines Vaters", korrigierte Gabe.

„Am Ende wird sie mir gehören", konterte Vince.

„Du kannst jetzt gehen", sagte Gabe. „Danke, Botenjunge."

„Du bist ein Arsch", sagte Vince. Er wandte sich erneut Zoë zu. „Entschuldige, dass ich mich nicht sonderlich gewählt ausdrücke. Hat dein Freund nichts dagegen, dass du Zeit mit diesem Loser verbringst?"

Gabe öffnete die Haustür und bedeutete Vince zu verschwinden. Vince seufzte und ging in Richtung Tür, dann blieb er stehen und drehte sich um. „Zoë, würdest du gerne am Sonntag zum Abendessen kommen?"

Zoë blickte alarmiert zwischen Vince und Gabe hin und her. Er konnte den harten Blick, den er ihr zuwarf, nicht verhindern. Sie würde sich *nicht* für seinen Bruder entscheiden.

„Ähm, ich möchte nicht stören", sagte sie.

„Dann nur du und ich, zum Abendessen", sagte Vince geschmeidig.

Ihre Wangen wurden rosa. Gabe wollte sich gerade schon zwischen sie stellen und seinen Arm um sie legen, um sein Revier zu markieren, als sie plötzlich herausplatzte: „Ich gönne mir gerade eine Pause von bösen Jungs."

Vince brach bellend in Lachen aus. „Dann lass mich dir zeigen, was du verpasst, Süße."

Gabe meldete sich zu Wort. „Sag Mom, dass ich kommen werde."

Vince zwinkerte ihr zu und ging.

„Tut mir leid", sagte Gabe.

Sie starrte zu Boden und atmete ein paarmal tief durch, was ihn zutiefst irritierte. Wenn sie wegen irgendjemandem heiß wurde, dann sollte es wegen ihm sein.

„Gefällt dir Vince, das italienische Model?", fragte er mit trügerisch ruhiger Stimme.

Sie runzelte die Stirn. „Er ist ein Model?"

„Könnte er sein." Er legte seine Arme um ihre Taille und zog sie an sich. „Macht er dich heiß?"

Sie biss sich auf die Lippe.

„Zoë?", hakte er nach.

Sie hob ihr Kinn. „Er sieht zu gut aus. Und das weiß er auch."

„Wärst du mit ihm ausgegangen, wenn ich nicht wäre?" Er legte beide Hände auf ihren Po und drückte zu. Sie sank gegen ihn.

„Vielleicht", gestand sie.

„Vielleicht?", knurrte er.

„Aber er ist ein Herzensbrecher. Das sind alle gutaussehenden Typen."

Jetzt fühlte er sich langsam wirklich beleidigt. Nicht so sehr, dass er aufgehört hätte, ihren Po zu befummeln, aber dennoch. „Und was bin ich dann?"

Sie schenkte ihm ein strahlendes Lächeln. „Du bist meine Jackbohne."

Da küsste er sie, markierte sein Revier, bedacht, dafür zu sorgen, dass sie sich daran erinnerte, mit wem sie zusammen war. Sie duftete schon wieder nach Erdbeeren, und er konnte nicht genug davon bekommen. Er grub seine Hand in ihre Haare und hielt sie fest, während er ihren Mund eroberte. Seine Zunge drang zwischen ihre Lippen und stieß in sie hinein, wie er es gerne noch an einer anderen Stelle getan hätte. Sie kam ihm Stoß um Stoß entgegen, und er bemerkte, wie er sie zurückschob, sie gegen die Wand presste und ihre Weichheit spürte. Er schob ihr Top hoch, und sie stöhnte tief in ihrer Kehle. Verdammt, er wollte sie zu sehr. Nicht hier. Nicht so. Er riss sich los, atmete stoßweise und fuhr sich mit der Hand durchs Haar.

„Ich habe dir doch gesagt, dass du meine Jackbohne bist",

neckte sie ihn und glättete ihren Rock. „Du bist einer von den Guten."

„Das wird nicht so bleiben", warnte er sie. „Komm. Ich möchte deine Kleider sehen."

Sie gingen in ihr Apartment, wo Fred sich freute, sie zu sehen. Er bellte und sprang aufgedreht um sie herum. Er ließ ihn erst Sitz machen, bevor er ihn streichelte, froh über die Ablenkung.

Zoë kam mit einem Kleid aus ihrem Einbauschrank, das aussah, als würde es ihre Kurven umschmeicheln und doch fast keine Haut zeigen. Knielänge, kein tiefer Ausschnitt.

„Lass mich mal den Rücken sehen", sagte er.

Sie drehte es um. Kein tiefer Rückenausschnitt.

„Was du anhast, ist gut", sagte er.

„Sicher? Es ist kein Problem, mich umzuziehen."

„Kann ich helfen?" Die Worte waren draußen, bevor er sie aufhalten konnte.

Sie erstarrte, dann lächelte sie und wedelte mit einem Finger in seine Richtung. „Deshalb wolltest du das Kleid sehen. Böser Haijunge." Sie lachte und hängte das Kleid zurück. Nur, dass er keinen Scherz gemacht hatte.

Sie steckte Fred in seine Hundebox. „Ich kann ihm immer noch nicht trauen, wenn ich nicht zu Hause bin. Als ich ihn das letzte Mal frei habe laufen lassen, hat er mein Kissen zerfetzt." Gabe schnitt eine Grimasse. Zoë beobachtete Fred und gab ihm einen Hundekeks. „Schlaf ein bisschen, Schnuckel."

Als sie ihre Handtasche nahm und vor ihm stehen blieb, sah sie frisch und jung aus. „Fertig!"

Er wollte sie unbedingt noch einmal küssen. Wollte herausfinden, ob sie überall nach Erdbeeren schmeckte, doch er war sich sicher, dass sie niemals zur Tür hinauskämen, wenn er das tat. Seine Stimme klang schroff. „Lass uns gehen."

Zoë sah ihn merkwürdig an, ging aber voraus.

Er begleitete sie zu seinem Mercedes, seine Hand unten an ihrem Rücken. „Magst du Meeresfrüchte?", fragte er, doch er konnte sich kaum auf ihre Antwort konzentrieren, denn er konnte nur daran denken, dass er sie wieder allein haben, sie ausziehen, sich in ihrer Weichheit verlieren wollte. Nehmen, nehmen, nehmen –

„Gabe?"

Er zwang sich, sich auf ihre Augen zu konzentrieren. „Was?"

„Ich habe ja gesagt."

Er mochte ihr „Ja", doch er hatte keine Ahnung, wovon sie sprach. Waren sie in derselben Unterhaltung?

Er blieb stehen. „Ja was?", fragte er, um sicher zu sein.

Mit strahlendem Lächeln drehte sie sich zu ihm um, was ihn mitten in die Magengegend traf, weil sie so voller Leben war und er ein Todesbringer. „Ja, ich mag Meeresfrüchte."

Er grunzte und hielt ihr die Beifahrertür auf, beobachtete, wie ihr kurviger Po auf den Ledersitz glitt, spürte die überwältigende fleischliche Lust und redete sich ein, dass, wenn er es wirklich, wirklich versuchte, sie auf ihn abfärben konnte und nicht andersherum. Ihr strahlender Sonnenschein würde die dunklen Krallen des Todes fernhalten. Das sollte bitte wahr sein. Denn seit jener Nacht, in der sie sich unterhalten hatten, war das Zusammensein mit Zoë nicht nur … er konnte es nicht … das durfte nicht nur eine Affäre sein.

„Und wie ist das sonntägliche Abendessen bei dir zu Hause?", fragte sie, als er in den Wagen stieg.

Er fuhr aus der Einfahrt. „Laut."

„Klingt nach Spaß", sagte sie.

„Alle diskutieren und reden durcheinander", ergänzte er.

„Erzähl weiter", sagte sie lächelnd.

Er konnte nicht anders. Er musste ihr Lächeln erwidern. „Meine Mom und mein Stiefvater haben eine offene-Tür-Regel, deshalb sind immer viel zu viele Leute da. Besonders damals, als wir noch Teenager waren."

„Ich finde das schön. Müssen nette Leute sein."

„Das sind sie auch. Es war ganz hilfreich, dass wir ein Spielzimmer hatten", sagte er.

„Gab es in eurem Spielzimmer auch einen Billardtisch?"

Er schmunzelte, als er sich an das Strip-Billardspiel von neulich Nacht erinnerte. Normalerweise hätte er die Frau überredet, sich bei einer Partie Poker auszuziehen, doch bei Zoë war er behutsamer vorgegangen und hatte sich stattdessen bei dem weniger offensichtlichen Poolspiel sattgesehen. „Jupp, wir hatten einen Billardtisch. Denselben, den wir neulich Abend benutzt haben."

„Du wolltest nur mit deinen Muskeln angeben, du Hai! Beim Pool hast du so getan, als könntest du es nicht."

Er brach in Lachen aus. „Hat doch funktioniert oder nicht?"

Er bog ab und fuhr in Richtung Eastman. „Ich glaube mich daran zu erinnern, dass du gesagt hast, dass du furchtbar schlecht spielst, und selbst betrunken warst du nicht einmal ansatzweise schlecht." Er sah zu ihr hinüber und stellte fest, dass sie stur geradeaus blickte.

„Gabelst du so Frauen auf?"

„Habe nie zuvor Strip-Billard gespielt." Strip-Poker dagegen ...

„Hmm ... Warum nur habe ich das Gefühl, dass deine Nase länger geworden ist?"

„Nennst du mich einen Lügner?", fragte er mit gespielter Entrüstung. „Das tut weh."

„Ja, ja. Ich glaube, dass nennt man Lüge durch Verschweigen. Wie reißt du denn sonst Frauen auf?"

„Ich soll dir alle meine Geheimnisse verraten? Wie soll ich dann bei dir irgendwie weiterkommen?"

Sie verschränkte die Arme, sah so empört ganz niedlich aus.

„Du bist schon ganz schön weit gekommen."

„Das nehme ich mal als Kompliment."

Sie schmunzelte. „Ist es auch. Lass mich raten, du bist verdammt gut im Strip-Poker."

Er verkniff sich ein Lächeln. Sie hatte einen scharfen Verstand. Das gefiel ihm.

„Also", sagte er gedehnt, „was Strip-Poker angeht ..."

„Möchtest du spielen? Ich bin grottenschlecht. Ich bin mir sicher, dass du gewinnen würdest." Was für ihn gut wäre. Wieder einmal.

Sie schürzte ihre Lippen. „Jetzt verstehe ich."

„Was?", fragte er und bemühte sich um ein unschuldiges Gesicht.

„Ich weiß genau, wie dieses Spiel enden würde. Du wärst splitterfasernackt, und ich wäre die lüsterne Schamlose. Sehr schlau."

„Schamlos?" Er grinste. „Das nehme ich."

„Da gehe ich jede Wette ein."

Er sah zu ihr hinüber und ihm fiel auf, dass ihr Rock hochgerutscht war und den Blick auf kurvige Schenkel freigab. Er packte das Lenkrad fester und trat aufs Gas. Zoë war die erste Frau, die er seit Alyssas Tod wollte, so richtig wollte. Er war sehr verliebt gewesen und hatte sehr spät festgestellt, dass sie sein

Geld mehr geliebt hatte als ihn. Es hatte wehgetan, und er war
wütend gewesen, weil er kurz zuvor seinen Vater verloren hatte
und sich bemühte, seinem eigenen Leben eine Bedeutung zu
geben. Er wollte zurück zu dem, was wichtig war – Kleinstadtle-
ben, Ehe, Kinder, das gesamte Paket. War es nicht das, was man
tun sollte, wenn man nicht dem allmächtigen Dollar nachjagte?
Er hatte geglaubt, dass sie eine große Rolle bei alldem spielen
wollen würde. Sie hatte ihn einen selbstsüchtigen Idioten
genannt, ihn gescholten, weil er alles hinschmeißen wollte, und
ihm gesagt, dass sie schon einen neuen Sugar Daddy finden
würde. Sie war so wütend gewesen, doch in ihren Augen hatte
tiefer Schmerz gelegen, was ihn damals verwirrt hatte. Sie war
doch diejenige, die einen Rückzieher machte, ihn verließ, warum
also sah sie so aus, als täte es ihr weh?

Ihr Streit ließ ihn nicht los. Er hatte nicht gewusst, dass die
Ärzte ihr nur noch sechs Monate zu leben gegeben hatten. Hatte
nicht gewusst, dass sein Gerede über ihre gemeinsame Zukunft
für sie ein Schlag ins Gesicht gewesen war. Das Letzte, woran er
sich erinnern würde, war, dass er *geh doch zum Teufel* zu ihr
gesagt hatte. Obwohl er eigentlich hätte sagen wollen, *bitte,
Alyssa, ich dachte, du liebst mich.* Er war sich nicht sicher, ob ihr
Tod wirklich ein Unfall gewesen war. Tief in seinem Inneren
hatte er gespürt, dass sie absichtlich vor den Truck gesprungen
war. Und wenn es so war, trug er zumindest eine Teilschuld
daran.

Oder vielleicht hatte sie sich einer Zukunft, in der sie krank
und hilflos war, nicht stellen können. Sie war so stark gewesen.
So entschlossen. Er würde die Wahrheit nie erfahren. So oder so
wäre sie gestorben.

In diesen letzten vier Jahren war er allein gewesen und hatte
keine Schmerzen mehr empfunden. Doch er hatte sich irgendwie
taub gefühlt, war nur so durch sein Leben gedriftet. Er hatte
keine Frau um eine Verabredung gebeten, hatte einfach kein
Interesse am Daten gehabt. Als er daher schließlich etwas für Zoë
empfunden hatte, hatte ihn etwas getroffen wie ein Dampf-
hammer – es war, als wäre er aus einem langen Schlaf erwacht.
Jetzt wollte er nichts anderes, als sich seinen Sehnsüchten nach
Zoë hingeben und sich wieder lebendig fühlen.

„Hattest du viele Freundinnen?", fragte Zoë und brach in
seine abschweifenden Gedanken ein.

Er hatte das Gefühl, dass das eine wichtige Frage war, die er richtig beantworten musste. „Fragst du mich gerade, ob ich rumgeschlafen habe?"

„Nein?"

Sie fragte genau das. So langsam verstand er, wie sie sich ausdrückte.

„Nein, ich habe nicht rumgeschlafen. Ja, ich hatte Freundinnen, aber ich bin ein klarer Serienmonogamist. Und du?"

„Ich war dreimal verliebt, doch es hat nie richtig funktioniert."

„Dreimal, sagst du? Da hattest du doch Glück. Ich war nur einmal verliebt, aber scheinbar in die Falsche."

„Offensichtlich war sie nicht wirklich die *Eine* für dich."

So einfach war das nicht. Er hatte sich verliebt, ohne auch nur einen Deut weiter zu denken als daran, wie schön und charmant Alyssa war. Was für ein großartiges Paar sie abgaben, da sie sich in denselben elitären Kreisen bewegten. Ihre Beziehung war oberflächlich gewesen. Sie hatte ihm nicht einmal von so etwas Wichtigem wie ihrem Hirntumor erzählt. Doch es war nicht nur sie, sein ganzes Leben war damals oberflächlich gewesen. Er hatte nur darauf hingearbeitet, Partner in der Kanzlei zu werden. Jetzt wollte er mehr als das sein. Darum verbrachte er seine Tage mit etwas, das Sozialarbeit glich, löste die Probleme von Leuten in Fällen, die meistens gar keine wirklichen Rechtsangelegenheiten waren. Sein Gehalt bestand heutzutage hauptsächlich aus Umarmungen und einem glücklichen Dankeschön. Er brauchte das Geld sowieso nicht. Er hatte selbst gespart als er gut verdient hatte und dazu noch das, was sein Dad ihm hinterlassen hatte. Dass er das Vermögen seines Vaters geerbt hatte, war das einzige Zeichen, dass er ihm je etwas bedeutet hatte.

Gabe hatte seinen beiden biologischen Brüdern, Luke und Jared, jeweils einen Anteil vom Geld ihres Vaters gegeben – so, wie es ihnen zustand – und lebte bescheiden in einem Haus, das abbezahlt war, und es ging ihm ziemlich gut.

Er wandte sich an Zoë. „Von deinen drei Typen war also keiner der *Eine* für dich?"

„Ich schätze nicht."

„Wie weißt du denn, wer der *Eine* ist?"

Sie seufzte. „Ich hatte mal ein Dreipunktesystem."

Er unterdrückte ein Lachen. „Wirklich?"

„Lach nicht, es hat funktioniert."

„Und was sind die drei Punkte?"

„Lassen seine Küsse mich schwach werden, freue ich mich darauf, ihn zu sehen, kann ich nur noch an ihn denken? Doch ich musste das Ganze überdenken, denn für meine Schwester und ihren Ehemann hat das nicht so funktioniert, und sie sind viel verliebter als ich es jemals war."

Ein Herzschlag verging. „Machen meine Küsse dich schwach?", fragte er.

„Ja."

Er schmunzelte. „Gut."

„Das könnte aber auch der Wodka gewesen sein."

„Der Wodka, wie? Und was war, als ich dich geküsst habe, bevor wir gegangen sind? Da bist du nicht schwach geworden?"

„Hmm … kann mich nicht erinnern."

Er spürte, wie er wieder lächelte. „Ich denke, du brauchst eine kleine Erinnerung."

„Denke ich auch."

Er fuhr vor dem Restaurant vor und hielt den Wagen an. „Ich glaube, ich habe nie mehr gelächelt als ich es tue, wenn ich mit dir zusammen bin."

Sie strahlte. „Du bist so süß, Gabe."

„Das sagst du immer wieder, aber das bin ich wirklich nicht." Er hielt es für nur fair, ehrlich zu sein. Er hatte eine gar nicht süße Vergangenheit. Aggressiv und berechnend zu sein, hatte viele Jahre sowohl in seinem professionellen als auch in seinem persönlichen Leben funktioniert. Ganz zu schweigen davon, dass der Tod ihm folgte. Daran war nichts Süßes. Es war eher, als wäre er verflucht.

„Doch, bist du", beharrte sie. Er sah sie so süß, so ernst an und gab sich so große Mühe, seine Angst zu verdrängen. Ihr durfte nichts passieren.

Er begann zu schwitzen und sein Herz begann zu pochen. Er holte tief Luft. „Ich werde es versuchen, Zoë." Er küsste sie kurz und löste sich dann von ihr. „Für dich werde ich es wirklich versuchen."

9

Zoë ging den Weg zu Gabes Elternhaus, eine Ranch im nahegelegenen Eastman, hinauf und hatte sich schon an Gabes Hand an ihrem unteren Rücken gewöhnt. Es war seine Gentlemanart so zu gehen, vermutete sie, auch wenn es ihr das Gefühl gab, dass er nur Zentimeter davon entfernt war, ihren Po zu fühlen. Doch das war ihr eigener schmutziger Verstand und nicht das, was er tat. Er hatte sie nach ihrem Abendessen am Freitagabend überrascht, als er sie zu ihrer Tür begleitet und sie zum Sonntagsessen bei seiner Familie eingeladen hatte. Danach hatte er ihr kurz einen Gutenachtkuss gegeben und war gegangen. Sie hatte ihm bereits gesagt, dass sie am Samstag einen Auftritt hatte. Sie hatte gedacht, dass er etwas unternehmen oder sie fragen würde, ob er nicht mit in ihre Wohnung kommen könnte oder *irgendetwas*. Sooo enttäuschend.

Doch sie sollte verdammt sein, wenn es nicht dazu führte, dass sie sich verzweifelt danach sehnte, ihn zu haben, anstatt das Gefühl zu haben, von einem Hai gejagt zu werden. Was für ein kluges Anwaltsgehabe, das zu tun – die ganze Dynamik einfach umzukehren.

Er klopfte an die Haustür seiner Eltern, lächelte sie verkrampft an und drehte sich um, als die Tür geöffnet wurde.

„Gabe, ich freue mich so, dass du es geschafft hast", sagte seine Mutter.

Gabe beugte sich vor, um seine Mutter auf die Wange zu küssen. „Natürlich. Mom, das ist Zoë."

„Nennen Sie mich doch bitte Allie", sagte die zierliche Frau und schüttelte ihr herzlich die Hand. „Ich borge mir Gabe nur für einen Moment aus."

Sie zog Gabe in die Küche. Zoë setzte sich ins Esszimmer auf der rechten Seite des Flurs.

Ein älterer Italiener mit ein paar weißen Strähnen in seinen dunklen Schläfen blieb in der Tür stehen. „Dachte ich doch, dass ich die Tür gehört habe. Und welcher meiner Söhne hat dieses hübsche Mädchen in unser Haus gebracht?" Der Mann sah sehr wie Vince aus, der Modeltyp, den sie in Gabes Haus kennengelernt hatte.

„Ich bin mit Gabe hier", sagte sie. „Ich bin Zoë."

Er blieb vor ihr stehen und schüttelte ihr die Hand. „Ich bin Gabes Stiefvater, Vinny Marino. Ich freue mich, dass Sie hier sind. Das wird das Essen ein bisschen auflockern." Er zwinkerte. „Allie wollte den heutigen Abend zu so einer Art ernstem Familientreffen machen, doch ich habe gesagt, lass die Kinder doch, lass sie einfach ihr Essen genießen."

„Oh. Stimmt irgendwas nicht?"

„Nein", sagte Mr Marino. „Nichts, worüber man sich aufregen müsste. Kann ich Ihnen was zu trinken anbieten?"

„Gern."

„Hier entlang."

Sie folgte ihm in eine gemütliche Küche, wo Gabe leise mit seiner Mutter sprach. Gabe warf einen Blick auf seinen Stiefvater und sprang auf. „Dad, was muss ich da von Tests hören?"

„Ich habe deiner Mutter gesagt, sie soll es nicht zur Sprache bringen." Mr Marino öffnete die Kühlschranktür. „Was hätten Sie denn gern, Zoë? Limonade? Cola? Wein?"

„Wasser wäre prima", sagte sie.

„Ist es ernst?", fragte Gabe.

Mr Marino stieß einen langen Atemzug aus. „Mir geht's gut, Gabe."

„Ist *was* ernst?", fragte eine tiefe männliche Stimme.

Zoë drehte sich um und sah ein weiteres großes, dunkles, sexy italienisches Model hereinkommen. Oh, das war Nico, jetzt ganz erwachsen. Der Junge, auf den die ganze Schule gestanden hatte. Sie hatte ihn seit Jahren nicht gesehen. Sie spürte, wie sie rot wurde. Sie hatte damals zahllose Male Mrs Zoë Marino in ihr

Tagebuch geschrieben. Das hatten so ziemlich alle Mädchen gemacht.

„Nichts", sagte Mr Marino.

„Hey, Gabe", sagte Nico und klopfte seinem Bruder auf den Rücken. Er drehte sich zu ihr um und lächelte sein perfektes Zahnpastareklamelächeln. „Hallo, *bella*."

Sie erwiderte sein Lächeln. „Zoë Davis. Ich erinnere mich noch von der Schule an dich. Du warst ein Jahr über mir."

Er neigte seinen Kopf. „Ja? Also schön, dich wiederzusehen, Zoë." Ganz eindeutig erinnerte er sich nicht an sie, doch genauso eindeutig war es ihr egal, denn sie war von Kopf bis Fuß erhitzt, weil sie ihrem Schwarm von der Schule gegenüberstand. Wieder lag Gabes Hand an ihrem unteren Rücken. Sie hatte gar nicht bemerkt, wie er zu ihr gekommen war.

„Halt dich zurück, Nico", knurrte Gabe.

„Danke, dass du uns deinen Porsche geliehen hast", sagte Zoë und stieß Gabe mit dem Ellbogen an. „Das ist so ein schöner Wagen."

Nico lächelte. „Ja, ist er. Gern geschehen. Aber, ähm, ich leihe ihn dir erst wieder, wenn du mit einer Gangschaltung umgehen kannst."

„Das hast du gemerkt?", fragte Zoë.

„Gabe hat es mir erzählt. So schlimm war es nicht. Hey, ich kann es dir gerne jederzeit beibringen. Ich habe eine eigene Werkstatt, *Exotic and Classic Restorations*." Er zog eine Visitenkarte aus seiner Brieftasche. Gabe hielt seine Hand mit einer schnellen Bewegung zurück, worauf Nico ihr zuzwinkerte und die Karte wieder wegsteckte. Er drehte sich zu Mr Marino um. „Du solltest uns besser nicht irgendwelche Scheiße vor uns verheimlichen, Dad."

„Achte auf deine Ausdrucksweise", sagte Mrs Marino. „Wir werden das beim Abendessen besprechen, wenn alle da sind."

„Da gibt es nichts zu besprechen, Liebes", sagte Mr Marino.

Mrs Marino blinzelte schnell und eilte aus dem Raum. Mr Marino murmelte etwas vor sich hin und folgte ihr schnell.

„Was zum Teufel war das denn?", fragte Nico.

„Irgendwas stimmt nicht mit Dad", sagte Gabe mit einem kurzen Blick auf Zoë. Sie war eindeutig am falschen Sonntag zum Essen gekommen.

Nico ging in die Richtung, in die seine Eltern verschwunden waren.

„Meinst du, es ist was Ernstes?", fragte Zoë. „Vielleicht sollte ich besser nicht hier sein. Das klingt sehr nach einer Familienangelegenheit."

„Schon in Ordnung", sagte Gabe. „Mach dir deswegen keine Sorgen."

Sie rieb seinen Rücken, um ihn zu trösten, da sie nicht wusste, was sie sagen sollte.

„Er war für mich mehr wie ein Dad als mein eigener Vater", murmelte er und sah zu Boden. „Alles, was an mir als Mann gut ist, kommt von seinem Vorbild."

Ihr Hals fühlte sich eng an. „Das ist so süß."

Gabe zuckte die Schultern. „So ist es nun mal." Er schlang seine Arme zu einer festen Umarmung um sie. „Ich entschuldige mich im Voraus für jegliches Drama. Ich habe dich gewarnt, dass diese Familie laut sein kann." Er stützte sein Kinn kurz auf ihren Kopf, dann zog er sich zurück. „Ich glaube, ich habe den falschen Sonntag für eine Einladung ausgesucht."

„Das hab ich auch schon gedacht." Sie verzog das Gesicht. „Soll ich gehen?"

„Nein. Ich möchte dich hier haben."

„Sicher?"

Er sah sie an und streichelte ihre Wange. „Ja. Und mein Dad würde ausrasten, wenn du jetzt gehen würdest."

„Okay."

Kurz darauf saß fast die ganze Familie mit Rotweingläsern um den Tisch und wartete darauf, dass der letzte Sohn, Jared, endlich kam. Gabe saß zu ihrer Rechten. Zu ihrer Linken das männliche Model mit den gemeißelten Wangenknochen, den vollen Lippen und den tiefbraunen Augen, in denen man ertrinken konnte – Vince. Sie war ein bisschen überrascht, als sie erfuhr, dass er noch Single war, denn sie war sich sicher, dass ihm die Frauen zu Füßen lagen.

Ihr gegenüber saß Angel, der wirklich engelhaft wirkte und dazu auch noch beim Lächeln Grübchen hatte, und Luke, den sie noch als glattrasierten süßen Typen in Erinnerung hatte und der jetzt wie der aalglatte Wall Street Broker aussah, der er auch war, bis hin zu seinem offensichtlich teuren Haarschnitt. Er hatte sich von der Schule her an sie erinnert und hatte sie freundlich begrüßt. Nico saß neben Luke. Mr und Mrs Marino saßen an den jeweiligen Enden des Tisches.

„Können wir essen?", fragte Vince.

„Jared kommt noch", sagte Mr Marino. „Wir warten."

„Wer weiß, wie lange es dauert, bis er aufkreuzt", beschwerte sich Vince. „Er könnte jemanden auf dem Tisch haben."

„Oder im Pausenraum", sagte Nico.

„Wir haben eine Dame zu Gast", sagte Mrs Marino verbissen. „Entschuldigen Sie, Zoë. Ich habe sie eigentlich besser erzogen." Sie warf Nico und Vince einen vielsagenden Blick zu. Die beiden Männer unterdrückten ein Grinsen.

„Ist schon in Ordnung", sagte Zoë. „Ich bin das gewohnt. In meiner Band sind drei Jungs."

Luke verließ den Raum, sein Handy am Ohr.

Gabe flüsterte eine Erklärung in Zoës Ohr. „Jared ist Chirurg."

Kurz darauf kam Jared mit nassen Haaren herein, frisch aus der Dusche. „Ein Notfall, bei dem ich Hand anlegen musste."

Seine Brüder schmunzelten.

„Benehmt euch!", sagte Mrs Marino.

Jared warf seinen Brüdern einen finsteren Blick zu. „Werdet endlich erwachsen. Der Knochen war gebrochen und musste gerichtet werden, um dauerhaften Schaden zu vermeiden." Er küsste Mrs Marino auf die Wange, dann setzte er sich neben Vince. Er beugte sich über den Tisch und sah Zoë an. „Du kommst mir bekannt vor."

Zoë lächelte. „Ich war in der Schule ein Jahr über dir. Zoë Davis."

Er lächelte und Lachfältchen tanzten um seine Augen. „Hattest du nicht sonst" – er gestikulierte um seinen Kopf – „dickes, lockiges Haar?"

Sie lachte. „Ja. Ich habe es geglättet. Warst du nicht sonst immer schmutzig?"

Er lächelte und schüttelte den Kopf. „Ich habe früher wirklich gern im Dreck gespielt. Jetzt stecke ich bis zu den Ellbogen in Blut und Innereien, auch nicht viel anders."

„Jared, ich bitte dich, nicht am Tisch", sagte Angel, der ganz grün um die Nase war.

Jared legte eine Stoffserviette auf seinen Schoß. „Ich hatte ganz vergessen, dass wir mit Mr Sensibel essen." Dann sagte er mit leiserer Stimme „Innereien!" und streckte die Zunge heraus, um seinen Bruder zu hänseln.

Angel wandte den Blick zur Decke.

Mrs Marino rief in den anderen Raum. „Luke, hör auf zu telefonieren, und hilf mir dabei, das Essen aufzutragen!"

Alle reichten zwei Auflaufformen mit Lasagne herum. Mrs Marino forderte ihre Söhne auf, sich eine Portion Salat aus einer riesigen Schüssel zu nehmen. Zoë half dabei, einen von mehreren Körben mit warmem Knoblauchbrot herumzureichen.

Nachdem jeder etwas auf dem Teller hatte und zu essen begann, verkündete Mrs Marino: „Ich habe euch alle hergebeten, da Dad euch etwas zu sagen hat."

„Ach, Allie, lass sie doch essen", sagte Mr Marino.

„Stimmt etwas nicht?", fragte Angel.

Mr Marino hob eine Hand. „Das kann warten."

„Nicht zu lange", sagte Mrs Marino.

„Nach dem Dessert", sagte Mr Marino. „Das können wir ihnen doch wenigstens gönnen."

„Wen interessiert schon das verdammte Dessert!", protestierte Vince. „Sag uns, was verdammt nochmal los ist!"

„Entschuldige dich bei deiner Mutter", sagte Mr Marino ernst.

Vince sah augenblicklich zerknirscht aus. „Entschuldige meine Ausdrucksweise, Ma. Ich muss einfach wissen, was los ist."

Ein paar seiner Brüder stimmten zu. Zoë hielt Gabes Hand unter dem Tisch. Er drückte sie.

„Der Arzt hat ein paar Tests gemacht nach meiner Darmspiegelung", sagte Mr Marino stirnrunzelnd.

„Und?", forderte Angel ihn auf.

Mr Marinos Lippen formten eine flache Linie. „Und jetzt wollen sie mehr Tests machen. Sehen, in welchem Stadium ich bin."

„In welchem Stadium?", fragte Gabe. „Du meinst ... Krebs?"

„Sowas in der Art", sagte Mr Marino. „Es ist noch zu früh, um zu wissen, was los ist. Jetzt wisst ihr alle genau so viel wie ich." Er deutete auf das Essen. „Ich bin mir sicher, dass ihr jetzt alle richtig gerne essen möchtet, nachdem ihr von meinem Darm gehört habt."

„Es ist wichtig", sagte Mrs Marino.

„Das kommt schon in Ordnung", sagte Vince. „Du bist doch noch jung. Heutzutage testen Sie doch alles. Oder, Jared?"

„Die Chancen stehen gut, wenn sie es rechtzeitig bemerkt haben", sagte Jared mit ernster Miene.

„Siehst du?", sagte Vince und deutete auf Jared. „Der Doktor sagt, dass es keinen Grund zur Sorge gibt."

Nur, dass die Unterhaltung damit endete und Mr Marino der einzige war, der sich wieder ans Essen machte. Nach ein paar Sekunden Schweigen blickte er auf. „Esst!"

Alle aßen in betretenem Schweigen weiter. Vince warf Nico einen Blick zu. Angel starrte auf seinen Teller. Gabe sah sie an. Er war blass, und Schweiß stand auf seiner Stirn. Sie schenkte ihm ein leises Lächeln, versuchte, ihm Mut zu machen. Schließlich räumten die Brüder die Teller ab, während Mr und Mrs Marino nach dem Abendessen einen Spaziergang machten. Niemand sagte, wer was tun sollte, deswegen dachte Zoë sich, dass sie das wohl immer so machten.

Sie brachte eine leere Lasagneform in die Küche und sah Gabe mit hängendem Kopf an der Spüle stehen, Angels Hand auf seiner Schulter. Sie blieb in der Tür stehen, denn sie wollte ihre private Unterhaltung nicht stören.

„Was sollen wir denn bloß machen, wenn Dad was passiert?", fragte Gabe.

„Wir werden beten", sagte Angel. „Was anderes können wir nicht tun. Und wir werden für ihn da sein."

„Er ist nicht dein Dad", sagte Vince zu Gabe. Sie hatte gar nicht bemerkt, dass er an den Kühlschrank gelehnt gestanden hatte, bis er sich bewegte. Nico und Luke standen näher bei ihr, doch Nico war damit beschäftigt, seine Brüder zu beobachten, und Luke starrte auf sein Handy – darum bemerkten sie sie nicht.

Vince stellte sich vor Gabe. „Worüber regst du dich so auf?"

„Er ist genauso mein Vater wie eurer", blaffte Gabe.

„Das hast du schon immer gesagt", dröhnte Vince. „Aber das ändert nichts. Du bist durch und durch ein Reynolds."

„Und du bist ein Arschloch, Vince." Das kam von Luke, der nicht einmal von seinem Handy aufblickte.

Vince drehte sich um und deutete mit einem Finger auf Luke. „Fick dich. Fickt euch alle." Er gestikulierte durch den Raum. „Ihr tut alle so, als würde eurem Dad etwas passieren. So ist es nicht. Er ist mein Dad und Nicos und Angels. Ihr anderen seid alle Eindringlinge."

„Nicht schon wieder der Scheiß", sagte Gabe. „Krieg dich wieder ein. Wir sind nun schon seit zwanzig Jahren eine Familie. Niemand nimmt dir deinen Daddy weg."

„Liebe kann man nicht teilen", warf Angel ein. Jared kam hinter ihr in den Raum und gesellte sich zu Gabe, Nico, Luke und Angel. „Sie vervielfacht sich", sagten sie gemeinsam und lächelten einander an.

„Ihr seid alle Idioten", knurrte Vince und stürmte zur Hintertür hinaus.

Gabe bedeutete Zoë, zu ihnen zu kommen, und sie fragte sich, wie lange er schon gewusst hatte, dass sie dastand. „Mom hat das immer zu uns gesagt, damit wir aufhörten, uns darüber zu streiten, wer die echte Mom und den echten Dad hat, und wen sie mehr lieben."

„Ihr habt eure Mom immer geteilt", sagte Angel zu Gabe. Er wandte sich an Zoë. „Unsere Mom ist gestorben, als ich fünf war. Krebs."

„Tut mir leid, das zu hören", sagte Zoë.

„Der Krebs besiegt alle", sagte Jared finster.

„Ach, Scheiß", sagte Nico, sein Gesichtsausdruck ganz wild. Er stürmte zur Hintertür hinaus.

Gabe nahm ihr die Auflaufform aus den Händen und stellte sie in die Spüle. Er drückte seine Finger an seine Schläfen und atmete tief durch. „Tut mir leid, dass ich dich zum schlimmsten Familienessen der Geschichte gebracht habe."

„Nein, nein, das ist in Ordnung", sagte Zoë. „Wie kann ich helfen?"

„Möchtest du abtrocknen, während ich spüle?", fragte Gabe. Er wirkte verkrampft, aber vielleicht würde es ihm helfen, sich abzulenken, wenn er einfach Alltagsaufgaben erledigte. Er konnte jetzt nichts für seinen Stiefvater tun. Wenigstens war er nicht mehr so blass. Eine Minute am Tisch hatte sie gedacht, dass er gleich umkippen würde.

Jared, Luke und Angel sahen sie an und warteten auf ihre Antwort.

„Klar", sagte Zoë.

„Wir haben einen Gewinner!", sagte Jared und hob seinen Arm in die Luft. Er küsste sie auf die Wange. „Danke." Er ging.

Luke machte das Gleiche.

Angel blieb vor ihr stehen. „Bist du sicher, dass du nicht willst, dass ich helfe?"

„Geh", sagte sie lachend und deutete auf ihre Wange.

Angel gab ihr einen Kuss darauf. „Danke." Dann ging auch er.

Sie sah Gabe an. „Ich glaube, ich bin gerade zum Küchendienst verleitet worden."

Er zog sie an sich und küsste sie zärtlich. Sie schmolz gegen ihn, und ihr Körper erinnerte sich genau daran, was seine Küsse auslösen konnten. Er strich mit seinen Händen an ihren Flanken auf und ab. „Ich wollte dich nur für mich allein."

„Was ist mit all dem Geschirr?"

„Pass auf." Er lud es schnell in die Spülmaschine. „Fertig."

„Und was ist mit den Töpfen und Pfannen?", fragte sie.

„Die müssen einweichen. Komm." Er nahm ihre Hand und zog sie zur Hintertür hinaus, doch nicht, bevor er auf dem Weg ein großes Flanellhemd vom Haken neben der Tür genommen hatte.

„Wohin gehen wir?"

„Zu einem alten Baumhaus."

„Ooh! Ich wollte immer ein Baumhaus."

Er führte sie in den Garten, wo ein Baumhaus zwischen zwei alten Eichen gebaut war. Es stand auf Pfählen, war jedoch auch am größeren Baum befestigt.

„Ist das denn überhaupt sicher?", fragte sie und sah zu den Leitersprossen, die an den Baum genagelt waren.

„Natürlich ist es sicher. Mein Dad hat es getestet, als sie das Haus gekauft haben." Er half ihr die Sprossen hinauf und folgte dicht hinter ihr.

Sie ging hinein. Es war ein kleiner Raum mit dünnen Wänden, einem Dach und zwei Fenstern auf jeder Seite. Sie konnte sich gut vorstellen, wie viel Spaß Kinder hier oben hätten. Gabe rollte das Flanellhemd und legte es als Kopfkissen auf den Boden. Er ließ sich nieder und streckte die Hand nach ihr aus. „Komm. Schau nach oben."

Sie gesellte sich zu ihm und entdeckte ein großes rechteckiges Loch im Dach, über dem Sterne funkelten. „Meinst du nicht, du sollest das Dach abdichten?"

„Das ist ein Dachfenster." Er nahm ihre Hand. „Nur ohne

Fenster. Meine Brüder und ich hätten ein Baumhaus wie dieses geliebt. Meine Eltern sind erst vor vier Jahren hergezogen, das war also der Rückzugsort eines anderen glücklichen Kindes." Er zeigte in Richtung der Sterne. „Da ist der Große Wagen."

Sie blickte auf. Die Nacht war schwarz, und die Sterne leuchteten am Winterhimmel. Sie atmete einmal tief ein und fühlte sich entspannter als den ganzen Abend über. „Das ist hübsch."

„Ja, gibt einem ein bisschen Perspektive", sagte Gabe. „Und Ruhe und Frieden."

In dem Moment hörten sie männliche Stimmen, die irgendwo im Garten miteinander stritten. „Wer ist das?", flüsterte sie.

„Dad und Vince", flüsterte er zurück.

Ein paar Minuten später wurde eine Autotür zugeschlagen, und der Wagen fuhr mit quietschenden Reifen davon. „Vince ist abgehauen", sagte Gabe. „Er ist ein Hitzkopf, falls du das nicht schon gemerkt hast."

„Meine Schwester ist auch ein Hitzkopf", gestand sie ihm.

Er legte einen Arm um sie. „Dann haben wir noch was gemeinsam. Wir sollten sie zusammenbringen."

„Sie ist verheiratet."

„Schade. Vince braucht jemanden, der ihn erdet. Sonst läuft er einfach nur Amok."

„Ich hoffe wirklich, dass es deinem Stiefvater gut geht", sagte sie.

„Ja." Er stieß einen zittrigen Atem aus. „Ich auch." Und da entschied Zoë sich, ein bisschen länger zu bleiben. Sie musste *Next American Voice* am nächsten Tag ihre Antwort geben. Sie war hin- und hergerissen gewesen zwischen der Möglichkeit, Aufmerksamkeit zu bekommen, und dem Gefühl, sich zu verkaufen, doch jetzt wusste sie mit Sicherheit, dass die Antwort nein lautete. Den Produzenten würde es nichts ausmachen, sie hatten eine große Warteliste für Teilnehmer. Ihr fiel eine Last von den Schultern. Sie würde eben noch ein bisschen auf den Durchbruch mit ihrer Band warten. So blieb ihr auch mehr Zeit mit Gabe.

Angel rief zu ihnen hinauf. „Wusste ich doch, dass ich euch hier finde. Ma möchte, dass ihr für den Nachtisch reinkommt, und sie sagt, ihr sollt euch nicht einbilden, dass ihr damit durchkommt, die Töpfe nur einzuweichen."

Gabe seufzte.

„Ich bin nur der Bote", erwiderte Angel mit einem Lächeln in seiner Stimme.

Gabe half ihr auf und kletterte vor ihr nach unten. Sie wollte gerade schon mit ihnen gehen, als Angel sie beiseite zog und flüsterte: „Ich habe die Töpfe schon gespült. Sag aber nichts."

Sie grinste. „Du bist wirklich ein Engel."

Lächelnd schüttelte er den Kopf. „Nicht wirklich."

Sie kehrten an den Tisch zurück, um selbstgemachte Cannoli zu essen, die alle für die besten erklärten, die sie je gegessen hatten, während Mr Marino auf das Lob hin strahlte. Er erzählte ihr, dass er hier am meisten kochte. Da Vince nicht mehr da war, begnügte die Gruppe sich mit ruhiger Unterhaltung. Die Gedanken aller kreisten um die Gesundheit ihres Vaters, das spürte sie, und dass Vince gegangen war, schien nur zu unterstreichen, dass etwas nicht stimmte. Die Brüder verabschiedeten sich ernst von ihrem Dad, der tapfer lächelte und versuchte, ein fröhliches Gesicht zu machen. Zoë hatte noch nie so viel Traurigkeit und Liebe zugleich gespürt.

„Mir geht's gut", sagte Mr Marino immer wieder. „Alles wird gut werden."

„Ruf mich an, wenn du irgendetwas brauchst", sagte Luke. „Wir haben die besten Ärzte in der Stadt."

„Ich habe Beziehungen", sagte Jared.

„Sei stark", sagte Nico, zog ihn an sich und klopfte ihm auf den Rücken.

„Ruf mich an, wenn du möchtest, dass jemand mit dir zum Krankenhaus fährt", sagte Angel.

„Ruf mich an, sobald du mehr weißt", bat Gabe.

„Siehst du, was du getan hast, Allie?", beschwerte sich Mr Marino.

„Wir alle lieben dich", sagte Mrs Marino und schlang von hinten beide Arme um seine Taille. Er drehte sich um, legte einen Arm um seine zierliche Frau und küsste sie auf den Kopf.

„Danke, für die Einladung", sagte Zoë.

„Tut mir leid, dass das für Sie ein so unangenehmer Abend war", sagte Mr Marino. „Es war nicht meine Idee, über meinen Darm zu reden."

„Es war schön, eine Familie zu sehen, die so zusammenhält", sagte Zoë. „Erinnert mich an meine eigene."

Gabe unterhielt sich auf dem Weg zur Tür ernst mit Jared.

Mr Marino nickte. „Wir hoffen, Sie öfter hier zu sehen."

„Danke", sagte Zoë.

„Gabe hat, seit er Alyssa verloren hat, keine Freundinnen mehr mit nach Hause gebracht", sagte Mrs Marino.

Ein Kloß wuchs in ihrer Kehle. Gabe hatte so viel verloren, und jetzt war auch noch sein Stiefvater krank. Sie wollte wirklich für ihn da sein.

„Sprich nicht darüber", sagte Mr Marino leise zu seiner Frau. „Es hat seine Seele zerrissen."

Sie starrte Gabe an, der aufblickte und zu ihr kam. „Warum sind hier alle so ernst?"

„Wir haben nur gesagt, dass wir Zoë gerne öfter hier sehen würden", sagte Mrs Marino.

„Ich werde mein Bestes tun", sagte Gabe. Sein Blick auf sie war erhitzt und beinahe besitzergreifend, eine Kombination, die dafür sorgte, dass ihr Inneres köstliche Purzelbäume schlug. Er verabschiedete sich, dann legte er seine Hand an ihren unteren Rücken und führte sie zur Tür hinaus zu seinem Wagen.

Sie wartete darauf, dass er einstieg. Er sah so traurig aus. Sie hoffte, dass er sich ein bisschen besser fühlte, wenn sie blieb. „Ich werde *Next American Voice* Morgen absagen, dann kann ich ein bisschen länger bleiben."

„Das willst du tun?", fragte er. Sie konnte nicht sagen, ob er glücklich war oder nicht.

Sie nickte und lächelte. Er sah ihr in die Augen. „Das ist die beste Nachricht, die ich seit Langem bekommen habe."

Sie seufzte. „Gut."

„Du machst es aber nicht meinetwegen, oder?", fragte er. „Wegen meines Stiefvaters?"

„Nein", sagte sie fest, doch wenn sie ehrlich war, hatte es schon eine Rolle bei ihrer Entscheidung gespielt. Sie wusste jedoch, dass er kein Mitleid wollte. „Diese Show ist einfach nichts für mich."

Er nickte, ließ den Motor an und fuhr auf die Straße. „Erzähl mir, worüber du mit meinen Eltern gesprochen hast."

Sie zögerte.

„Erzähl es mir", befahl er mit einer Stimme, auf die sie aufmerksam wurde.

„Deine Mom hat gesagt, dass du keine Freundinnen mehr mitgebracht hast, seitdem du Alyssa verloren hast."

Er seufzte. „Ja."

„Ach, Gabe, es tut mir so leid. Du musst sie furchtbar vermissen."

„Es tut mir leid, dass sie gestorben ist, doch später ist mir bewusst geworden, wie sehr sie mich benutzt hat." Er unterbrach sich. „Vielleicht haben wir einander benutzt. Sie wollte mein Geld. Ich wollte eine schöne Frau an meinem Arm, die bei Partys alle Blicke auf sich zieht." Er sah sie an. „Ich schäme mich dafür, dass ich so ein Leben geführt habe." Er trommelte mit seinen Fingern aufs Lenkrad. „Ich versuche, mich zu bessern."

Sie wusste nicht, was sie sagen sollte. Sie hatte ihn damals nicht gekannt.

„Das war das schlimmste Date der Welt, was?", fragte er.

„Nein, es war–"

„Qualvoll?"

„Nett."

Er schüttelte den Kopf. „Ich habe dich nicht verdient, Zoë, aber ich will dich trotzdem."

„Ähm, danke?"

Er drückte ihre Hand. „Danke dir, dass du du bist."

Den Rest des Weges nach Hause war er still, und sie wusste, dass die Neuigkeiten über seinen Stiefvater schwer auf ihm lasteten. Er setzte sie an ihrer Tür mit einem keuschen Kuss auf die Stirn ab, dann verschwand er schnell. Ein paar Augenblicke später hörte sie, wie sein Wagen erneut losfuhr. Sie schloss ihre Tür auf und begrüßte Fred, umarmte ihn ganz fest und wünschte sich, sie hätte mehr tun können, um Gabe von seinen Sorgen zu befreien.

Gabe war die ganze Woche über unruhig. Er rief immer wieder zu Hause an, um nach den Testergebnissen seines Stiefvaters zu fragen, doch es gab zahlreiche Tests, die auch für die darauffolgende Woche angesetzt waren, deswegen konnte man noch nichts Definitives sagen. Die Unklarheit zerrte an seinen Nerven. Er hatte bereits einen biologischen Vater verloren; er hatte Alyssa verloren; er hatte seinen Zwilling verloren, und jetzt sah es so aus, als würde er auch noch Vinny verlieren – den Mann, der ihn vom ersten Tag an wie einen Sohn behandelt hatte, der wie ein richtiger Vater zu ihm gewesen war, auf jede Weise, die zählte. Sein eigener Vater war kalt gewesen, viel zu aristokratisch, um seine eigenen Söhne jemals wissen zu lassen, dass sie geliebt wurden. Deswegen hatte Gabe so viele Jahre lang versucht, seine Anerkennung zu finden. Er hatte es geschafft, als er in die Kanzlei seines Vaters eingestiegen war, doch zu welchem Preis? Seine Brüder hatten es ihm übelgenommen. Sein Vater schenkte ihm nur widerwillig Respekt, zog ihn als seinen Nachfolger heran, doch nur als gute Arbeitsbiene, nicht als Sohn. Er konnte den Gedanken nicht ertragen, dass er Vinny verlieren könnte.

Darum betrat er am Freitagabend das Garner's, um Zoë zu bitten, mit ihm durchzubrennen.

„Was machst du dieses Wochenende?", fragte er. Sie hatte ihre Haare hochgesteckt, und trotz seiner schlechten Stimmung musste er immer wieder ihren langen Hals und ihr Schlüsselbein anstarren. Er wollte sie dort kosten und auch an so einigen anderen Stellen.

„Ich arbeite morgen, aber nur bis vier."

„Kannst du jemanden finden, der für dich einspringt?", fragte er. Er brauchte ihr Licht in seinem Leben, selbst wenn er sich bei seiner finsteren Vergangenheit dabei egoistisch fühlte.

Ihre dunkelbraunen Augen waren besorgt, als sie sich auf dem Platz ihm gegenüber niederließ. „Geht's dir gut?"

Er schüttelte den Kopf. „Ich muss einfach nur weg. Möchtest du mit mir spontan sein? Einfach zum Flughafen fahren und den nächsten Flug nehmen?"

„Bist du sicher, dass es dir gut geht?"

„Ich kann nicht aufhören, an Vinny zu denken", gestand er. „Ich muss hier weg. Irgendwohin. Mir nur kurz mal den Kopf nicht darüber zerbrechen."

Sie nickte. „Sollst du haben. Ich finde jemanden, der für mich einspringt."

Er seufzte. „Danke!"

„Dafür schuldest du mir ein Abendessen", sagte sie und stand mit einem sonnigen Lächeln wieder auf. „Ich möchte ein Steak von dir, Mister."

Er saugte dieses Lächeln in sich auf. Diese ansteckende Energie. Zoë war genau, was er brauchte. „Sollst du haben, und noch viel mehr."

Sie stellte ihre Hüfte aus, ganz aufreizend. „Hört sich gut an."

Sie wollte in Richtung Küche gehen, doch er hielt sie am Handgelenk fest, als sie gerade an ihm vorbeigehen wollte.

„Und es *fühlt* sich sogar noch besser an", sagte er nur für ihre Ohren.

Sie knurrte und schlug mit den Krallen nach ihm wie eine Tigerin, dann ging sie weiter und ihre Hüfte wiegte sich in ihrer engen, schwarzen Jeans.

Er lächelte vor sich hin. Das hier war die beste Idee, die er seit langer Zeit gehabt hatte.

~

„Bereit für ein bisschen Spontanität?", fragte Gabe, als er am Samstagmorgen vor Zoës Tür ankam.

„Jupp, hab alles gepackt."

Er nahm ihren kleinen Koffer. Seiner war bereits im Wagen. Er legte ihn in den Kofferraum, stieg ein und drehte sich zu ihr um. „Nervös?"

„Kein bisschen", sagte sie. „Ich liebe Abenteuer!"

„Gut", antwortete er. Warum sollte sie nervös sein? Nur, weil er mit ihr ein Hotelzimmer teilen wollte, das Bett und ihren Körper, soweit sie es zulassen würde. Er sah sie an. Sie sah so jung und frisch und süß aus. War er dem Leben gegenüber jemals so aufgeschlossen gewesen? So sorglos? Er hielt es nur für fair, sie zu warnen, dass er gewisse Intentionen hatte. Falls sie es dann lieber bleiben lassen wollte, war jetzt die Zeit, das zu klären. Er brachte es ihr behutsam bei. Bat um Erlaubnis wie der für sie gute Jackbohnenfreund, der er wirklich zu sein versuchte.

„Wir teilen uns ein Hotelzimmer", sagte er.

„Dachte ich mir", sagte sie. „Für das Flugticket hab ich Bargeld mitgebracht, aber ich kann mir nicht auch noch ein Hotelzimmer leisten."

Er musterte sie, hoffte, mit ihr auf einer Wellenlänge zu sein. Sie sah ihn strahlend an. „Ich bin so aufgeregt, weil wir jetzt deinen Traum wahr werden lassen! Eine spontane Reise, wo immer das Schicksal uns hinführt."

Auch er war aufgeregt. Aber aus einem anderen Grund. Sie konnte nicht wirklich so naiv sein. Sie hatte sein Bein wie ein Champion gefickt, als sie einander neulich Abend geküsst hatten.

Als er daran dachte, lächelte er vor sich hin und fuhr in Richtung Flughafen.

Als sie an den Ticketschalter kamen, bat Gabe um zwei Tickets für den nächsten Flug, und wartete in atemloser Vorfreude darauf, wohin ihre Spontanität sie führen würde. Er sah Zoë an, die sein Lächeln erwiderte, während der Mann am Schalter im Computer nachsah.

„Das wäre dann Pittsburgh, Pennsylvania", sagte der Mann. „Haben Sie Gepäck?"

Gabe und Zoë tauschten einen Blick aus und lachten. So viel zum Thema exotische Last-Minute-Reise. „Willst du immer noch fliegen?", fragte Gabe sie.

„Absolut. Ich liebe Pittsburgh." Er hatte das Gefühl, dass sie das von jedem Ziel behauptet hätte.

„Dann zwei Tickets nach Pittsburgh." Gabe holte seinen Geldbeutel aus seiner Gesäßtasche.

Zoë reichte dem Schalterangestellten ein Bündel Geldscheine. Gabe nahm das Geld und reichte dem Mann seine Kreditkarte.

„Gabe, ich bezahle selbst für mein Ticket."

„Diese Reise war meine Idee."

„Ich weiß, aber ich habe ja gesagt." Sie versuchte, ihm das Geld in die Hand zu schieben, doch er schob es zurück und wandte sich wieder dem Schalter zu. Der Mann dahinter belastete seine Kreditkarte.

Im nächsten Moment spürte er, wie sie ihre Hände von hinten um ihn legte, und in seine Hosentaschen schob. Er hielt ganz still, als eine Hand einer besonders interessierten Stelle sehr nahekam, doch als sie sich zurückzog, bemerkte er, dass ihr Geld in seiner Tasche steckte.

Sie trat neben ihn, stieß ihn mit der Hüfte an und kicherte albern.

Er beugte sich hinab und flüsterte in ihr Ohr. „Ich würde dir ja vorwerfen, dass du raffiniert bist, aber es hat mir ein bisschen zu gut gefallen."

Sie lachte. Sie zeigten ihre Ausweise vor, bekamen die Tickets und stellten sich mit ihrem Handgepäck an der langen Schlange vor der Sicherheitskontrolle an. Als sie an der Reihe waren, wurden beide zur Seite genommen und in einen geschützten Bereich gebracht, wo man ihr Gepäck durchsuchen wollte, sie

abgetastet und befragt wurden. Die Sicherheit mochte es anscheinend nicht, wenn man Last-Minute Tickets kaufte.

„Wohin fliegen Sie?", fragte der Sicherheitsbeamte in
strengem Ton, nachdem Gabes Gepäck und seine Leibesvisitation
nichts Interessanteres zutage gefördert hatten als eine für den
Wochenendtrip geradezu obszön große Packung Kondome.

„Pittsburgh", antwortete Gabe.

„Warum Last Minute?"

„Wir wollten spontan sein."

„Was haben Sie in Pittsburgh vor?"

„Spaß haben."

Der Sicherheitsbeamte lächelte unerwartet.

„Ja, ha, ha, das habe ich gesehen. Sie reisen mit Ihrer
Freundin?"

„Ja."

„Okay. Sie dürfen gehen."

Gabe nickte, steckte seinen Geldbeutel, sein Handy und die
Schlüssel wieder in die Tasche, schlüpfte in seine Schuhe und
nahm seinen Koffer. Zoë war immer noch nicht aus dem Scree-
ning-Bereich für Frauen zurück, in den sie sie gebracht hatten.
Wenn sie nicht bald herauskommen würde, würde er als ihr
Anwalt einfach da hinein marschieren. Ein paar Minuten später
kam sie lächelnd heraus und plauderte mit der Frau am Schalter
über Restaurants in Pittsburgh. Er musste unwillkürlich lächeln,
als er sie so beobachtete. Zoë nahm Zitronen, die ihr das Leben
zuwarf, und machte süße Limonade daraus. Er war albern, doch
verdammt, er wollte diese Sonnenscheingöttin für sich allein. Sie
strahlte ihn an und winkte, und sein Herz stolperte.

Er war dabei, sich in sie zu verlieben.

„Wir haben gerade noch genug Zeit, den Flug zu erwischen",
sagte sie. „Wir müssen uns beeilen!"

„Nicht zu schnell", scherzte er. „Sonst denken die noch, wir
laufen vor irgendwas davon."

„Das ist lächerlich!"

Er packte sie und wirbelte sie herum. Er konnte sich nicht
daran erinnern, sich jemals unbeschwerter gefühlt zu haben.
„Lass uns gehen, Sonnenschein."

10

Der Flug war kurz, nur eineinhalb Stunden, deshalb waren sie so früh genug in Pittsburgh, um noch die wichtigsten Sehenswürdigkeiten zu besichtigen. Zoë wusste, dass selbst ein Winterwochenende in Pittsburgh Spaß machen konnte. Sie war schon ein paarmal für Auftritte im Strip District hier gewesen, darum hatte sie vor, den Reiseführer zu spielen.

„Ich buche ein Hotel", sagte Gabe. „Du mietest den Wagen." Er drückte ihr seine Kreditkarte in die Hand.

Sie gab sie ihm zurück. „Ich mach das schon."

Er schob sie ihr wieder in die Hand. „Ich bestehe darauf."

Sie schob sie in seine Hosentasche, und plötzlich hielt er ganz still. „Du kannst mir ein Steak zum Abendessen spendieren." Sie eilte zum Autovermietungsschalter.

„Zoë."

Sie drehte sich um. „Was?"

Gabe sprach, ohne von seinem Handy aufzublicken. „Zwei Einzelbetten oder ein Kingsizebett?"

„Zwei Betten", sagte sie automatisch und stellte sich an. Sie reiste mit ihrer Band durchs ganze Land und teilte sich oft mit Jordan ein Zimmer mit zwei Betten, um Geld zu sparen. So blieb unter dem Strich mehr von der Gage übrig. Natürlich hatte Jordan tatsächlich nur einmal mit ihr in einem Zimmer geschlafen. Für gewöhnlich fand er einen Fan, von dem er sich für eine Nacht abschleppen ließ, und übernachtete stattdessen bei einer Fremden.

Als sie in der Schlange stand, wurde ihr klar, dass das eine dumme Antwort gewesen war. Dieses Wochenende datete sie Gabe schon vier Wochen. Bislang war er wunderbar zu ihr gewesen, und sie konnte die Anziehung nicht leugnen. Sie drehte sich bereits um, um ihm zu sagen, dass ein Bett gut wäre, doch er war bereits mit seinem Handy nach draußen gegangen, und es war zu spät.

Zwanzig Minuten später gingen sie zum Parkplatz der Autovermietung.

„Du hast keinen Sportwagen bekommen", sagte er, als sie ihn zu dem Bereich mit den günstigen Wagen führte.

„Der hier ist günstiger."

„Schon, aber ..." Er deutete auf die Reihe glänzender roter und schwarzer Sportwagen. „Ich hätte mich wohl klarer ausdrücken sollen."

Sie verdrehte die Augen. „Oh, komm schon. Ich verspreche, dass du trotzdem Spaß haben wirst."

Sie fuhren zum Duquesne Incline, wo sie in einem überfüllten Cablecar aus dem neunzehnten Jahrhundert den Hügel hinauf fuhren, um die Stadt zu überblicken, die zwischen dem Allegheny River, dem Monongahela River und dem Ohio River lag. Als sie zum Aussichtspunkt kamen, legte Gabe seinen Arm um sie, während sie die Skyline betrachteten und die drei Flüsse, die im strahlenden Sonnenschein glitzerten, die beiden Stadien, Heinz Field und den PNC Park, wo die Steelers und die Pirates spielten. Es war Mitte März und langsam fühlte es sich wie Frühling an. Sie atmete die klare, kühle Luft ein.

„Es ist hübscher, als ich gedacht hätte", sagte Gabe. „Es ist nicht gerade Spanien, aber ..."

„Es ist spontan und lustig", sagte sie schmunzelnd.

Er küsste sie auf die Nasenspitze. „Ja. Zu schade, dass die Baseballsaison noch nicht angefangen hat. Ich würde die Pirates gerne spielen sehen."

„Nächstes Mal. Hast du Hunger?"

„Ich komme um vor Hunger", erwiderte er mit einem lodernden Blick, bei dem ihr Magen flatterte.

„Ich kenne das perfekte Restaurant!"

Auf der Fahrt hinunter zog Gabe sie an sich und legte von hinten seine Arme um sie, während sie den Ausblick genossen. Dieses Gefühl breitete sich wieder in ihr aus – elektrisch und zugleich sicher. Als sie in den Wagen stiegen, stellte sie das Radio an und fuhr los. „Nächster Halt: Primanti Brothers!"

„Was ist das?"

„Der beste Sandwichladen aller Zeiten."

„Ach, wirklich? Ich habe schon ein paar richtig gute Sandwiches gegessen."

„Nicht wie die."

Sie fand einen Parkplatz und ging ihm voraus zu dem vollen Bistro. „Vergiss die Wings und die Pizza!", rief sie über den Lärm der Menge, während sie darauf warteten, ihre Bestellung aufzugeben. „Du musst unbedingt ein Sandwich bestellen. Was magst du?"

„Such du aus. Ich bin gerade spontan."

Sie lächelte. „Okay."

Als sie an der Reihe waren, bestellte sie zwei Roastbeefsandwiches „mit allem" und sie fanden wie durch ein Wunder zwei freie Plätze am Tresen.

„Beiß einfach rein", sagte sie. „Sieh es dir nicht an."

Er biss in sein Sandwich und kaute mit hochgezogenen Brauen. „Sind das Fritten auf dem Ding?"

Sie lachte. „Ja. Fritten und Krautsalat."

„Ich hätte nie gedacht, dass das auf einem Sandwich gut schmecken könnte."

„Ich weiß, aber es funktioniert, findest du nicht? Das Heiße und das Kalte zusammen. Und das italienische Brot?"

Er biss noch einmal hinein, schloss die Augen und kaute. „Hmmm."

Sie beendeten den Nachmittag mit einer Tour durch das Andy Warhol Museum. Gabe war ein Fan. „Ich wusste gar nicht, dass Andy Warhol aus Pittsburgh kommt. Ich habe ihn mir immer in New York vorgestellt."

„Jupp." Sie genoss es so richtig, Gabe mit allem zu überraschen, was Pittsburgh zu bieten hatte. Es war wirklich eine Stadt, in der man Spaß haben konnte.

Gabe sah auf seinem Handy nach der Uhrzeit. „Es ist fast sechs. Lass uns im Hotel einchecken."

„Gute Idee."

Gabe checkte sie im Fairmont ein, einem Luxushotel, das um einiges besser war, als was sie sich jemals hätte leisten können.

„Wow!", rief Zoë, als sie ins Zimmer kamen. „Du hast eine Suite für uns genommen!"

Er zuckte die Schultern. „Ich wollte den Ausblick."

Sie ging zu den raumhohen Fenstern. Ein Teleskop war so aufgestellt, dass man von dort Mount Washington mit dem Incline und die Stadt sehen konnte. Sie drehte sich um. Im Wohnzimmer stand ein großes Loungesofa, und es gab einen großen Flachbildfernseher, einen Schreibtisch und einen Esstisch. Sie blieb stehen. Auf dem Esstisch stand ein Dutzend Rosen in einer Vase. Sie ging zu den Rosen und schnupperte daran. „Sind die von dir, oder waren die schon da?"

„Von mir."

„Danke." Sie drehte sich um; sein Ausdruck war wild, hungrig. Der Hai war wieder da. Schnell sah sie sich weiter um, ging ins Schlafzimmer mit dem Kingsizebett – er hatte ihren Wunsch nach zwei Betten einfach ignoriert – dann ins Badezimmer mit einer Dusche und einer Wanne, die groß genug für zwei war. Das musste sie ihm lassen. Das war Verführung pur. Die Bühne war bereit. Doch war sie bereit für ein gebrochenes Herz? Kein Mann war je länger als acht Wochen mit ihr zusammengeblieben. Sie hatte das mal nachgerechnet, als sie das Gefühl bekommen hatte, verflucht zu sein.

Sie zuckte zusammen, als sie sein Spiegelbild im Badezimmerspiegel sah, bevor sie ihn hatte hereinkommen hören. „Das ist umwerfend, Gabe."

Gabe sah sich um. „Nicht schlecht für Last Minute. Ich habe uns fürs Abendessen einen Tisch reserviert. Hast du ein Kleid eingepackt, oder sollen wir noch einkaufen gehen?"

Shopping, Luxussuite, Dinner. Welten besser als ihre üblichen Dates. „Nur einen Rock."

„Wir kaufen dir ein Kleid. Lass uns gehen. Wir haben eine Stunde bis zu unserer Reservierung unten. Ist nur das Hotelrestaurant, aber es soll gut sein. Das Steak, das du wolltest, gibt es auf jeden Fall hier."

„Das war nur ein Scherz. Wir können auch irgendwas Einfaches essen."

„Abgemacht ist abgemacht. Fertig?"

„Gib mir ein paar Minuten." Sie machte sich im Badezimmer frisch, zog ihre Socken aus und schlüpfte in ihre schwarzen Wedges, die sowohl zu einer Hose als auch zu einem Kleid passten. Sie steckte eine Strumpfhose in ihre Handtasche und nahm ihre Jacke. Sie fand Gabe in Hemd und Stoffhose an der Tür stehend. „Fertig."

Er hielt ihr die Tür auf und legte dann seine warme Hand an ihren unteren Rücken, während er sie aus dem Raum führte. Zoë sagte sich, dass sie das Wochenende einfach genießen und nicht zu sehr darüber nachdenken sollte. Gabe würde sie nicht aus ihrem Apartment werfen, wenn es zwischen ihnen nicht lief.

Zumindest hoffte sie das.

Natürlich nicht. Er war süß, auch wenn er behauptete, es nicht zu sein.

Sie lächelte verkniffen zu ihm auf, als er sie in den Aufzug führte. Er erwiderte das Lächeln nicht. Stattdessen brannten sich seine dunkelblauen Augen in ihre. Als die Türen zufuhren, zog er sie an sich. „Ich will dich in Schwarz." Mit einem Finger strich er ihre Flane empor und hinterließ eine heiße Spur von ihrer Hüfte bis zur Seite ihrer Brust. „Irgendwas, bei dem man viel Haut sieht."

Sie schluckte, als er ihr einen Kuss an ihren Hals drückte, an die Stelle, von der sie sich sicher war, dass ihr Puls viel zu kräftig schlug. „Willst du auch meine Unterwäsche aussuchen?", fragte sie und versuchte es mit einem neckenden Ton, versagte jedoch kläglich.

„Du wirst keine tragen."

„Gabe–"

Er zog sie an sich und küsste den Protest aus ihr heraus. Sie hing an ihm, überwältigt von purer Lust, bis der Aufzug pingte und er sie sanft von sich schob. Sie stieß einen zittrigen Atem aus und hoffte, dass sie nicht so aufgewühlt aussah, wie sie sich fühlte.

Die Türen öffneten sich, und er führte sie hinaus, eine Hand an ihrem Rücken. Sie versuchte noch einmal, vernünftig mit ihm zu sprechen, stellte sich in der Lobby vor ihn. „Gabe, ich werde nicht–" Ihr Protest wurde von einem weiteren Kuss erstickt.

Er nahm ihre Hand. „Komm."

Er zog sie zum Concierge, wo er schnell herausfand, wo man das gewünschte Kleid finden konnte. Es war nur wenige Gehminuten entfernt, darum gingen sie zu Fuß.

„Ich dachte, das sollte für mich ein netter Shopping-Ausflug sein", sagte sie, atemlos bei seinem Tempo.

Er blieb stehen. „Es wird ja auch nett für dich" – ein Mundwinkel hob sich zu einem undurchsichtigen Lächeln – „letzten Endes."

Sie schnaubte. Er ergriff ihre Hand und zog sie mit sich, offensichtlich begeistert von dem Gedanken, sie in ein Kleid zu bekommen.

Fünfzehn Minuten später wartete sie wie angewiesen in BH und Höschen in der Umkleide, und eine Verkäuferin reichte ihr ein schwarzes Kleid in ihrer Größe mit doppelten Spaghettiträgern und V-Ausschnitt, der definitiv ein bisschen Haut zeigte, auch wenn es kurz oberhalb des Knies endete. Oh. Das war nicht schlecht. Sie hatte gedacht, dass Gabe irgendeine nicht jugendfreie Fantasie ausleben wollte.

Sie drehte das Kleid um. Ach, komm! Es hatte keinen Rücken. Nur die Spaghettiträger, die sich über dem Rücken kreuzten, und ein paar dünne Schnüre über dem unteren Rücken, die vermutlich dafür sorgten, dass das Ding nicht auseinanderfiel. Der Rücken endete ebenfalls in einem V, das jedoch obszön tief fiel. Das war kein Kleid, zu dem man einen BH oder irgendeine Art Unterwäsche tragen konnte. Vielleicht einen Tanga, wenn das Hüftband nicht zu hoch saß. Sie hängte das Kleid zurück an den Haken. Das hier war definitiv Gabes nicht jugendfreie Fantasie, und sie war das böse Mädchen.

„Gabe!", rief sie.

„Ja?" Er klang ganz nahe. War er etwa in der Damenumkleide?

„Ähm, wo ist die Verkäuferin?"

„Ich habe sie weggeschickt. Passt es?"

Sie steckte ihren Kopf durch den Vorhang. „Das kann ich nicht tragen. Das ist einfach nur nuttig."

„Darum geht es ja."

„Ich bin nicht nuttig", schnaubte sie.

„Ist doch nur ein Kleid", sagte er. „Zieh es an."

„Es hat keinen Rücken."

„Brauchst du Hilfe?" Er legte seine Hand an den Vorhang, um ihn weiter zu öffnen, und sie zog ihn schnell zu.

„Komm bloß nicht hier rein!" Sie stand in BH und Unterhose da, verflixt noch mal.

„Zoë, du hast diesen Tag für mich so großartig gemacht. Bitte mach nur noch diese eine Sache für mich, und ich werde mein Bestes tun, um den Abend für dich perfekt zu machen."

Sie hob ihr Top auf, da sie nicht vorhatte, seiner Bitte nachzukommen, als es ihr plötzlich aus der Hand gerissen wurde. Sie schrie überrascht auf. Er hatte seine Hand durch den Spalt zwischen den Vorhängen geschoben.

„Woher wusstest du das?", fragte sie.

„Ich kann durch den Spalt hier sehen. Im Spiegel."

Sie stieß eine ganze Salve von Flüchen aus.

„Das Kleid bedeckt mehr als das, was du jetzt anhast." Sie konnte das Lächeln in seiner Stimme hören. „Obwohl mir rosa Satin gefällt."

„Dreh dich um!"

Sie steckte ihren Kopf durch den Vorhang, um sich zu vergewissern, dass er gehorchte. Dann zog sie das Kleid an. Es passte perfekt, selbst wenn es alles andere als züchtig war. Sie drehte sich um. Wenigstens hing ihr Po nicht raus. Der Rückenausschnitt endete so tief, dass man ein Stück von ihrem Höschen sehen konnte. Sie schob es außer Sichtweite. Sie seufzte und öffnete den Vorhang. „Okay, jetzt habe ich es an."

Er starrte sie mit unverhohlener Bewunderung an, begutachtete sie langsam von ihren Schultern bis hinunter zu ihren bloßen Füßen, blieb an ihrem Ausschnitt hängen, ihrer Taille und ihren Hüften. Sie stieß einen genervten Seufzer aus.

Abrupt riss er den Blick los und sah ihr in die Augen. „Zieh den BH aus."

Sie öffnete ihn und zog ihn aus dem Kleid. „Jetzt glücklich?"

Er nahm ihr den BH aus der Hand und stopfte ihn in seine Tasche. „Dreh dich um. Ich möchte den Rücken sehen."

Langsam drehte sie sich um, hörte, wie sich der Vorhang hinter ihm schloss, und wartete. Plötzlich schoben sich seine warmen Hände von hinten an ihren nackten Schenkeln empor. Sie riss den Kopf herum und sah, dass er hinter ihr in der Hocke war. „Gabe", sagte sie mit zittriger Stimme. „Was machst du da? Mir ist nicht nach–"

„Schhh. Noch nicht." Seine Hände hielten auf ihrer Hüfte inne, doch seine langen Finger hätten wunderbar–

Sie schnappte nach Luft, als er ihr Höschen mit einem schnellen Ruck herunterzog. Er stand auf, hob sie von ihren Füßen, zog ihr das Höschen jetzt ganz aus und stellte sie wieder ab. Sie starrte auf seinen Zeigefinger, an dem jetzt ihr Höschen baumelte.

Er küsste sie. „Das Kleid ist perfekt."

„Gabe, ich brauche das, du kannst nicht–"

„Da drin alles gut?", rief die Verkäuferin.

Gabe stopfte ihr Höschen in die Tasche, packte ihre Hand und zog sie nach draußen. „Wir nehmen es."

～

Zoë murmelte etwas vor sich hin über die zugige Brise und dass sie sich auf dem Weg zum Restaurant nackt fühlte, doch Gabe lächelte nur. Was für ein arroganter Mann. Sagte ihr, wie sie sich anzuziehen hatte. Nahm ihr die Unterwäsche weg.

„Wie würde es dir denn gefallen, wenn ich dir deine Unterwäsche stehlen würde?", fragte sie und griff nach seiner Tasche.

Er nahm ihre Hand und verflocht seine Finger mit ihren. „Das würde mir gefallen."

Grrr.

Sie gingen noch einen Block, und Gabe lenkte sie mit Fragen über ihren Fortschritt beim Songschreiben ab, als ein rosa Blitz an ihr vorbei in einen nahen Mülleimer flog. War das ihr Höschen?

„Gabe! Warum hast du es weggeworfen?"

„Weil ich nicht darüber diskutieren wollte", sagte er. „Ich werde dir später einen Ersatz kaufen."

Sie warf einen Blick in den Mülleimer auf ihr Höschen, das neben einer zerknüllten McDonald's Packung lag, dann flog ihr BH hinterher.

„Wie viele Songs hast du bisher eigentlich geschrieben?", fragte er.

Sie presste die Lippen aufeinander starrte ihn wütend an. Das war ihr hübschestes Dessousset gewesen, und billig war es auch nicht. Wie konnte er es wagen, es wegzuwerfen?

Er beugte sich zu ihr herunter und knabberte an ihrem Hals, was sie erschauern ließ; dann nahm er ihre Hand und ging weiter. Im Stillen kochte sie, diese dominante Seite an ihm gefiel ihr überhaupt nicht. Ihr Schweigen schien ihn nicht zu stören. Er ging entschlossen über die Straße und schob sie schließlich durch die Tür ins Restaurant.

Drinnen angekommen, half er ihr aus der Jacke und pfiff leise. „Zoë, du bist so schön."

„Ich fühle mich nackt", zischte sie. „Und das waren teure Sachen, die du weggeworfen hast!"

Er stand einfach da und lächelte sein Haifischlächeln. Erneut betrachtete er sie langsam von oben bis unten, was sie rot werden ließ, obwohl sie immer noch wütend auf ihn war. Als nächstes würde er womöglich noch verlangen, dass sie wie ein Model auf dem Catwalk für ihn auf und ab stakste. *Hier sehen Sie Zoë in dem Kleid, das Gabe ihr aufgedrängt hat. Ein Stofffetzen auf nackter Haut. Erleichtert die Unterhaltung im Bett.*

„Entspann dich", flüsterte Gabe in ihr Ohr. Seine Hand lag auf ihrem nackten Rücken und brannte ein Loch durch sie hindurch.

„Ich kann mich nicht entspannen, wenn–"

„Bitte hier entlang, Sir, Madam", sagte der Oberkellner.

Er führte sie an einen Tisch in einer ruhigen Ecke mit Kerzen und einer einzelnen roten Rose in einer Vase. Sie sah sich schnell um und bemerkte gleich zwei Dinge – nur auf ihrem Tisch stand eine Rose und sie war definitiv overdressed für das Restaurant. Die anderen Frauen trugen Business-Outfits. Gabes Kleidung hätte überallhin gepasst. Sie kochte. Diese ganze Kleidernummer diente allein seiner Unterhaltung.

Gabe zog den Stuhl für sie vor. Wie konnte ein Mann nur solch ein Gentleman sein und zugleich ein Hai?

Vorsichtig zupfte sie das Kleid zurecht, als sie sich gesetzt hatte. Dann beugte sie sich vor, um ihn leise zurechtzustutzen, weil er mit ihr spielte, doch sie wurde unterbrochen, als eine Flasche Champagner an den Tisch gebracht wurde. Der Kellner öffnete sie und goss jedem mit einer dramatischen Geste ein Glas ein.

Nachdem der Keller gegangen war, drehte sie sich misstrauisch zu Gabe um. „Was gibt es denn für einen Anlass?"

Als nächstes würde er sie noch um einen Lapdance bitten. Sobald er sie erst einmal betrunken gemacht hatte. Er wusste, dass sie keinen Alkohol vertrug.

Er lächelte sie zärtlich an. „Ich feiere meine erste spontane Aktion. Dank dir, Zoë, weil du mit mir gekommen bist. Es war wirklich eine schlimme Woche. Der heutige Tag war wunderbar und das habe ich allein dir zu verdanken."

Ihr Ärger verflog im selben Moment, denn sie wusste, wie traurig er wegen seines Stiefvaters war. „Ich bin froh, dass du den Sprung gewagt hast."

„Das höre ich gerne", sagte er mit leiser, rauer Stimme, bei der es bei ihr zu pochen begann.

Sie trank einen Schluck von ihrem Champagner. Er war köstlich, darum trank sie ein bisschen mehr und begann sich zu entspannen. Und je mehr sie sich entspannte, desto mehr Spaß hatte sie mit ihm. Er war charmant und konnte sich großartig unterhalten. Er fragte sie, wohin sie schon gereist war, und sie erzählte ihm alles von den Städten, in denen sie in Amerika und Europa aufgetreten war. Er war auch schon mal in Europa gewesen, und sie sprachen über Paris. Sie hatte so viel Spaß, und der Champagner floss immer weiter. Und ihr Kleid umschmeichelte sie, wenn sie sich auch nur das kleinste bisschen bewegte. Warum hatte sie nie zuvor ein Kleid mit nichts darunter getragen?"

Sie beugte sich vor und flüsterte: „Das Kleid war eine großartige Idee!"

Er grinste. „Siehst du?"

Nach dem Abendessen gingen sie ein bisschen im Point State Park spazieren, blieben am großen Brunnen stehen, der bei Nacht beleuchtet war, und bewunderten den Ausblick auf die Stelle, wo der Allegheny River und der Monongahela River ineinanderflossen. Sie erwischte Gabe dabei, wie er sie anstarrte und nicht die Landschaft.

„Dir entgeht der Ausblick!", rief sie und deutete auf das Wasser.

„Mir entgeht nichts", sagte er mit rauer Stimme, die sie erschauern ließ. „Dir ist kalt. Lass uns gehen."

Er verflocht seine Finger mit ihren und sie ging zurück in Richtung Hotel.

„Mir war nicht kalt", sagte sie und schwang verspielt ihren Arm mit seinem.

„Du hast gezittert."

„Es gibt auch noch andere Gründe zu zittern."

Seine Hand schloss sich fester um ihre. „Und was für ein Zittern war das?"

„Von der köstlichen Art."

Er ging schneller. „Wir müssen dringend zum Hotel zurück."

Sie kicherte und hielt mit ihm mit.

Als sie zum Hotel zurückkamen, überraschte Gabe sie damit, dass er sofort im Badezimmer verschwand und die Tür schloss. Sie hatte erwartet, dass er sie küssen oder sie aufs Bett werfen würde. Sie zog ihre Schuhe aus, streckte ihre Arme und drehte sich im Kreis. Sie hörte das Wasser rauschen. Duschte er? Hm. Sie hatte gedacht, dass sie wenigstens einen heißen Gutenachtkuss bekommen würde. Sie ging zum Fenster und bewunderte die Skyline, die blinkenden Lichter und die Hügel in der Ferne. Sie wandte sich dem Teleskop zu und blickte hindurch, um sich den Nachthimmel anzusehen. Wow. So viele Sterne. Das war cool.

„Zoë." Seine Stimme war rau, und sie richtete sich augenblicklich auf und wirbelte herum. Gabe stand da, vollkommen angezogen, nicht in einem Handtuch oder einem Bademantel, wie sie erwartet hatte. „Ich habe dir ein Bad einlaufen lassen."

„Du hast mir ein Bad einlaufen lassen?", echote sie. Ihr eigener Butler.

„Komm, bevor es kalt wird."

Sie eilte ins Badezimmer. Ein Schaumbad wartete auf sie, dazu standen ein Glas Wein und ein Teller mit Erdbeeren mit Schokoladenüberzug für sie auf einem Glastischchen neben der Wanne. „Oh, Gabe, du verwöhnst mich." Sie drehte sich zu ihm um und strahlte. „Das sieht wunderbar aus!"

„Dann lasse ich dich mal allein."

Und überraschenderweise ging er dann tatsächlich. Zoë verlor keine Zeit. Sie zog das Kleid aus, hängte es an einen Haken an der Tür, band ihr Haar mit einem Haarband zu einem Knoten und ließ sich bis zum Hals in die Wanne gleiten. *Ahhh.* In ihrem Apartment hatte sie keine Badewanne. Sie legte ihren Kopf zurück und schloss die Augen. Das hier war himmlisch. Sie fragte sich kurz, was Gabe wohl tat. Sie konnte hören, dass er draußen herumlief, doch sie war zu entspannt, um sich darüber Gedanken zu machen. Sie betrachtete die kleinen Flaschen mit Schaumbad am Wannenrand – irgendein hypoallergenes Luxuszeug. Sie pustete in den Schaum, streckte ihre Beine aus und kicherte vor purem Vergnügen vor sich hin. So blieb sie eine Weile, vollkommen locker und entspannt und trieb im Wasser.

Dann probierte sie eine Erdbeere. O mein Gott. So gut. Saftig und schokoladig. Sie nippte am Wein, der perfekt zu der Erdbeere passte. Daran hätte sie sich glatt gewöhnen können. Sie aß noch eine Erdbeere, trank einen weiteren Schluck Wein und fühlte sich ein bisschen schuldig, dass sie das Bad so genoss ohne den Mann, der für diese wunderbaren Dinge verantwortlich war.

„Gabe?"

Er steckte seinen Kopf zur Tür herein. „Brauchst du irgendwas?"

„Möchtest du die Erdbeeren probieren?"

„Ruf mich besser nicht rein, wenn du nicht vorhast, die Wanne mit mir zu teilen."

Sie lächelte und nickte, und bevor sie noch einen Moment darüber nachdenken konnte, war er schon im Bad und fing an, sich auszuziehen. Sie beobachtete ihn aufmerksam. Es war nicht das erste Mal, dass sie diese Show sah, doch sie hatte noch nicht alles gesehen.

„Nächstes Mal möchte ich, dass du dich für mich ausziehst", sagte er, bevor er sein Hemd an den Haken über ihr Kleid hängte.

„Aber du bist so gut darin", neckte sie ihn.

Er lächelte nicht, sondern legte nur das Kondom auf den breiten Beckenrand. Okay also. In der Wanne. Das war neu und–

Langsam öffnete er den Gürtel, den Knopf, ein kurzes Stück des Reißverschlusses. Einen Moment später bemerkte sie, warum das zwangsläufig langsam geschehen musste. Die Hose fiel zu Boden, die marineblaue Boxershorts folgte und eine riesige Erektion sprang ins Freie. Sie hielt den Atem an. Vielleicht hatte er sich noch die Socken ausgezogen, doch sie war sich nicht sicher, denn sie konnte nicht aufhören, auf das zu starren, was er für sie parat hatte. *Oh, fick mich.*

„Genau das war der Plan", antwortete er.

Hatte sie das etwa laut ausgesprochen? Ihre Wangen brannten, und sie begann zu plappern, um es zu überspielen. „Der Wein ist so gut und die Erdbeeren auch. Sie passen wirklich gut zusammen. Egal, du solltest sie wirklich probieren. Hat dir Pittsburgh gefallen?" Am Ende klang ihre Stimme unangenehm schrill.

„Mhmm." Dann glitt er hinter ihr in die Wanne und zog sie auf seinen Schoß, seine Erektion gegen ihren Po gepresst, und sie war sprachlos.

11

„Gefällt dir das Bad?", fragte er, während er an ihrem Ohr knabberte.

„Mmm … das war süß von dir."

„Ich will nicht süß sein." Er knabberte seitlich an ihrem Hals, worauf sie nach Luft schnappte. „Ich möchte, dass du meinen Namen schreist."

„O-oh", sagte sie zittrig.

Er verteilte heiße Küsse mit offenem Mund seitlich an ihren Hals. „Also, was meinst du?"

„Du gehst ganz schön ran", sagte sie steif.

Er schmunzelte. „Ich bin in der Wanne mit einer schönen nackten Frau, die für mich ein aufreizendes Kleid ohne Höschen getragen hat, und *jetzt* erst findest du, dass ich ganz schön rangehe?"

Sie drehte sich um, um ihn über die Schulter anzusehen. „Ich habe dir doch gesagt, dass das Kleid nuttig ist, vor allem ohne Höschen."

„Es schien dir gefallen zu haben, als du erst einmal angefangen hast, Champagner zu trinken."

Sie drehte sich wieder um und spielte mit dem Schaum. „Wenn ich Champagner trinke, scheint mir alles zu gefallen."

„Vielleicht sollte ich uns mehr Champagner bestellen. Das Bad hier hat ein Telefon neben der Toilette."

Sie kicherte.

Seine Hand streichelte ihren Bauch in langsamen Kreisen.

„Zoë, mit dir fühlt sich das Leben frisch und neu an. Ich liebe das an dir."

Bei diesen Worten breitete sich die Wärme in ihr aus. Oder vielleicht waren es auch seine Hände, die nach oben gewandert waren, um ihre Brüste zu liebkosen. „Ach so?" Sie lehnte sich zurück und ihr Kopf lag jetzt auf seiner Schulter. Seine langen Finger zwickten ihre Nippel. Hitze schoss durch sie hindurch, ein tiefes Pochen, das ihre ganze Aufmerksamkeit forderte. „I-ich weiß nicht, was ich sagen soll."

„Du musst gar nichts sagen", sagte er, und seine Stimme lullte sie ein. „Ich möchte dich mir nur zu Willen machen."

„Ha!", brachte sie hervor.

„Ich meine es ernst." Seine Finger zogen eine heiße Seifenspur von ihren Brüsten zu ihrer Hüfte und glitten auf die Innenseite ihres Schenkels. „Bitte."

„Bitte", echote sie.

Er lachte leise, während er ihre Beine spreizte, sie langsam streichelte und erkundete, wie sie sich anfühlte bevor er mit einem Finger in sie eindrang, und dann wieder hinauf zu ihrer Lieblingsstelle wanderte. Sie stieß ein entzücktes Seufzen aus. Er war zuerst so vorsichtig, dass sie einfach die Augen schloss und sich durch die Empfindung treiben ließ, während seine magischen Finger ihre Weiblichkeit liebkosten und seine andere Hand mit ihrer Brust spielte. Das Gefühl baute sich langsam in ihr auf. Noch kein Mann hatte sich so viel Zeit für sie genommen, sich ihre Lust so offensichtlich gewünscht.

Er schob den Schaum beiseite. „Sieh zu."

Sie beobachtete die Finger, während sie sie spürte, und die Kombination aus Sehen und Fühlen dessen, was er mit ihr tat, ließ ihr Inneres explodieren. Er legte einen Arm um ihre Taille, hielt sie ganz fest an sich gepresst, während er sie verwöhnte, bis sie zitterte, weil sie die Erlösung brauchte. Und dann explodierte sie in einem Höhepunkt, der sie bis ins Mark erschütterte. Doch er war noch nicht fertig mit ihr. Er hob sie aus dem Wasser und schob sie vor. Ihre Hände lagen auf dem breiten Wannenrand. Sie wartete, atmete immer noch angestrengt, während sie dem Knistern der Kondomverpackung lauschte, dann schlossen sich seine Hände um ihre Hüfte und zogen sie herunter, während er sie mit einem einzigen tiefen Stoß nahm, der ihr den Atem raubte.

„Sieh dich an!", sagte er mit rauer Stimme, als er erneut tief zustieß.

Sie betrachtete sich und ihn im Spiegel. Sie sah aus, als wäre sie gerade gründlich geliebt worden, ihre Haare waren vom Wasser gelockt, ihre Wangen gerötet. Er sah aus, als wollte er sie verschlingen.

Er sah ihr im Spiegel in die Augen. „Ja", sagte er, als hätte er ihre Gedanken gelesen.

Und dann waren seine sündigen Finger zurück, während er hart zustieß, und sie glaubte, es nicht länger aushalten zu können. Seine Stimme klang schroff in ihrem Ohr. „Schrei meinen Namen, wenn du kommst."

Sie konnte nicht antworten, nur stöhnen, und dann machte er weiß Gott was für eine Bewegung, eine Art Spirale mit Zwicken und einer Drehung seiner Finger, und ihr wurde schwarz vor Augen, als ein leises Klingeln durch ihre Ohren hallte, und dann war sie zurück, es prickelte überall, seine Hände hielten immer noch ihre Hüfte, zogen sie zurück, während er in sie hineinstieß, damit sie ihn so tief in sich aufnahm, wie es nur ging. Sie wippte hilflos, während er in sie hineinstieß, spürte seinen explosiven Orgasmus und hing einfach nur da, erschöpft und schlaff in seinen Armen.

Er küsste ihre Schulter und lockerte seinen Griff um ihre Hüfte. Seine Stimme grollte in ihrem Ohr. „Ich habe meinen Namen nicht gehört."

„Nächstes Mal." Sie konnte das Lächeln in seiner Stimme hören. Er zog sich aus ihr zurück und stand auf. Sie hörte, wie er das Wasser aus der Wanne ließ, doch sie konnte sich nicht bewegen. Sie blieb am Wannenrand hängen und legte ihren Kopf auf ihren Arm. Sie traute ihren Beinen noch nicht, und ihr Kopf war noch ein bisschen wirr.

Er klatschte ihr auf den Po. „Komm."

„Au", sagte sie schwach.

Dann hob er sie aus der Wanne, wickelte sie in ein Handtuch und trug sie zum Bett. Sie kuschelte sich in die Kissen, während er das Handtuch wegzog und sie zudeckte.

„Ruh dich aus", flüsterte er, als er es sich neben ihr bequem machte. „Morgen früh will ich mehr von dir."

„Mmm …"

Er drehte sie um, und als er sich von hinten an sie schmiegte, stieß seine immer noch halbharte Erektion gegen ihren Po. Innerhalb weniger Minuten war sie eingeschlafen.

Zoë ging am nächsten Morgen duschen, während Gabe noch schlief. Okay, es war zu viel Champagner gewesen, zu viel Wein und zu viel Schaum. Doch sie hatte keinen Kater. Sie war euphorisch. Verdammt, er war gut. Er überwältigte sie schlicht und einfach. Vom Fünf-Sterne-Hotel bis hin zum Shoppen, dem Schaumbad, wie er sich als der Boss aufführte und fordernd wurde, sobald er sie verführen wollte. Wie leicht es doch war, ihm nachzugeben. Wie überraschend lohnend. Es pochte in ihr, als sie sich daran erinnerte.

„Zoë?"

„In der Dusche!", rief sie.

„Ich bestelle Frühstück beim Zimmerservice", sagte er durch die Tür.

„Großartig!"

Sie gönnte sich den Luxus des Wasserdrucks, der mehr wie eine Massage als der milde Regen der Dusche in ihrem eigenen Apartment war. Sie würden sich bei einem netten Frühstück unterhalten. Über das, was zwischen ihnen war und dass sie nicht gerne obdachlos werden würde, wenn es vorbei war. Ganz zivilisiert.

„Kurze Frage", sagte Gabe, der jetzt viel näher war. Sie erschrak, als er durch die Duschwand aus Glasbausteinen zu ihr herein spähte. Das Glas brach die Sicht, doch sie konnte gut genug erkennen, dass er nackt war. Ihre Kehle wurde trocken.

„Ja?", krächzte sie.

„Hast du schon mal Sex unter der Dusche gehabt?"

Sie öffnete den Mund, um ihm zu sagen, dass sie sich wirklich unterhalten mussten, doch sie bekam die Worte nicht heraus, da er sich zu ihr gesellte und seine dicke, harte Erektion ihre ganze Aufmerksamkeit beanspruchte.

„Ja oder nein?", hakte Gabe nach und legte ein Kondom auf die Seifenablage.

Sie blinzelte. „Nein."

Seine Augen glühten. „Ich bin dein erster."

„Gabe, warte." Sie hob eine Hand. „Vielleicht sollten wir uns unterhalten."

Er ergriff ihre Hand, zog sie an sich und küsste sie. Ihre Knie wurden weich, als er sie verschlang – man konnte es nicht anders beschreiben, so, wie er die Kontrolle übernahm. Sie fühlte sich verschlungen, als er seine Hand in ihre Haare grub, sie für seinen Kuss festhielt und seine Zunge in ihren Mund stieß, die Lippen fest und unnachgiebig, während sie über ihre glitten und seine Bartstoppeln ihre Haut kratzten. Seine Küsse waren gefährlich, machten sie wachsweich vor Begehren und sorgten dafür, dass sie sich an ihn klammerte. Er löste sich von ihr und warf ihr einen Blick zu, der ihr Herz hart gegen ihre Brust hämmern ließ. Dieser Blick sagte, dass er sie zum Frühstück wollte.

„Gabe", sagte sie atemlos, „bitte ... ich denke ..." Die Worte erstarben in ihrer Kehle, als er auf die Knie ging, ihren Po packte, sie an sich zog und begann, an ihr zu saugen.

Sie holte scharf Luft.

Er sah zu ihr auf. „Gleich wirst du nicht mehr denken, das verspreche ich dir."

Er küsste sie intim, jetzt sanfter. Innerhalb von Minuten zuckte sie hilflos gegen seinen Mund, während er ihren Po festhielt, um zu verhindern, dass sie sich zurückzog. Seine Zunge und seine Lippen brachten sie schnell über die Klippe mit einer heißen Intensität, bei der sie seinen Namen schrie, woraufhin er an ihr stöhnte und damit eine Vibration auslöste, die sie erneut kommen ließ, und er machte weiter und weiter, bis sie vollkommen ausgelaugt war. Hätte er sie nicht aufrecht gehalten, wäre sie zusammengesackt wie eine Stoffpuppe. Er stand auf, und sie wankte, weil sie plötzlich keine Unterstützung mehr hatte. Er rollte ein Kondom über, und dann nahm er sie an der Wand, stieß tief in sie hinein.

„Leg deine Beine um mich", forderte er.

Das tat sie, und sie hielt sich fest.

„Zoë", murmelte er, sein Blick zugleich lodernd und zärtlich. „Meine Zoë."

Ihr Kopf schaltete ab. Es gab nur Gabe, der sie erfüllte, sie überwältigte, sie zu einem weiteren explosiven Höhepunkt trieb, bei dem sie in seinen Armen zitterte, während er sich nahm, was er von ihr brauchte, mit harten Stößen für seine eigene Erlösung. Schließlich zog er sich aus ihr zurück, und sie sank gegen die

Wand, ihre Beine weich und zittrig. Dann zog er sie wieder hoch, wusch sie behutsam, gründlich, trocknete sie ab, wickelte sie in ein Handtuch und trug sie ins Schlafzimmer.

Sie stieß ein Seufzen aus, als sie wieder das weiche Kissen und das Bett unter sich spürte.

„Ruh dich aus, Zoë", flüsterte er und schmiegte sich von hinten an sie.

„Mmm – oh!" Er war in sie geglitten, immer noch hart. „Gabe—"

„Schhh. Lass mich einfach noch ein bisschen in dir sein. Wenn du aufwachst, will ich unanständige Dinge mit dir tun."

Zitternd stieß sie ein Seufzen aus. Er streichelte ihre Haare, und sie entspannte sich wieder.

An diesem Tag kamen sie nicht aus dem Hotel.

Gabe war noch nicht bereit dafür, dass sein Wochenende mit Zoë endete. Als sie spät am Sonntagabend zurückkamen, folgte er ihr daher geradewegs in ihr Apartment. Innerhalb von Minuten hatte er sie nackt im Bett, flach auf ihrem Rücken. Ihr einziges Wort, ein gehauchtes Ja, trieb ihn an. Sie gab ihm alles, was er wollte, ohne zu zögern, immer mit diesem leisen Ja. Es war besonders antörnend für ihn, die Kontrolle im Bett zu haben. Nicht alle Frauen konnten sich so gehen lassen, wie sie es tat – dass sie sich vollkommen und vertrauensvoll hingaben und ihm damit sagten, dass sie das genauso mochten wie er. Er war sensibel genug, um die Art, wie er Liebe machte, darauf abzustimmen, wie eine Frau reagierte, doch bei Zoë musste er absolut nichts von dem, was er sich ersehnte, anpassen. Das war das erste Mal, dass das so war.

Er verausgabte sie. Er verausgabte sich, dann schlief er, schmiegte sich von hinten an sie, seine Hand besitzergreifend auf ihrer Brust.

Mitten in der Nacht wachte er orientierungslos auf. Warum war er aufgewacht? Zoë schlief immer noch tief und fest an ihn geschmiegt. Er lauschte aufmerksam – ein Geräusch wie ein Kratzen oder Scharren kam von der Zimmerdecke. Verdammt, er wollte nicht aus dem Bett aufstehen, solange er ihre weichen Kurven an ihm spürte. Er hatte schon so viel von ihr gehabt, doch er wollte sie immer wieder. Zu spät fiel ihm ein, dass er sie hätte fragen müssen, ob sie vielleicht wund war, anstatt sie einfach so zu nehmen, wie er es getan hatte.

Er streichelte ihre Brust zu ihrem Bauch hinab und spreizte seine Finger, um möglichst viel von ihr zu berühren. Sie bewegte sich nicht. Wieder hörte er das scharrende Geräusch. Wenn das noch eine Fledermaus war, konnte es sein, dass da oben ein Nest war oder ein Loch im Dach. Er löste sich von Zoë und stand auf.

„Gabe?", murmelte Zoë.

„Schlaf weiter."

„Was ist?"

„Ich habe ein Geräusch auf dem Dachboden gehört", sagte er.

Sie setzte sich auf, die Decke bis zum Hals hochgezogen. „Glaubst du, da sind noch mehr Fledermäuse?"

Er hatte gehofft, sie nicht zu stören, doch da sie schon einmal wach war … „Vielleicht", sagte er. „Hast du eine Taschenlampe?" Wenigstens war Fred noch bei Daisy und Trav, sodass ihnen sein aufgeregtes Gekläffe erspart blieb.

Sie wickelte die Decke um sich und holte eine Taschenlampe aus der Küchenschublade. Er nahm sie und ging zur Deckenluke. Nichts. Oben war alles still. Er bewegte die Taschenlampe umher, blickte zwischen die Sparren.

„Vielleicht war es nur ein Eichhörnchen auf dem Dach", sagte sie. „Irgendwas draußen."

Gabe entdeckte etwas auf dem Balken und griff danach.

„Was tust du denn?", kreischte Zoë. „Fass das nicht an!"

Er zog ein Bündel Briefumschläge mit einem rosa Band hervor. Er richtete das Licht darauf. Der obere Umschlag war an Allie adressiert. „Die gehören meiner Mutter. Das hier war mal ihr Studio."

„Ich erinnere mich. Sie hat doch diese Bilderbücher mit den Igeln gemalt. Wie hießen die noch?"

Er verzog das Gesicht. „Die Hudler – der wirre Haufen. Später hat sie noch die Cuddles – die Schmusetiere – eingeführt, eine Gruppe Stachelschweine. Alles basierend auf mir und meinen Brüdern." Diese ganze verdammte Serie war so peinlich. Luke, Jared und er waren die Igel. Später stritten sie sich mit den Stachelschweinen (Vinny, Nico und Angel), bis sie all ihre Igel-Stachelschwein-Rivalitäten abstellten und lernten, gemeinsam harmonisch zu leben. So kitschig. Angel, der jüngste und kitschigste, war der einzige gewesen, der diese Bücher geliebt hatte.

„Malt sie immer noch Kinderbücher?", fragte Zoë.

„Nein. Wir sind erwachsen geworden, und jetzt malt sie nur noch Portraits."

„Ich werde die Bücher noch mal im Reynolds-Marino-Kontext lesen müssen." Er bemerkte, dass ihr das einen Mordsspaß bereitete.

„Bitte nicht." Er war der Anführer der Huddles gewesen, hatte einen Zepter und einen Umhang mit einem riesigen H gehabt.

Sie nahm ihm die Taschenlampe ab und beleuchtete damit das Briefbündel. „Sieht aus, als wären sie nicht mit der Post geschickt worden. Keine Briefmarke. Kein Absender."

Er nahm die Taschenlampe und ging in die kleine Küche, wo er die Briefe auf die Arbeitsfläche legte. Er würde sie seiner Mom das nächste Mal geben, wenn er sie sah. Er drehte sich um und wäre beinahe mit Zoë zusammengestoßen.

„Willst du sie nicht lesen?", fragte sie.

„Sie hat sie auf dem Dachboden versteckt. Offensichtlich sind sie privat."

Sie nahm sich die Taschenlampe und richtete sie auf die Briefe. „Kann ich einen lesen?"

Er war schon irgendwie neugierig, aber es war seine Mom, und das machte es merkwürdig. „Nur zu."

„Ich wette, es sind Liebesbriefe", sagte sie, als sie den obersten nahm. Die Decke rutschte von ihrer Schulter und fiel zu Boden. Er ließ eine Hand an ihrem Rücken und über ihren hübschen Po hinabgleiten und überlegte schon, ob er sie nicht über die Küchenarbeitsfläche beugen sollte. Ihre Stimme war leise, und sein Schwanz begann zu pulsieren. „Gabe, bitte."

Sie war einfach nur weich – ihre Kurven, ihre Stimme, ihre sanften braunen Augen. Das erweckte etwas Urtümliches in ihm zum Leben, das zugleich beschützen und dominieren wollte.

„Eine Minute." Er hob die Decke vom Boden auf und legte sie zurück aufs Bett, um ihr ein bisschen Raum zu lassen.

Sie las laut. „Liebe Allie, ich denke nur an dich …" Sie hielt inne und las den Brief leise zu Ende. Ein paar Augenblicke später legte sie den Brief wieder auf die Arbeitsfläche.

„Warum hast du aufgehört?"

Sie drehte sich um. „Er ist von Vinny."

Er wusste nicht, was er damit anfangen sollte. Es war komisch, dass diese Briefe auf dem Dachboden über dem Studio seiner Mom versteckt gewesen waren.

„Ich schätze, ich hätte es wissen sollen", sagte er. „Mein Dad hat sie immer Allison genannt, nicht Allie."

Sie ging zu ihm und legte ihre Hand auf seinen Arm. „Lass uns wieder schlafen gehen."

Er fuhr mit seinen Händen an ihren Seiten hinauf und hinab, schwelgte in ihren Kurven, inhalierte ihren frischen Erdbeerduft. „Du wirst schlafen, wenn ich mit dir fertig bin."

„Ja."

Er stöhnte und zog sie zurück zum Bett. „Ich bin so verdammt froh, dass ich dich gefunden habe."

Sie küsste ihn zärtlich. „Ich auch."

Er rollte sich auf sie, wollte die Sache langsam angehen, doch in dem Moment, als er in ihr war, verlor er die Kontrolle, stieß hart und tief zu. Sie kam ihm bei jedem Stoß entgegen und kam dem Himmel so nah wie nie zuvor. Die Emotion wallte unerwartet in ihm hoch. „Ich liebe dich", sagte er und überraschte damit sich selbst.

Sie antwortete nicht, keuchte nur leise, da er nicht aufhören konnte, fest und schnell zuzustoßen, selbst als er „Ich liebe dich" sagte. Dann hob er ihre Hüfte und massierte sie an der Stelle, an der er immer eine schnelle Reaktion bekam.

„Ich-ich-Gabe!"

Allein dieser Schrei hätte ihn zum Orgasmus bringen können, denn er wusste, dass sie wegen ihm gekommen war. Er stieß in sie hinein und seine eigene Erlösung folgte einen Augenblick später. Er hielt inne, erschüttert von der Tiefe seiner eigenen Gefühle, und sah sie an. Ihre Augen waren geschlossen, ein sanftes Lächeln auf ihren Lippen.

Er küsste diese lächelnden Lippen, glücklich, dass er dieses Lächeln ausgelöst hatte. „Erzähl mir, was du sagen wolltest."

„Mmm …" Sie war dabei, in den Schlaf abzudriften.

Er zog sich aus ihr zurück und schmiegte sich von hinten an sie. Er liebte diese Position, wenn ihr Po an ihn gepresst war. Er zog die Decke über sie beide und dann, weil er immer noch hart war, drang er erneut in sie ein und legte seine Hand um ihre Brust. Sie akzeptierte das Eindringen mit einem leisen Seufzen.

Selbst wenn sie halb schlief, nahm sie ihn ohne Protest auf. Ihr Atem wurde langsam, und einen Moment später schlief sie.

Sie hatte vorhin angefangen, es zu sagen. Sie hatte gesagt „ich...", redete er sich ein.

„Ich liebe dich", sagte er noch einmal in der Dunkelheit. Die Worte fühlten sich richtig an und zugleich erschreckten sie ihn.

Bitte stirb nicht ergänzte er im Stillen. Die vertraute Angst packte ihn, wie so oft spät am Abend. In seinem Kopf ging er den Tod seines Vaters noch einmal durch, Alyssas Beerdigung und die überwältigenden Schuldgefühle, die lebenslange Lücke in ihm, weil er seinen Zwilling verloren hatte, und jetzt würde Vinny auch noch sterben. Er hielt Zoë ein bisschen fester. Ihr durfte nichts passieren. Wenn jemand sterben musste, dann er.

12

Gabe erwachte am nächsten Morgen mit einem mächtigen Ständer. Er verwandelte sich langsam in ein Tier, das von seinen niederen Bedürfnissen vereinnahmt wurde. Irgendwie hatte er, indem er die Kontrolle über Zoës Körper gewonnen hatte, zugleich die Kontrolle über seinen verloren. Irgendwann in der Nacht hatte sie sich auf den Bauch gedreht. Lass sie schlafen, hatte er sich gesagt und sich gezwungen, sich von ihr abzuwenden. Mit großer Kraftanstrengung verließ er das Bett, zog seine Boxershorts an und schaltete die Kaffeemaschine ein. Es war Montag. Er hatte Termine mit Klienten und musste zurück an die Arbeit. Er stand in der Küche und wartete auf den Kaffee, als sein Blick auf das Bündel mit den Briefen fiel. Zoë hatte den Brief, den sie gelesen hatte, offen auf der Arbeitsfläche liegen gelassen.

Er warf einen Blick drauf, wollte nicht wirklich all die intimen Details lesen, war aber dennoch neugierig. Es war ein Liebesbrief von Vinny an seine Mom, an dessen Ende er sie anflehte, dass drei Jahre warten genug waren, dass die Kinder damit klarkommen würden. Sein Herz pochte in seiner Brust, als er die grässliche Wahrheit erkannte. Vinny war es gewesen, der die Ehe seiner Eltern zerstört hatte. Nicht sein Vater. Schnell schob er den Brief zurück in den Umschlag. All diese Jahre waren er und seine Brüder, Luke und Jared, ihrem eigenen biologischen Dad gegenüber so hart gewesen und so gut zu Vinny, obwohl es eigentlich umgekehrt hätte sein sollen.

Er kochte innerlich, als er seinen Kaffee trank. Sein Vater war allein gestorben. Nachdem seine Söhne sich gegen ihn gewandt hatten. Selbst Gabe, der für ihn gearbeitet hatte, hatte immer Distanz gewahrt.

Zoë legte ihre Arme um ihn. Er erschrak, so in seinen finsteren Gedanken verloren, dass er gar nicht gehört hatte, dass sie aufgestanden war. Sie trug einen Bademantel, und er wollte ihn ihr sofort vom Leib reißen. Er wollte sie einfach immer nackt sehen.

„Gabe, bist du okay?"

Er stellte den Kaffee ab. „Bist du wund?"

Sie wurde rot. „Ein bisschen."

Er legte die Arme um sie. „Sag mir, wenn ich zu viel bin."

Sie senkte den Blick, es war ihr sichtlich unangenehm. „Ist schon okay. Das ist auf gute Weise wund."

„Ich habe dich hart geritten, nicht wahr?"

„Es hat mir gefallen", gestand sie.

Er hob ihr Kinn. „Gott steh mir bei, ich möchte es gleich wieder tun."

„Ja." Er stöhnte und zog sie an sich. „Ich habe mir eigentlich geschworen, dir Gelegenheit zu geben, dich zu erholen." Er ließ sie los. „Geh, zieh dich an." Er trat einen Schritt zurück, seine Augen immer noch hungrig auf sie gerichtet. „Bei dir habe ich keine Kontrolle."

Sie schenkte ihm ein kleines, schelmisches Lächeln. „Ich möchte ja auch gar nicht, dass du dich kontrollierst."

Diese Frau war für ihn gemacht. Bei ihr musste er sich in keiner Weise zurückhalten. Es war eine Befreiung, die er nie zuvor erfahren hatte.

„Ich liebe dich", sagte er erneut. Die Worte hingen in der Luft, während er sie ansah und wartete.

Sie wandte den Blick ab.

„Vergiss es", murmelte er.

Sie sah ihm in die Augen. „Gabe, ein Wochenende lang Sex bedeutet noch nicht–"

Blitzartig war er an ihr, küsste sie gierig, ließ sie spüren, was sie mit ihm anstellte. Sie öffnete sich für ihn, schmolz an ihn, erlaubte ihm, sich zu nehmen, was er wollte. Er unterbrach den Kuss. „Es ist viel mehr als das."

„Du kennst mich doch erst seit vier Wochen", sagte sie

vorsichtig. „Davor war ich nur einen Monat lang deine Kellnerin."

Dagegen konnte er nichts einwenden. Doch er sollte sich nicht um Liebe streiten müssen. Sollte sich nicht erklären müssen. Verdammt. Er wandte sich von ihr ab und versuchte, sich zu zügeln. Er atmete ein paarmal tief ein. Sie legte etwas auf die Arbeitsfläche.

„Gabe", sagte sie leise.

Diese leise Stimme weckte das Tier in ihm, ein urtümliches Verlangen, bei dem er sich lebendig und unkontrollierbar gierig fühlte. Er atmete ein weiteres Mal tief ein, bevor er sich langsam umdrehte und das Kondom auf der Arbeitsfläche sah.

Dann ließ sie den Bademantel fallen, und das Tier übernahm die Führung. Er beugte sie über die Arbeitsfläche, spreizte ihre Beine und nahm sie genau so, wie er es sich am vorigen Abend vorgestellt hatte. Er nahm, was sie ihm anbot, und noch ein bisschen mehr. Und als er endlich fertig war, ausgelaugt, war es mit der finsteren Feststellung, dass sie, während sie ihren Körper freimütig gegeben hatte, ihr Herz zurückhalten hatte. Er zog sich an und ging ohne ein Wort.

Zoë duschte, nachdem Gabe gegangen war. In ihrem Kopf rasten die Gedanken an all das, was dieses Wochenende passiert war. Sie seifte sich ein und fing an, sich zu waschen. Die empfindliche Haut an ihren Brüsten, ihren Innenschenkeln. Ihr Hals war von seinen Bartstoppeln gereizt. Und das war nur das, was sie sehen konnte. Als bräuchte sie noch eine Erinnerung an all das, was Gabe mit ihr getan hatte. Gabes Liebeserklärung war jedoch eine Bremse gewesen. Hatte sie geradewegs mit einem Knall aus der sexy Traumwelt gerissen, in der sie lebte, und zurück in die Realität katapultiert. Denn das war verrückt. Er konnte sich unmöglich so schnell in sie verliebt haben. So funktionierte Liebe nicht. Das ging nach und nach. Dazu waren mehrere Dates nötig, lange Telefonate, nach und nach gestand man sich persönliche Erfahrungen. Ein Wochenende reichte da nicht. Er empfand Lust, nicht Liebe, und sie würde es nicht glauben, es sei denn, er blieb. Sie hatte schon mehr als nur ein paar *Ich-liebe-dichs* von Männern bekommen, doch alles hatte sich um Sex gedreht, und keiner war

lange geblieben. Und nun musste man sich ja nur ansehen, wie
Gabe schweigend gegangen war, sobald er bekommen hatte, was
er von ihr gewollt hatte.

Schuldgefühle meldeten sich zu Wort. Vielleicht war er
verletzt, dass sie es nicht erwidert hatte.

Sie runzelte die Stirn. Sie hatte ihn nicht verletzen wollen.
Doch zugleich hatte sie einfach nicht *Ich liebe dich* sagen können.
Ja, sie hatte starke Gefühle. Er war ein guter Mann, hatte ihr
geholfen, als sie ihn besonders gebraucht hatte, hatte mit ihr eine
schöne Zeit verbracht, doch das war keine Liebe. Dafür war es zu
früh, und was immer es war, das er in ihr bewegte, sie brauchte
Zeit, um zu ergründen, was genau es war.

Definitiv Lust. Etwas Starkes absolut. Nicht Liebe.

Gabe ging nach Hause, um sich für die Arbeit fertig zu machen,
wütend auf sich, weil er Zoë gestanden hatte, dass er sie liebte.
Er hätte nicht erwarten sollen, dass sie es erwiderte. Verdammt,
er war ja selbst immer noch überrascht, dass er sich so schnell
verliebt hatte, doch er wusste tief in seinem Herzen, dass genau
das der Fall war. Er empfand Frieden bei ihr – und das war keine
kleine Sache für ihn –, nachdem er in den letzten vier Jahren so
unruhig gewesen war. Und der Sex. Er würde das auf keinen Fall
loslassen. Solange sie ihn ließ, würde er sie wieder und wieder
haben wollen.

Mit der Zeit würde sie hoffentlich lernen, ihn zu lieben. Oder
war sie wie Alyssa und liebte sein Geld und was er kaufen
konnte mehr als ihn? Seine Brust schmerzte. Jedes Mal, wenn er
an Alyssas Tod dachte, wurde er von Schuldgefühlen überwältigt. Er drängte die schmerzhafte Erinnerung zurück in die fins-
terste Ecke seines Verstandes, wo sie lauerte, und immer zu den
ungelegensten Zeiten auftauchte, und ging zur Arbeit. Doch er
stellte fest, dass es ihm schwerfiel, sich zu konzentrieren. In
seinem Kopf schwirrte ein Durcheinander von all dem, was an
diesem Wochenende passiert war – wie Zoë in Ekstase seinen
Namen geschrien hatte, doch auch die Briefe, die der Beweis
dafür waren, dass er sich wieder einmal in denen, die er am
meisten liebte, getäuscht hatte. Sein Vater hatte es abbekommen,
während Vinny straflos davongekommen war. Das war einfach

nur falsch. Als er den Tag mit einem Blick auf die Abfindungs-
vereinbarung der verzweifelten Ms Walker beendete, brauchte er
wirklich einen Drink.

Er rief Shane an, um ihn zu fragen, ob er sich mit ihm in der
Bar treffen wollte. „Hey, Kumpel, hast du Zeit für ein Bier?"

„Schön wär's", sagte Shane. „Ich habe heute Abend Daddy-
dienst. Warte kurz." Er rief nach hinten. „Abby! Du tanzt nicht
auf dem Sofatisch!" Abby war seine zweijährige Tochter. Lautes
Wehklagen folgte augenblicklich. „Ah, verdammt", murmelte
Shane. „Sie heult sofort los, wenn ich laut mit ihr rede." Shane
versuchte, es Abby zu erklären, doch Gabe wusste, dass es hoff-
nungslos war, sobald ein weibliches Wesen traurig war. „Ich habe
doch nur lauter gesprochen, weil du das letzte Mal ausgerutscht
bist und dir den Kopf angestoßen hast, weißt du noch?" Das
Weinen ging zu einem herzerweichenden Schluchzen über. Dann
sagte Shane mit einer sanfteren Stimme: „Komm her, Baby", und
legte auf.

Gabe konnte sich nicht vorstellen, wie es war, zu Hause den
Frauen gegenüber in der Minderheit zu sein wie Shane. Man
sollte doch meinen, dass er alles gäbe für einen Männerabend in
der Bar. Doch vermutlich musste Rachel arbeiten. Sie erledigte
immer noch die Buchhaltung für ihre drei Geschäfte. Er überlegte
kurz, ob er nach Hause zu Zoë gehen und sich wieder in ihrer
Weichheit verlieren sollte, doch, verdammt, er musste ihr Raum
geben, nachdem er dumm genug gewesen war, mit diesem
kitschigen Liebesgeständnis herauszuplatzen. Er rief seinen
Bruder Jared an, der im nahegelegenen Eastman wohnte und
immer gut für ein Bier war, wenn er gerade keinen Dienst hatte.
Er war dabei, seine Assistenzarztzeit im Eastman Hospital abzu-
schließen.

„Dr. Reynolds", meldete Jared sich freundlich. Er wusste, wer
anrief. Er liebte es nur einfach, ihm unter die Nase zu reiben,
dass er der Doktor in der Familie war.

„Naja, ich habe da diesen Ausschlag–"

„Keine Heilungschancen. Mach dich darauf gefasst, dass dein
Schwanz in einer Woche abfällt. Der Nächste bitte!"

Gabe schmunzelte. „Lust auf ein Bier, Dr. Nullpeiler?"

„Fick dich und ja."

„Wir treffen uns im Garner's."

„Gib mir zwanzig Minuten."

Gabe hatte sein Bier halb getrunken, als er einen männlichen Daumen an seinem Rücken spürte.

„Hey, Wonneproppen", sagte Jared und setzte sich auf den Barhocker neben ihm. „Ein Montagabendbier. Genau das, was ich gebraucht habe. Ich habe das ganze Wochenende gearbeitet. Das Los des Neulings in der Chirurgie." Er rief den Barkeeper herbei, bestellte etwas und wandte sich wieder Gabe zu. „Und, was hast du dieses Wochenende gemacht?"

Gabe trank einen Schluck von seinem Bier. „Ich war in Pittsburgh."

Jared lachte bellend. „Nein, im Ernst."

Gabe hob eine Braue. „Im Ernst."

Jareds Bier kam, und er trank einen langen Schluck. „Warum warst du in Pittsburgh? Irgend so eine Anwaltskonferenz?"

„Ich wollte mal spontan sein, einfach zum Flughafen fahren und hinfliegen, wohin auch immer der nächste Flug mich bringt."

„Was für eine blöde Idee." Er unterbrach sich und lächelte. „Wer ist das Mädchen? Zoë?" Jared war schon immer gut darin gewesen, Puzzleteile zusammenzusetzen.

„Jupp."

„Ha! Ich wusste es. Nur dann macht ein Typ eine so saudumme Sache, wie sein Geld für Flugzeugtickets und – lass mich raten – ein Fünf-Sterne-Hotel auf den Kopf zu hauen?"

„Ja", gestand Gabe.

„Wenn er eine Frau beeindrucken will", beendete Jared den Satz.

„Halt die Klappe."

„Und was machst du dann hier mit mir, anstatt mit ihr rumzuhängen? Ich stelle mir vor, dass sie nach einem Wochenende in einem Fünf-Sterne-Hotel ganz verrückt nach dir ist."

„Das geht dich verdammt noch mal nichts an."

Jared schmunzelte und bestellte Nachos. Sein Bruder hatte immer gute Laune. Der glückliche Bastard.

Sie tranken Bier und sahen sich die Knicks im Fernseher über der Bar an. Jared aß seine Nachos auf und sah Gabe von der Seite an. „Ich habe Dad im Krankenhaus gesehen."

Gabes Herz schlug schneller. „Hat er seine Testergebnisse?"

„Noch nicht. Mom möchte, dass wir Sonntagabend zum Essen kommen. Bis dahin wird er es wissen."

Gabe war plötzlich wütend auf Vinny, weil er krank war. Der einzige Grund, warum er damit hatte umgehen können, dass sein biologischer Vater gestorben war, war, weil er wusste, dass er immer noch Vinny hatte. Jetzt würde er sie beide verlieren. Er konnte in seinem Leben nicht noch mehr Menschen verlieren. Bei diesem Gedanken wäre er am liebsten nach Hause gelaufen, zu Zoë, um sie dazu zu bringen, ihm zu versprechen, dass sie ihn nie, nie verlassen würde. Und war das nicht geradezu krank, nach dem unangebrachten *Ich liebe dich*, das immer noch wie ein riesiger rosa Elefant zwischen ihnen stand?

Er sah Jared an, der sich wieder dem Spiel zugewandt hatte.

„Bist du denn gar nicht traurig?", fragte Gabe angespannt.

Jared drehte sich um, sah jetzt ernst aus. „Er wird es schon überstehen."

Gabe sah zur Bar. Verdammt. Und dann fielen ihm die Briefe ein. Wie Vinny sie alle betrogen hatte …

„Ich habe auf dem Dachboden im Studio Briefe von Vinny an Mom gefunden", sagte Gabe.

Jared stellte sein Bier ab. „Ach ja? Waren sie kitschig?" Er zwinkerte im zu.

„Sie hatten drei Jahre lang eine Affäre, bevor sie geheiratet haben."

Jared stieß einen Pfiff aus. „Das ist eine lange Zeit."

„Vinny hat alles kaputt gemacht."

„Das sehe ich nicht so. Mom war lange unglücklich. Sie hat ihn geheiratet und ist glücklich geworden. Kein beleidigtes Schweigen mehr, keine Streitereien. Und wir haben dafür drei Brüder bekommen und einen Dad, dem wirklich etwas an uns lag."

„Vielleicht hätten Mom und Dad es irgendwie hinbekommen, wenn die beiden keine Affäre gehabt hätten."

Jared winkte das ab. „Schnee von gestern."

„Ich weiß nicht, wie ich Vinny jemals wieder in die Augen sehen kann."

„Er ist doch kein Monster."

Gabes Hand schloss sich fester um die Bierflasche. „Vinny hat unsere Familie kaputt gemacht."

Jared klopfte ihm mit einer Hand auf die Schulter. „Nichts hat sich verändert. Er ist jahrelang unser Dad gewesen. Und einige von uns waren auch nicht sonderlich umgänglich. Kannst du dir vorstellen, für drei Jungs der Stiefvater zu sein, die dich nicht leiden können? Ein Teenager, ein Punk und ein Draufgänger?" Gabe war der Teenager gewesen, Luke der Punk, Jared damals wie heute der Draufgänger. Er ging Fallschirmspringen, wann immer er Gelegenheit dazu hatte.

„Unser Dad ist allein gestorben", erinnerte Gabe ihn.

„So war er besonders glücklich." Jared nahm sich sein Bier und trank es mit einem lauten *Ahhh* aus. „Nicht gerade ein Mensch, der gerne unter Leuten war, um es nett auszudrücken." Gabe dachte darüber nach. Es stimmte – ihr Vater war nie ein liebevoller Mann gewesen, doch er musste irgendwann ja einmal Liebe für ihre Mutter empfunden haben, da er sie geheiratet hatte.

„Aber ich bin immer noch angepisst wegen Vinny", sagte Gabe.

Jared hob eine Braue. „Du kannst ihn also nicht mehr auf einen Sockel stellen. Wer kann überhaupt diese Höhe ertragen? Und vergiss nicht, Mom ist auch keine Heilige in all dem. Wenn du auf Vinny wütend bist, musst du auch auf Mom wütend sein. Sie musste ja nichts mit ihm anfangen. Leg die Briefe zurück auf den Dachboden und vergiss, dass du sie je gesehen hast."

„Du meinst also nicht, dass ich diese Briefe Mom geben sollte für den Fall, dass Vinny etwas passiert?"

„Mom weiß ja, wo sie sind. Sie hat sie selbst dahingelegt." Jared senkte seine Stimme. „Im Ernst, mach jetzt bitte kein Fass auf. Was geschehen ist, ist geschehen. Wir haben alle überlebt."

Gabe trank einen langen Schluck von seinem Bier und dachte nach. Es passte ihm immer noch nicht, dass sein eigener Vater gestorben und niemand an seiner Seite gewesen war. Er war der Gehörnte gewesen, gedemütigt und aus seinem eigenen Haus gestoßen, und dann hatten seine drei Söhne ihn für einen neuen Dad aufgegeben. Sie hatten ihn nie in seinem schicken Stadtapartment besuchen wollen und hatten immer eine Szene gemacht, wenn sie ihn besuchen sollten. Luke hatte Bargeld aus dem Portmonee seines Dads gestohlen, Jared sorgte für eine Ablenkung (oft ein kleines Feuer), und Gabe begleitete seine Brüder, um sicherzugehen, dass sie am Ende nicht entführt wurden, im Gefängnis landeten oder ihre Eskapaden mit dem Leben bezahlten. Die ganze Situation war verfahren gewesen.

Gabe verzog das Gesicht. Eine Ehe war ein Vertrag. Seine

Mom hatte diesen Vertrag gebrochen und ihr Leben auf den Kopf gestellt.

„Hey, erzähl es nicht Luke", sagte Jared. „Du weißt, wie lange er gebraucht hat, um sich an Vinny zu gewöhnen." Luke war am längsten stur geblieben, hatte versucht, seinem „wirklichen" Dad gegenüber loyal zu sein, obwohl er gleichzeitig ihm gegenüber so getan hatte, als könnte er ihn nicht leiden. Bis Luke im Alter von zehn Jahren von zu Hause weggerannt und mit seinem Fahrrad zum Bahnhof gefahren war, um zu seinem wirklichen Dad zu ziehen, und auf dem Weg gestürzt war und sich den Arm gebrochen hatte. Es war ihr Stiefvater gewesen, der Luke ins Krankenhaus gebracht hatte und der ihm danach Eis gekauft hatte. Sein „wirklicher" Dad hatte, als er ihn Wochen später mit dem Gips gesehen hatte, nur gesagt: „Dann hoffe ich mal, dass du deine Lektion gelernt hast."

Gabe seufzte. „Wann bist du denn so schlau geworden?"

Jared schmunzelte. „Bin so auf die Welt gekommen."

13

Zoë verbrachte jeden Abend der Woche bei Gabe zu Hause, wenn ihre Abendschicht im Garner's vorbei war. Selbst Donnerstagabend, als sie die Spätschicht übernommen hatte, hatte er ihr den Schlüssel zu seinem Haus gegeben und ihr gesagt, sie solle vorbeikommen. Es machte ihm sogar nichts, dass sie Fred mitbrachte. Gabe hatte nur nach der ersten Nacht Freds Hundebox nach unten ins Wohnzimmer gebracht, denn, wann immer sie Gabes Namen geschrien hatte, hatte Fred wie wild zu bellen angefangen.

Gabe war ernster als er es an ihrem Ausflugswochenende gewesen war. Wenn er sie zur Haustür hereinließ, lächelte er selten, und wenn doch, reichte das Lächeln nie ganz bis zu seinen Augen.

Sie sah den Schmerz in diesen dunkelblauen Augen.

„Ist es wegen Vinny?", hatte sie am ersten Abend, an dem sie zu ihm gekommen war, gefragt. Sie wusste, dass er sich wirklich Sorgen um seinen Stiefvater gemacht hatte, bevor sie übers Wochenende weggefahren waren.

„Lass Fred raus."

Er wartete darauf, dass sie den Hund nach draußen ließ, dann nahm er ihre Hand und führte sie hinauf in sein Schlafzimmer. Er begann gleich, sich auszuziehen, knöpfte sein Hemd auf, beobachtete sie mit erhitztem Blick. Sie zog sich nicht aus, wusste, dass er das gern für sie tat. Sie wartete, hoffte, er würde sie an sich heranlassen, denn jede seiner Bewegungen strahlte seine

Anspannung aus. Er sprach immer noch nicht, und als sie es versuchte, lenkte er sie mit einem Kuss ab, der schnell dazu führte, dass sie splitterfasernackt war und stöhnte, bis er sie kommen und sie wieder seinen Namen schreien ließ.

Sie kam dennoch jeden Abend wieder zu ihm, besorgt, weil sein Humor, sein warmes Lächeln verschwunden war. Etwas stimmte definitiv nicht mit ihm.

„Bist du dir sicher, dass alles in Ordnung ist?", hatte sie gefragt.

„Alles gut." Dann hatte er sie gepackt und die Unterhaltung war beendet. Erst danach schien er seinen Frieden zu finden, wenn er sich von hinten an sie schmiegte. Die einzigen Worte, die er dann sagte, waren gemurmelt. „Meine Zoë."

Das *Ich liebe dich* hatte er nicht wiederholt. Ihr wurde klar, dass das nur die Hitze des Moments und nicht ernst gemeint gewesen war. Er wollte sie immer noch unendlich, und das reichte ihr. Sie hatte fast Angst davor, an eine Zukunft mit ihm zu denken, hatte Angst, das Ganze mit ihrer Geschichte von Trennungen nach acht Wochen zu verhexen. Er schien nicht in dieses Verhaltensmuster zu passen, und dennoch, die Unruhe war da, und sie nagte an ihr. Sie hatten erst fünf Wochen hinter sich.

Am Freitagabend hatte sie einen Auftritt in der Stadt und lud Gabe ein, ihr und ihrer Band zuzusehen. Sie spielten mehr ihrer eigenen Lieder, wenn sie in Clubs auftraten. Immer, wenn Gabe sie morgens unter der Dusche singen hörte, sagte er ihr, dass sie ein Indie-Album herausbringen sollte, was sie aufregend fand, und dann kam er regelmäßig in die Dusche und nahm sie, was sie überwältigte. Auf die bestmögliche Art und Weise.

Sie wollte, dass er ihre Musik kennenlernte. Der Club, das Harvey's, war ein kleines Kellerlokal, doch es hatte eine großartige Akustik. In der Nähe des Eingangs der Bar stand ein Tischkicker, doch die eigentliche Action fand in einem schmuddeligen Hinterzimmer statt, wo auf einer kleinen Bühne regelmäßig Bands und Stand Up Comedians auftraten. Gabe sah von einem kleinen runden Tisch aus zu, wie sie sich warmspielten. Jordan verbrachte ungewöhnlich viel Zeit damit, über die Lieder zu reden, die sie vortragen würden, und über Verbesserungen, mit der er ihre Stimme mehr hervorheben wollte.

„Was ist los, Jordan?", fragte sie. „Du wirkst so nervös. Wir haben unser Programm. Warum versuchst du, noch all dieses Extrazeug unterzubringen?"

„Genau, was ist los?", fragte Alex.

Wade starrte ihn an und wartete auf eine Antwort.

Jordan sah sich um. Nur Gabe und der Mann, dem das Lokal gehörte, waren hier. Trotzdem sprach er mit leiser Stimme weiter. „Ronald Washington von Hep Six kommt heute, um uns spielen zu hören."

Zoë quietschte. „Hep Six? O mein Gott! Das ist ja so aufregend!"

Gabe neigte fragend seinen Kopf, doch sie winkte ihn ab.

„Schhh", machte Jordan. „Das ist topsecret. Erzähl es also niemandem, nicht einmal deinem dämlichen Freund, Zoë."

Sogleich wollte sie Gabe verteidigen. „Er ist nicht–"

„Sie wollen uns vielleicht als Vorgruppe auf ihrer Europatournee." Jordan ließ mit triumphierendem Lächeln die Bombe platzen.

Sie öffnete den Mund, stand kurz davor, vor Aufregung erneut zu quietschen, als Jordan plötzlich ihren Mund mit seiner Hand zuhielt. Es war so viel Zeit vergangen, seitdem Jordan das erste Mal Hep Six erwähnt hatte, dass sie geglaubt hatte, dass das längst passé war.

„Uie if daf paffiert?", fragte sie hinter seiner Hand.

Jordan nahm seine Hand herunter und grinste. „Offensichtlich hatten sie eine andere Band ausgewählt–"

„Wen?", fragte Wade.

„Yellow."

„Ooh", sagten sie gleichzeitig. Yellow war eine richtig gute Jazzband auf dem aufsteigenden Ast, und sie spielten ständig in größeren Bars und Clubs.

Jordan fuhr fort. „Yellow musste abspringen, weil ihr Leadsänger Probleme mit den Stimmbändern hatte."

Zoës Hand wanderte an ihren Hals. Selbst, wenn sie schrie, gab sie niemals alles, da sie immer auf ihre Stimme achtete. „Dann sind wir also nur zweite Wahl."

„Schon, aber jetzt sind sie verzweifelt", warf Wade ein.

„In verzweifelten Situationen bin ich immer besonders gut", sagte Alex.

„Wir müssen tipptopp und voll konzentriert sein, Leute",

sagte Jordan. „Wir haben auf unseren großen Durchbruch gewartet. Das hier ist er."

Sie machten sich wieder daran, sich aufzuwärmen, und waren alle aufgekratzt. Gabe näherte sich der Bühne, bevor sie loslegten. „Hals und Beinbruch, Zoë."

„Danke! Und jetzt setz dich wieder. Das hier ist ein großer Abend für uns." Sie beugte sich vor und flüsterte: „Ein Typ von Hep Six ist hier! Die sind großartig, und er will uns hören!"

Da gab er ihr einen kurzen, entschlossenen Kuss, der ihre nervöse Energie anzog und auf den Kuss konzentrierte, woraufhin sie sich gleich ruhiger fühlte.

„Danke", hauchte sie. „Das habe ich gebraucht."

„Ich weiß." Er drehte sich um und ging zurück an seinen Platz – er stolzierte geradezu, und sie musste lächeln.

Zoë sang, konzentrierte sich auf Gabe, der immer lächelte und begeistert applaudierte. Es war so gut, dieses Lächeln wiederzusehen. Es war einer der besten Auftritte, die sie je gehabt hatten, und sie hatte einen Höhenflug. Ronald kam danach auf die Bühne, um ihnen zu gratulieren.

„Euer Sound hat mir gefallen", sagte Ronald. „Und du–" er sah sie direkt an „– du bist wie eine junge Ella Fitzgerald. Dein Scat – Hoo-ee!"

Zoë strahlte. Jordan legte stolz seinen Arm um sie.

„Ich bespreche das mit der Band und unserem Manager Don", sagte Ronald. „So oder so werdet ihr am Montag von Don hören."

„Danke", sagte Jordan. „Es war eine Ehre für uns, dass du hier warst."

Ronald lächelte, zwinkerte ihr zu und eilte zum Ausgang. Sobald er gegangen war, packte Jordan sie und wirbelte sie herum. „Ich glaube, wir haben den Deal, Zoë-bean! Du und deine großartige Stimme."

Sie quietschte und lachte. Er setzte sie wieder ab. „Danke", sagte sie, „aber, PS, du weißt schon, dass das nur gemeinsam geht."

Wade und Alex gesellten sich zu ihnen. Sie standen zusammen und sprachen aufgeregt über die Möglichkeit einer

Europatournee. Sie sollte drei Monate dauern, aber wenn der Ticketverkauf gut lief, sagte Jordan, konnte es sein, dass sie weitere Termine dranhängten und die Tour auf Amerika ausdehnten.

„Weswegen seid ihr denn alle so aufgeregt?", fragte Gabe, der lächelnd an ihrer Seite auftauchte.

Sie hüpfte auf Zehenspitzen herum. „Es kann sein, dass wir mit Hep Six auf Tournee gehen!"

Gabes Lächeln verschwand. „Wow."

„Das ist eine wirklich gute Nachricht", sagte sie ihm. „Das ist der Durchbruch, auf den wir gewartet haben."

Gabe vergrub seine Hände in seinen Hosentaschen. „Für wie lange? Wo?"

„Europa!", quietschte sie. Sie war seit zehn Jahren nicht in Europa gewesen.

„Wie lange?", hakte Gabe nach.

„Den Sommer über. Drei Monate", sagte sie, und plötzlich wurde ihr klar, warum er nicht so begeistert war wie sie.

„Das ist toll für euch", sagte Gabe, nur, dass es nicht so klang, als meinte er es auch so.

Jordan hängte seinen Arm über ihre Schultern. „Es ist wirklich toll."

Gabe sah Jordan mit zusammengekniffenen Augen an. Zoë schüttelte Jordans Arm ab und zog Gabe beiseite. „Natürlich werde ich dich vermissen, aber wir bleiben in Kontakt. Außerdem ist es ja auch noch nicht definitiv."

„In drei Monaten kann eine Menge passieren", sagte Gabe mit einem finsteren Blick in Richtung Jordan.

„Soll heißen?"

„Sag du es mir."

„Dass wir nicht mehr zusammen sein werden?"

Er runzelte die Stirn. „Ich weiß es nicht."

Sie legte ihre Hand auf seinen Arm. „Ich möchte aber, dass wir zusammen sind. Vielleicht könntest du mich begleiten. Es ist Europa!"

Gabe schwieg.

„Es ist nicht Pittsburgh", neckte sie ihn.

Ein widerwilliges Lächeln zupfte an seinen Lippen. „Es ist nicht Pittsburgh. Soviel ist sicher."

„Alles wird gut", sagte Zoë.

Er legte seine Arme um sie. „Ich habe das Gefühl, als hätte ich dich gerade erst gefunden, und jetzt verliere ich dich."

„Das tust du nicht. Ist doch nur für eine kurze Zeit. Außerdem ist es immer noch nicht sicher."

Er zog sie von der Band fort in eine ruhige Ecke des Raums. „Wird es dich glücklich machen?", fragte er und legte die Hand an ihre Wange.

Sie lächelte. „Sehr."

„Dann bin ich auf deiner Seite."

„Du bist so süß und großzügig. Das liebe ich an dir."

Er sah ihr tief in die Augen. „Und ich liebe alles an dir, Zoë."

Ihr Herz pochte in ihrem Hals. „Wow, das ist so–"

„Ja." Er ließ seine Hand sinken und wandte sich ab.

„Ich bin auch dabei, mich in dich zu verlieben, Gabe."

Sein Blick schoss zu ihr zurück.

„Ich liebe dich auch", sagte sie über den Kloß in ihrer Kehle.

Er starrte sie lange an, dann zog er sie an sich. „Menschen, die ich liebe, sterben", sagte er leise in ihr Ohr. „Versprich mir, dass du nicht sterben wirst. Ich will für dich sterben."

„Gabe, wovon redest du?" Er hielt sie immer noch ganz fest, und sie konnte seine Augen nicht sehen. „Niemand stirbt."

Er ließ seine Hände sinken. Sie bemerkte den Schmerz in seiner Miene, bevor er den Blick senkte. „Es könnte aber passieren", sagte er leise. „Es *ist* bereits passiert. Mein Zwilling, mein Vater, Alyssa und–" Er stockte. „Und jetzt Vinny."

Ihr Herz zog sich zusammen, und sie umarmte ihn erneut. Er hielt sie ganz fest. Von seinem Zwilling hatte sie nichts gewusst. Danach würde sie ihn später fragen. Himmel, das waren viele Todesfälle, mit denen er fertig werden musste. Sie löste sich soweit von ihm, dass sie ihm in die von Schmerz erfüllten dunkelblauen Augen sehen konnte. „Ist in Ordnung. Du hattest ein bisschen Pech. Das ist jetzt vorbei. Von jetzt an nur noch gute Dinge. Und, PS, Vinny stirbt nicht."

Er schluckte.

„Hiermit durchbreche ich den Fluch", ergänzte sie.

Ein Mundwinkel hob sich zu einem kleinen Lächeln. Er küsste sie sanft, und dann noch einmal lang und tief. „Lass uns gehen."

„Normalerweise hänge ich nach dem Auftritt immer noch auf ein paar Drinks mit der Band rum. Du weißt schon, um über unser Programm zu reden, und was wir nächstes Mal machen wollen." Sie verflocht ihre Finger mit sein. „Leiste uns doch Gesellschaft."

„Okay, aber dann gehen wir zurück zu mir, und ich kann dir zeigen, was du in Europa alles vermissen wirst."

Sie schmunzelte. „Ich werde es nicht vermissen, wenn du mit uns kommst."

„Zoë, ich kann nicht drei Monate von der Arbeit wegbleiben. Dann würde ich mit meiner Kanzlei ganz von vorne anfangen müssen."

„Hast du nicht gesagt, dass du was ganz anderes machen möchtest?"

„Durch Europa zu touren und meiner Freundin zu folgen, klingt mir nicht nach einem guten Karriereschritt."

„Dann möchte ich zwei Wochen Paris. Die Stadt der Liebe."

„Ist das nicht die Stadt des Lichts?"

Sie sah ihn mit zusammengekniffenen Augen an.

„Oder der Liebe", korrigierte er sich schnell.

„Zoë!", rief Jordan. „Wir gehen zum Rodeoclown. Kommst du?"

„Wir kommen", antwortete Gabe für sie.

Als sie in die Bar kamen, stellte Gabe sich ins Gedränge, um ihnen Drinks zu holen. Jordan zog sie ans andere Ende der Bar, damit sie sich zu ihnen setzte. Jordan machte das Gleiche wie immer und fragte die Bandmitglieder, wie sie sich noch verbessern konnten, obwohl er so oder so eine feste Meinung dazu hatte, woran sie noch arbeiten mussten. Sie hörte geduldig zu und stimmte größtenteils mit Jordans Einschätzung darüber, was verbessert werden konnte, überein. Gabe sah immer wieder zu ihr hinüber, wirkte unzufrieden und irgendwie fehl am Platz in der Bar, in der das Publikum eher Grunge als Yuppies war. Es war Wades Lieblingsbar.

Zoë wandte sich von Gabes finsterer Miene ab. Jemand legte seine Hand auf ihre Schulter. Sie drehte sich um. Jordan.

„Diese Tournee wird stattfinden", sagte Jordan. „Ich kann es fühlen. Zoë, du solltest deinen Vermieter loslassen. Freiheit auf dem Weg ist die einzige Möglichkeit zu reisen. Du weißt, dass Fernbeziehungen ätzend sind."

„Das funktioniert nie", warf Wade ein. „Distanz hat meine Ehe ruiniert." Er hatte seine Scheidungspapiere bekommen, als er von einer sechsmonatigen Tour zurückgekommen war, die er mit einer anderen Band unternommen hatte. Natürlich hatte er auch in jeder Stadt mit einer anderen Frau geschlafen, das könnte also vielleicht auch etwas damit zu tun gehabt haben.

Zoë blickte zu Gabe hinüber, der endlich ihre Getränke in der Hand hielt und auf sie zukam. Sein Gang war selbstsicher, sein Ausdruck ernst. Ihr Herzschlag beschleunigte sich, und als er näherkam, konnte sie die Hitze in seinen dunkelblauen Augen sehen. „So leicht gebe ich ihn nicht auf", sagte sie leise.

„Schwerer Fehler", meinte Jordan.

„Nun, aber es ist *mein* Fehler, nicht wahr?" Sie glitt vom Barhocker und stellte sich an Gabes Seite. Sie war es leid, dass Jordan immer so tat, als wüsste er genau, was für sie am besten war.

14

Zoë sah zu Gabe hinüber, als er sie an jenem Abend nach Hause fuhr. Auf sein kurzes, zerzaustes Haar, seinen markanten Kiefer, mit dem er aussah, als könnte er mit allem umgehen. Selbst, so stellte sie jetzt fest, einem tiefen Schmerz, den er in sich barg.

„Gabe, wann hast du deinen Zwilling verloren?"

Sein Kiefer verkrampfte sich und lockerte sich wieder. „Sehr früh. Meine Mom hat gesagt, sie hat ihn im dritten Monat verloren. Zumindest habe ich immer gespürt, dass es ein er war." Er unterbrach sich. „Ich weiß, es ist merkwürdig, aber ich hatte immer das Gefühl, als ob ein Teil von mir fehlt."

„Das macht absolut Sinn. Ich kann mir keine engere Bindung vorstellen, als dass man sich den Mutterleib teilt. Also, ich fühle mich dir ja schon nahe, weil wir miteinander schlafen. Wenn ich mir dann vorstelle, dass Zwillinge da drin auf engstem Raum ..."

Er sah zu ihr hinüber. „Du hältst es nicht für merkwürdig?"

„Überhaupt nicht."

„Niemand hat das je verstanden. Andere meinen, du bist doch von Brüdern umgeben, wie kannst du den Bruder vermissen, den du nie wirklich gehabt hast? Ich kann es nicht erklären. Es ist nur anders, sonst nichts. Ich habe ihn immer vermisst."

„Das tut mir leid."

Gabe nickte, und sie fuhren in behaglichem Schweigen nach Hause. Sie schloss die Augen und ließ ihre Gedanken schweifen. Sie dachte an Gabe, der mit fünf Brüdern aufgewachsen war und doch immer einen vermisst hatte. Sie hatte sich immer gewünscht, sie wäre ein Zwilling. Es schien so cool zu sein, einen Bruder oder eine Schwester zu haben, mit dem man Seite an Seite durchs Leben ging.

Als sie nach Hause kamen, ließ sie Fred in den Garten und steckte ihn dann zurück in seine Hundebox. Gabe wartete auf sie, nahm ihre Hand und führte sie schnell in sein Schlafzimmer. Sie wartete, wusste, dass er gerne die Kontrolle übernahm, doch etwas an ihm war heute Abend anders. Anstatt ihr die Kleider vom Leib zu reißen, legte er seine Arme um sie und umarmte sie lange.

Endlich löste er sich von ihr und nahm ihr Gesicht in beide Hände. „Seit ich mit dir zusammen bin, fühle ich mich zum ersten Mal komplett. Das erste Mal, dass ich nicht das Gefühl habe, dass ein Teil von mir fehlt."

Ihr Herz zog sich zusammen und Tränen traten ihr in die Augen. „Oh, Gabe."

Er küsste sie. „Bitte stirb nicht", flüsterte er ernst. „Versprich es mir."

„Ich verspreche es. Nicht, ehe ich nicht mindestens hundertzehn bin."

Er hob sie hoch und trug sie zum Bett. „Nicht einmal dann."

Gabe erwachte am Samstagmorgen mit einer nackten Zoë in seinen Armen, genau da, wo sie hingehörte. Er schmiegte seine Nase an Zoës Hals und atmete ihren süßen Duft ein, während sie friedlich schlief. Er hatte sich noch nie einem anderen Menschen so nah gefühlt, und er würde Zoë nicht an Jordan und Europa verlieren. Er musste diese Sache festnageln. Was er wirklich tun wollte, war sie zu heiraten, ihr einen Ring an den Finger zu stecken, bevor sie aufbrach, doch selbst er wusste, dass das nach fünf gemeinsamen Wochen, auch wenn sie solch starke Gefühle für einander hatten, zu schnell war. Er streichelte die Rundung ihrer Hüfte. Sie würde vermutlich nein sagen, wenn er ihr einen Antrag machte. Das einzige Mal, dass sie ihm kein Ja schenken würde. So vorsichtig war sie. Er verstand das. Sie hatte in ihrer Vergangenheit einige Idioten gehabt, das hatte sie ihm vor ein paar Abenden gestanden. Doch mit fünfunddreißig wusste er, was er wollte. Sie. Fall abgeschlossen.

Verdammt, er würde sie vermissen. Er wusste einfach, dass sie auf diese Tournee gehen würden. Er musste dafür sorgen, dass ihre Träume wahr wurden, damit sie großartige Erinnerungen an ihre gemeinsame Zeit hatte und zu ihm zurückkommen würde. Er erinnerte sich an alles, was sie von ihren Träumen in jener Nacht erzählt hatte, als sie lang aufgeblieben waren, um sich zu unterhalten. Sie wollte ihr eigenes Album, einen Porsche fahren, selbstgemachte Ravioli essen, Surfen lernen und eine Prinzessin in einem Schloss sein. Um das Surfen und das Porsche fahren hatte er sich (zumindest ansatzweise) schon gekümmert, deswegen würde er heute Vinny um Hilfe bei den Ravioli bitten. Er hatte auch vor, sich nach einem Aufnahmestudio umzusehen, damit sie ihr eigenes Album produzieren konnte. Aus seiner Zeit als Anwalt in der Stadt kannte er einen Plattenproduzenten. Und auch wenn er sie nicht im wörtlichen Sinne zu einer Prinzessin in einem Schloss machen konnte, hatte er vor, sie wie eine zu behandeln.

Sie regte sich in seinen Armen, drehte sich auf die Seite, um ihn anzusehen, und lächelte ihn verschlafen an.

„Guten Morgen, Sonnenschein", sagte er und griff bereits nach einem Kondom. Er würde bald seinen Vorrat aufstocken müssen. Sie gingen weg wie warme Semmeln. „Ich werde all deine Träume wahr machen."

Blinzelnd öffnete sie die Augen und beobachtete, wie er das Kondom überrollte. „All meine *großen* Träume?"

Er schmunzelte, kletterte auf sie und ließ sich zwischen ihren Beinen nieder. „All deine Träume. Ich werde damit anfangen, dich zu lieben." Jetzt konnte er lieben sagen und wusste, dass es für sie in Ordnung war. Das war eine wunderbare Sache.

„Oh, Gabe", sagte sie leise und schlang ihre Arme und Beine um ihn.

Er verlor sich in ihrer Weichheit. Das tat er immer. Sie hieß ihn mit Körper und Seele willkommen und machte ihn ganz.

～

Gabe arrangierte es so, dass sie am Nachmittag zum Haus seiner Eltern fuhren, um Ravioli zu machen. Doch erst brachte er Zoë zu einem Juwelier, der für die Qualität seiner Diamanten bekannt war.

Sie weigerte sich auszusteigen.

„Komm, Zoë. Wo ist das Problem?"

Sie machte große Augen. „Was tun wir hier?"

Er zupfte an einer Locke ihres Haares. „Ich möchte dir was kaufen."

„Was?"

„Was auch immer du willst."

„Was auch immer ich will!", quietschte sie.

„Ja, Komm."

„Gabe, ich möchte nicht, dass du viel Geld für mich ausgibst. Im Ernst."

„Ich möchte es aber." Er legte die Hand an ihre Wange; ihre Haut war so weich. „Ich liebe dich."

Ihr Blick wurde sanft. „Ich liebe dich auch."

Er konnte nicht widerstehen, sie zu küssen. Sie gab augenblicklich nach, ihre Zunge schoss hervor und streichelte seine. Ein dunkles, pulsierendes Pochen sorgte dafür, dass er irgendwo mit ihr hin wollte, wo sie allein waren, doch er musste sich mit einem heißen Kuss begnügen. Er löste sich von ihr und starrte ihre Lippen an. Ihre Atmung beschleunigte sich ein bisschen, ihre Pupillen waren geweitet. Wie sollte er sie nur jemals gehen lassen?

Er nahm ihre Hand. „Ich möchte, dass du meinen Ring trägst."

„Warum?", fragte sie argwöhnisch.

Nicht gerade die Antwort, auf die er gehofft hatte. Und zum ersten Mal stellte er fest, dass sie irgendwie sehen konnte, wie sein Verstand funktionierte, dass er auf Zeit spielte, versuchte, Fallstricke zu bemerken und um sie herum zu manövrieren. Denn die Wahrheit war, dass er niemals das Thema auf einen Ring gebracht hätte, wenn sie nicht gehen würde. Es war zu früh für einen Antrag, doch er wollte diesen Ring an ihrem Finger, um sein Revier zu markieren. Um Jordan und jeden anderen interessierten Mann, von denen er sich sicher war, dass es zahlreiche gab, von ihr fernzuhalten. Vergeben. Seine.

„Weil ich möchte, dass du etwas Hübsches hast", sagte er.

„Dann reicht ein günstiges Armband oder Ohrringe." Ihr Gesichtsausdruck war fröhlich, überhaupt nicht streitlustig, weswegen er sich angesichts seiner eigentlichen Motive noch schlechter fühlte.

„Ein Ring bedeutet aber mehr."

Sie runzelte die Stirn. „Ist das ein Antrag? Ich habe nämlich keine Frage gehört."

Er biss die Zähne zusammen. „Lass mich dir einfach einen verdammten Diamantring kaufen."

„Nein."

Das war das erste Mal, dass sie ihm etwas ausschlug. „Warum nicht?", bellte er.

„Weil du ihn mir aus den falschen Gründen geben willst. Vielleicht verstehe ich nicht alle Schaltungen in deinem Verstandskasten, aber ich weiß gut genug, dass du eifersüchtig auf Jordan bist und dir die Idee, dass ich auf diese Europatournee gehe, nicht gefällt. Du willst dein Revier markieren. Das ist so eine Art männliches Besitzgebaren." Sie sprach mit tieferer Stimme weiter, um einen Höhlenmenschen zu imitieren, vermutlich ihn. „Zoë meins."

Die Tatsache, dass sie recht hatte, ärgerte ihn. „Es ist doch nur Schmuck! Frauen lieben Schmuck! Entschuldige, dass ich versuche, dir was Schönes zu kaufen."

„Du kannst aber meine Liebe nicht kaufen. Du kannst meine Treue nicht kaufen. Ich gebe dir das auch so. Wenn du mir nicht genug vertraust, dass ich ein paar Monate Abstand für die Gelegenheit meines Lebens hinbekomme, dafür, dass mein größter Traum wahr wird, dann vielleicht …" Sein Herz zog sich zusammen. „Dann sind wir vielleicht nicht–"

Er konnte es nicht ertragen. Er zog sie an sich und küsste sie zärtlich. Er musste ihr auf diese Weise zeigen, was in seinem Herzen war, denn seine Worte machten nur alles kaputt. Sie löste sich nicht von ihm. Sie schmolz gegen ihn, ließ zu, dass er sich ein weiteres Mal in ihrer Weichheit verlor. Er ließ sie los, und ohne ein weiteres Wort legte er den Gang ein und fuhr vom Parkplatz.

„Du kannst mich nicht immer mit einem Kuss zum Schweigen bringen, das weißt du hoffentlich", sagte sie.

Seine Hände schlossen sich fester um das Lenkrad. „Funktioniert doch ziemlich gut."

„Vielleicht funktioniert es in deiner Welt, jemanden um den Verstand zu küssen und mit Geld nach einem Problem zu werfen–"

„In meiner Welt?", Er schnaubte, und sie sprach nicht weiter.

Er sah hinüber und bemerkte, dass ihr Blick ihn hätte töten können. Er hatte Zoë noch nie wütend gesehen. Sie war doch sein Sonnenschein. Sein fröhlicher, plappernder, lächelnder Sonnenstrahl.

„Doch in diesem Fall wird das nicht funktionieren", sagte sie bissig. „Die Idee mit einem Geschenk ist nett, aber ich habe das Gefühl, dass du damit ein bisschen vom Weg abkommst, denn, was du wirklich sagen willst ist, dass du nicht möchtest, dass ich gehe."

„Na schön! Ich will nicht, dass du gehst."

„Ich wusste es!"

„Jordan liebt dich. Und die Wahrheit ist, wenn du drei Monate von mir weg bist, du und er zusammen, naja, dann muss es ja passieren."

„Du vermutest, dass ich mit ihm schlafen werde, nur, weil wir auf Tournee sind? Na, schönen Dank auch. Wie ich sehe, hast du ja eine sehr hohe Meinung von mir. Und, PS, er liebt mich wie eine Schwester."

Gabe schüttelte den Kopf. „Wie wäre es, wenn du ihn fragst? Es ist für jeden offensichtlich, nur nicht für dich."

„Du bist verrückt. Und eifersüchtig und besitzergreifend. Das ist keine Liebe, Gabe. Das ist einfach nur gruselig."

„Du findest mich gruselig? Weil ich das vollkommen natürliche Gefühl von Eifersucht empfinde, wenn ein Mann sich meiner Frau nähert?"

Sie gestikulierte wild. „In dem Satz sind so viele Dinge falsch, dass ich nicht einmal weiß, wo ich anfangen soll."

„Wie wäre es mit der Tatsache, dass du nicht zugeben willst, dass an der Sache mit Jordan doch etwas dran ist? Warum gibst du nicht zu, dass du dich seinetwegen nicht ganz auf mich einlässt?"

„Ich gebe nichts zu, was nicht stimmt."

Sein Kiefer verkrampfte sich. „Du gehörst mir. Auf jede Weise. Körper und Seele. Besonders der Körper."

„Du bist ein verdammter Neandertaler."

„Nett."

„Es ist nicht einmal definitiv, dass diese Tournee stattfindet! All das Streiten, all dieses Neandertalergehabe für nichts. Wenigstens weiß ich jetzt, wie du wirklich bist."

„Wie denn?"

„Wenig hilfreich und eifersüchtig. Vielleicht möchtest du ja gar nicht, dass ich Erfolg habe, da du mit deinem eigenen Leben nicht zufrieden bist."

Dieser Vorwurf tat weh. Nicht der Teil, indem sie ihn als wenig hilfreich und eifersüchtig bezeichnet hatte, denn er musste zugeben, dass er nichts mehr wollte, als sie immer bei sich zu behalten, und dass er mit jedem Mann kämpfen würde, der versuchte, sich zwischen sie zu stellen. Doch die Tatsache, dass sie glaubte, er wollte sie wegen seiner eigenen Karriere zurückhalten, schmerzte. Klar, seine Kanzlei war ein Witz. In der Hälfte der Fälle wurde er nicht einmal bezahlt. Er war mehr Vermittler als Rechtsbeistand und arbeitete sich durch Nachbarschaftsprobleme. Verdammt, er wollte nicht dieser Mann sein. Aber er wollte auch nicht in sein altes Leben zurück. Was zum Teufel machte er eigentlich mit seinem Leben?

„Du hast Recht", sagte er endlich. „Ich war eifersüchtig und nicht sehr hilfreich."

„Danke."

„Ich werde dir nicht mehr im Weg stehen."

„Gut."

Schweigend fuhren sie zum Haus seiner Eltern. Die einzigen Laute kamen dabei aus dem Radio, das im Hintergrund spielte. Er bog in die Einfahrt ein und wandte sich ihr zu. „Lass uns Ravioli machen."

Sie nickte mit verkniffener Miene und stieg aus dem Wagen.

Vinny begrüßte Zoë an der Tür mit einer Umarmung, wodurch sie sich ein bisschen besser fühlte nach der angespannten Autofahrt mit Gabe. Sie verstand ja, dass Gabe der Gedanke daran, dass sie wegging, nicht gefiel, doch wie konnte sie den großen Durchbruch ablehnen, auf den sie ihr ganzes Leben lang gewartet hatte?

Vinny rieb seine Hände aneinander. „Bereit zu kochen?"

„Bereit!", sagte Zoë.

„Zoë geht auf Europatournee", sagte Gabe.

„Das ist noch nicht definitiv", sagte Zoë und warf Gabe einen vernichtenden Blick zu.

„Europatournee?", rief Vinny. „Komm rein, Liebes." Er deutete auf die Küche. „Ich will alles darüber hören."

Vinny führte sie in die Küche und goss jedem ein Glas Chianti ein. „Salute", sagte er. „Auf deine Gesundheit und herzlichen Glückwunsch."

„Salute", sagten Gabe und Zoë und stießen mit ihren Gläsern ein. Zoë trank einen Schluck Wein und stellte das Glas ab, da er sauer schmeckte.

„Apropos Gesundheit", hob Gabe an.

Vinny unterbrach ihn. „Wir sprechen gerade über Zoës Europatournee."

Zoë erzählte ihm von Hep Six und ihrer Band, während Gabe einfach nur mit unzufriedenem Gesichtsausdruck dastand, weswegen sie weiter und weiter plauderte. Als sie fertig war, drehte Gabe sich zu Vinny um. „Ich hoffe, dass sie mich heiraten wird, wenn sie zurückkommt."

Zoë versteifte sich. Was tat Gabe denn da, erzählte seinem Stiefvater so etwas, bevor sie überhaupt Gelegenheit gehabt hatten, wirklich darüber zu sprechen? Sie waren noch nicht einmal acht Wochen zusammen.

„Eine Tochter, die singen kann." Vinny traten die Tränen in die Augen. „Jetzt brauche ich nur noch ein paar Enkelkinder, dann kann ich als glücklicher Mann sterben."

„Sprich nicht vom Sterben", sagte Gabe angespannt.

„Das ist doch nur so eine Redensart", sagte Vinny. „Ich habe dir schon gesagt, dass es mir gut geht." Er rieb seine Hände aneinander. „Okay, lasst uns loslegen. Ich habe den Teig schon mal gemacht, jetzt kommt nur noch der lustige Teil."

Er bestäubte die Arbeitsfläche mit Mehl und ließ Zoë dabei helfen, den Teig auszurollen und ihn zu einem Rechteck zu schneiden.

„Es ist schön, jemanden zu haben, an den man dieses Wissen weitergeben kann", sagte Vinny. „Angel ist der einzige, der ein bisschen Interesse gezeigt hat."

„Jetzt wird Gabe es auch lernen", sagte Zoë.

„Ich werde mein Bestes geben", sagte Gabe, seine Stimme rau und belegt. Zoë wusste, dass er wieder an Vinnys Krankheit dachte.

Vinny ließ wie ein Experte den Teig durch die Nudelmaschine

laufen. Dann ließ er es auch sie versuchen. „Zieh und dehn ihn ein bisschen, wenn er rauskommt. Nicht zu sehr."

„Das macht Spaß", sagte Zoë und lächelte Gabe an, doch er erwiderte das Lächeln nicht.

„Das müssen wir jetzt noch ein paarmal machen", sagte Vinny. „Bis er so dünn ist, dass du deine Hand durch den Teig sehen kannst. Willst du es auch mal probieren, Gabe?"

„Zusehen reicht mir", sagte Gabe.

Vinny legte den langen Teigstreifen auf die Arbeitsfläche. „Jetzt das Ei", sagte er, während er schnell ein Ei mit etwas Wasser verquirlte. Er pinselte die Flüssigkeit auf den Nudelteig. „Das funktioniert wie Kleber. Dann kommt die Füllung." Er ging zum Kühlschrank, um die Zutaten zu holen. „Es ist sehr wichtig, dass du alles frisch kaufst."

Schnell mischte er die Füllung zusammen, ohne die Zutaten dabei abzuwiegen.

„Warte", sagte Gabe. „Woher wissen wir denn, wie viel von allem da rein muss?"

„Einfach nach Augenmaß", sagte Vinny. „Achte auf das richtige Verhältnis."

„Du meinst zwei Teile Ricotta zu einem Teil Basilikum?", fragte Gabe.

Vinny hielt die Schüssel hoch. „So muss es aussehen."

„Klar wie Kloßbrühe", murmelte Gabe.

Vinny zeigte ihnen, wie viel Füllung auf die Hälfte des Teigstreifens gehörte, und Zoë half ihm dabei.

„Und jetzt decken wir es zu", sagte Vinny. Er faltete die andere Hälfte des Teigs über die Füllung. „Drück die Luftblasen um die Füllung herum hinaus." Zoë packte mit an. „Gut, Zoë, du bist ein Naturtalent."

Als sie fertig waren, holte Vinny ein paar Messer heraus, um die Ravioli in Quadrate zu schneiden, und zeigte ihnen, wie man schneiden musste. „Jetzt du", sagte er zu Zoë.

Zoë schnitt schnell die Ravioli in Quadrate. Sie freute sich wirklich darauf, sie zu essen. Sie hatte noch nie selbst Ravioli gemacht.

„Wie fühlst du dich?", fragte Gabe Vinny.

„Gut, gut", sagte Vinny.

„Hast du die Testergebnisse?", fragte Gabe.

„Ach. Das ist nichts. Mach dir deswegen keine Sorgen."

Es folgte eine lange Stille. Zoë blickte von den Ravioli auf. Gabe schmollte.

„Du bist gut darin, die Wahrheit zu verschweigen, wie, Vinny?", fragte Gabe.

Zoë erstarrte, als sie den Unterton in Gabes Stimme hörte.

Vinny kniff die Augen zusammen. „Was soll das denn heißen?"

„Du tust so, als ginge es dir gut, obwohl das gar nicht stimmt. Du verbirgst ein großes Geheimnis. Aber du gibst nichts preis. Überhaupt nichts."

„Dein Tonfall gefällt mir nicht", sagte Vinny. „Ich will nicht, dass du dir Sorgen machst. Mehr gibt es dazu nicht zu sagen."

Ein Herzschlag verging, dann sagte Gabe endlich: „Ich habe die Briefe gefunden. Ich kenne euer Geheimnis."

„Wovon sprichst du?", fragte Vinny.

„Von den Briefen, die du Mom geschickt hast, als sie noch mit meinem Vater verheiratet war."

„Das ist privat", blaffte Vinny. „Hast du sie gelesen?"

Die beiden Männer starrten einander aufgebracht an, und Zoë wünschte sich, Gabe hätte dieses Thema nicht angeschnitten, solange sie hier war.

„Ich habe einen gelesen", sagte Gabe. „Das hat gereicht, um von eurer dreijährigen Affäre zu erfahren."

Vinnys Blick war hart und direkt. „Das geht dich nichts an."

„Es geht mich etwas an, nachdem du meine Familie ruiniert hast", feuerte Gabe zurück.

„Gabe, was tust du da?", fragte Zoë.

Vinny schnaubte. „Du glaubst wirklich, dass ich das getan habe? Unsinn. Deiner Mutter ging es elend. Ich habe sie glücklich gemacht. Ende der Geschichte."

„Und du hast eine Ehe zerstört", sagte Gabe.

„Diese Ehe war schon seit Jahren kaputt. Alles ist gut ausgegangen."

„Für dich. Mein Vater ist allein gestorben."

Vinny atmete tief durch. „Gabe, das tut mir leid, aber das hat nichts mit mir und deiner Mutter zu tun."

„Ich finde, es hat verdammt viel mit euch beiden zu tun."

Vinny sah Zoë an. „Vielleicht sollten wir ein andermal darüber reden."

„Zoë weiß bereits, was passiert ist."

„Lass es ruhen", sagte Vinny.

Gabe hob seine Hände. „Vergiss, dass ich was gesagt habe. Diese Familie liebt Geheimnisse."

„So sieht also ein lustiger Samstag aus, an dem wir Ravioli kochen, wie?", fragte Vinny und stemmte seine Hände in die Hüften. „Für mich nicht", schnaubte er und ging.

Gabe stürmte aus dem Haus. Zoë stand einen Moment lang da, bevor sie das Messer auf den Tisch legte und Gabe zur Tür hinaus folgte.

～

„Lass uns fahren", sagte Gabe und stieg bereits in seinen Wagen. Er musste hier weg, und zwar schnell. Er hatte das Gefühl, als ob seine Welt um ihn herum zusammenbrach. Menschen, die er liebte, glitten ihm aus den Händen, ganz egal, wie sehr er versuchte, sie festzuhalten. Er wusste, dass Vinny nicht die Wahrheit sagte – er würde sterben. Und Zoë würde weggehen. Er hatte endlich seinen Frieden gefunden, und jetzt ging alles wieder vor die Hunde.

Zoë stieg ein. „Ich weiß ja, dass du dir Sorgen um deinen Stiefvater machst. Aber warum bist du dann so wütend auf ihn?"

Gabe biss die Zähne aufeinander. Er konnte nicht darüber sprechen, ohne zusammenzubrechen.

Sie seufzte. „Das mit Vinny tut mir leid. Vielleicht ist es nicht so schlimm, wie du glaubst–"

„Du hast ja keine Ahnung, wovon du sprichst. Offensichtlich ist es schlimm, sonst hätte er mir von seinen Testergebnissen erzählt. Er verheimlicht es. Wie immer."

„Gabe–"

„Du gehst weg, er wird sterben. Ich ertrage das nicht mehr."

„Ich bin mir sicher, dass er nicht sterben wird–"

„Das weißt du doch nicht", bellte er.

Sie wurde still.

Als sie in die Einfahrt seines Hauses bogen, stellte Gabe den Motor ab und saß einfach nur da und starrte das Lenkrad an. Alles tat weh, und er wollte nur, dass das aufhörte.

Sie berührte seinen Arm. „Gabe?"

Er starrte weiter geradeaus. „Wenn du auf diese Tournee

gehst, denke ich, wäre es einfacher, wenn wir uns verabschieden." Doch was er wirklich sagen wollte war *geh nicht.*

„Einfacher?", fragte sie mit zittriger Stimme. Er wandte sich ihr zu, und im Bruchteil einer Sekunde verwandelte sich ihr Ausdruck von ungläubig zu wutentbrannt. „Du machst Schluss mit mir? Von *ich will, dass sie mich heiratet* zu *es ist einfacher, wenn wir uns verabschieden* in was – nicht einmal einem halben Tag? Das ging schnell." Sie schlug heftig auf seinen Arm. „Du bist ätzend", sagte sie mit erstickter Stimme. „Sprich nie wieder mit mir!"

Sie stieg aus dem Wagen, und er folgte ihr schnell. „Zoë, warte! Ich sagte, *wenn* du gehst–"

„Sprich nicht mit mir!" Sie stapfte davon.

Einen Moment lang stand er einfach nur da, versuchte, sich etwas einfallen zu lassen, was er tun konnte. Hatten sie wirklich gerade Schluss gemacht? Er hatte doch *wenn* gesagt. Die Tournee war ja noch gar nicht definitiv. Sie würde es am Montag erfahren. Was, wenn sie den Auftritt gar nicht bekam und sie für nichts Schluss gemacht hatten? Sollte er so tun, als unterstütze er die Möglichkeit dieser Tour? Nein, sie würde nur wütender werden, wenn sich herausstellte, dass sie wirklich auf diese Tour ging.

Vielleicht sollte er noch einmal vernünftig mit ihr reden. Er hätte das nicht sagen sollen.

Bamm! Die Wohnungstür wurde zugeknallt. Jetzt konnte er auf keinen Fall vernünftig mit ihr reden.

Er rieb sich mit einer Hand über sein Gesicht. Wie war es nur dazu gekommen – in einem Moment machte er ihre Träume wahr und im nächsten war es aus?

15

Gabe fuhr am nächsten Abend mit schlechter Laune zu einem weiteren obligatorischen Familienessen. Zoë sprach nicht mit ihm. Sein Stiefvater würde vermutlich sterben, und er war immer noch wütend wegen der Affäre, die seine Familie zerbrochen hatte. Er hatte heute versucht, noch einmal mit Zoë zu reden, hatte gehofft, sie hätte sich zwischenzeitlich beruhigt. Doch sie hatte sich geweigert, vernünftig mit ihm zu reden.

Er war kurz vorher noch zu ihrer Wohnung gegangen. „Sag mir morgen bitte, ob es Neuigkeiten gibt."

Sie sah ihn mit verengten Augen an. „Warum? Damit wir da weitermachen können, wo wir aufgehört haben, falls ich den Gig nicht bekomme?"

Das klang großartig. „Ja."

Sie hatte ihm die Tür vor der Nase zugeknallt. Offensichtlich war das die falsche Antwort gewesen.

Jetzt ging er durch die Haustür seines Elternhauses, wappnete sich für die langen Gesichter und einen noch längeren Abend. Glücklicherweise traf er im Flur auf Angel.

„Hey", sagte Angel lächelnd. „Wie geht's dir? Hast du Zoë mitgebracht?"

„Sie spricht nicht mehr mit mir."

Angel verzog das Gesicht. „Tut mir leid. Sie hat einen so netten Eindruck gemacht." Er senkte den Blick und sah ihm dann in die Augen. „Was hast du getan?"

„Nichts!", blaffte Gabe.

Angel trat unruhig von einem Bein aufs andere. „Ähm. Vielleicht ist es am besten so. Heute Abend könnte ziemlich emotional werden, wenn Dad uns von seinen Tests erzählt. Ich bete, dass er gute Neuigkeiten hat."

Gabe senkte seine Stimme. „Du weißt doch, dass es Krebs ist. Die einzige Frage ist, wie schlimm es um ihn steht."

Angel verschränkte seine Arme. „Das wissen wir nicht mit Sicherheit."

„Warum sollte er sonst so geheimnisvoll tun und bis zum Sonntagsessen warten? Er versucht, uns die schlechten Nachrichten beizubringen, wenn wir alle zusammen sind und uns gegenseitig stützen können. Du weißt schon, damit wir jemanden haben, an den wir uns anlehnen können."

„Vielleicht hat er auch gute Testergebnisse." Angel schob sein Kinn vor. „Hast du schon mal daran gedacht?"

„Nein."

„Es würde nicht schaden, wenn du auch mal ein bisschen positive Energie ausstrahlen würdest."

Gabe klopfte Angel auf den Rücken. „Dafür haben wir ja dich."

„Hey, Biest, wo ist die Schöne?", rief Nico von seinem Platz auf dem Sofa im Wohnzimmer.

„Weiß ich nicht", murmelte Gabe.

„Sie straft ihn mit Schweigen", antwortete Angel für Gabe.

„Willst'n Bier?", fragte Nico.

„Gott, ja", erwiderte Gabe.

Die drei gingen zur Küche. Nachdem sie drei Flaschen von Vinnys hellem Sierra Nevada Bier geöffnet hatten, wandte Nico sich Gabe zu. „Hast du dich entschuldigt?"

„Warum vermutest du automatisch, dass ich es bin, der sich entschuldigen muss?", fragte Gabe.

Nico sah ihn mitleidig an. „Der Mann muss sich immer entschuldigen. Frauen sind uns immer voraus."

„Er hat Recht", warf Angel ein.

Gabe fuhr sich mit einer Hand durchs Haar. „Sie geht für drei Monate auf Europatournee mit einem Typen, der in sie verliebt ist. Ich habe sie nur gebeten, meinen Ring zu tragen."

„Welchen Ring?", fragte Nico.

Gabes Lippen formten eine flache Linie. „Den Diamantring, den ich ihr kaufen wollte."

Nico hob eine Hand. „Whoa, mal ganz langsam. Du hast ihr einen Antrag gemacht?"

Angel neigte seinen Kopf. „Nachdem du sie gerade erst kennengelernt hast?"

„Ich habe sie nicht gerade erst kennengelernt, Dummkopf", sagte Gabe. Dass es nur fünf Wochen gewesen waren, ließ er unerwähnt. Ein Mann musste tun, was ein Mann tun musste.

„Probleme mit einer Frau, Gabe?", brummte Vince, während er direkt auf den Kühlschrank zuging, um sich ein Bier zu holen.

Na, großartig. Jetzt würde er seine Nase hineinstecken.

Vince nahm den Flaschenöffner von der Arbeitsfläche und öffnete seine Flasche. „Lass mich raten. Du möchtest, dass sie den Ring trägt, um andere Männer abzuschrecken."

„Fickt euch doch alle", murmelte Gabe und trank einen langen Schluck von seinem Bier.

„Du weißt nichts von Frauen", sagte Vince.

„Als wüsstest du so viel", schoss Gabe zurück. „Bei dir bleibt doch keine lange."

„Vielleicht möchte ich nicht, dass eine länger bleibt." Vince lächelte und trank einen Schluck von seinem Bier. „Vielleicht spiele ich einfach nur gerne."

Nico lachte.

„Das ist aber nicht gerade sicher", warf Angel ein. Er senkte seine Stimme. „Ich hoffe, du verhütest."

Vince schnaubte. „Ja, Pater Marino. Ich verhüte. Wann willst du dich eigentlich mal flachlegen lassen?"

„Wer wird flachgelegt?", fragte Jared, der gefolgt von Luke in die Küche kam.

„Bierzeit, wie?", fragte Luke, nahm zwei Bier und reichte eins davon Jared.

„Wer nicht flachgelegt wird, ist die bessere Frage", sagte Nico und deutete mit seiner Bierflasche zwischen Gabe und Angel hin und her.

„Angel muss sich mal die Hände schmutzig machen", sagte Jared und stieß Angel mit dem Ellbogen an.

„Hör auf, deinen Heiligenschein zu polieren", sagte Luke.

„Und ob er was poliert", sagte Vince. „Und, Gabe, ich fasse es nicht, dass du das mit Zoë so schnell vermasselt hast. Sie ist nett. Mm-mm-mm. Was für ein süßer–"

Gabe packte ihn am Hemd und zerrte ihn an sich. „Sag kein einziges Wort mehr über sie."

Mit einer schnellen Bewegung wischte Vince den Arm von sich. Gabe und Vince sahen einander gereizt an.

„Was ist das denn?", fragte ihr Dad, der in den Raum gekommen war. „Habt ihr Jungs etwa meinen Sixpack geleert, bevor ich etwas trinken konnte?"

„Hättest eben zwei Sixpacks kaufen sollen", sagte Jared.

„Hier, kannst meins haben", bot Angel an.

„Nein. Deins will ich nicht", sagte ihr Dad. „Da ist deine Spucke dran."

Angel wischte es mit dem Ärmel seines Hemdes ab und bot es ihm noch einmal an.

Ihr Dad sah sich um, nickte und lächelte. „Es ist schön zu sehen, wie meine Jungs sich vertragen und sich ein Bierchen teilen. Ach. Einen Schluck." Er deutete auf Angels Bier. „Sag deiner Mutter nichts. Sie will seit dieser Sache mit meiner Gesundheit nicht, dass ich was trinke."

Die Männer schwiegen. In Gabe erwachten Schuldgefühle. Warum nur hatte er bei seinem Stiefvater nur diese dummen Briefe angesprochen? Er war nur wütend auf ihn gewesen, weil er krank war, wofür er nichts konnte. Er würde sich, sobald er mal einen Moment allein mit ihm hatte, bei ihm entschuldigen müssen.

„Also, worüber sprechen wir?", fragte ihr Dad. „Sport, Politik, Frauen?"

„Gabe hat es mit Zoë vermasselt", erklärte Angel.

„Wir haben gerade über die Knicks gesprochen", sagte Gabe.

„Lass mich raten", sagte Luke. „Sie ist streitlustig. Ihr Anwaltstypen wollt euch nicht streiten, wenn ihr nach Hause kommt."

„Überhaupt nicht", sagte Gabe ruhig. Sie war perfekt, und er hatte es vermasselt. Doch das konnte er seinen Brüdern nicht sagen. Sie würden ihn nur aufziehen, es ihm nicht leicht machen, und keiner von ihnen wusste überhaupt etwas von Frauen, außer, wie man sie verführte. Abgesehen von Angel. Er betete eine Frau an, eine Witwe, die er niemals anfassen würde aus Respekt vor seinem verstorbenen besten Freund.

„Okay", sagte ihr Dad. „Ich mache mich dann jetzt mal ans Abendessen. Wenn ihr nicht helfen wollt, verschwindet. Ihr könnt eurer Mom helfen. Sie ist in unserem Zimmer und geht den Kleiderschrank durch, um etwas für die Altkleidersammlung von St. Francis zu spenden. Passt auf, dass sie nicht mein Glücksbowlinghemd weggibt."

Alle verließen die Küche außer Angel. Eineinhalb Stunden später saßen sie um den Esstisch. Sein Stiefvater hatte Manicotti gemacht, und sie waren köstlich, doch Gabe musste unwillkürlich an Zoë denken und wie sie geholfen hatte, Ravioli zu machen. Sie war nicht einmal dazu gekommen, sie zu essen – und das seinetwegen. Verdammt, bei allem musste er an sie denken. Wütend starrte er seinen Teller an und wünschte sich, er könnte das mit Zoë noch einmal von vorn anfangen. Nur noch einen Samstag oder zwei haben, an dem er sie zurückbekam und ihre Träume wahr werden ließ.

Und dann verkündete ihr Stiefvater plötzlich die großen Neuigkeiten, und Gabe konnte nur daran denken, wie sehr er Zoë an seiner Seite wollte, dass sie seine Hand hielt, um ihm durch den Schmerz hindurch zu helfen.

„Es ist im zweiten Stadium", sagte ihr Stiefvater. „Das ist nicht so schlecht, denke ich. Der Arzt gibt mir eine siebenundachtzigprozentige Überlebenschance."

Die Familie wurde vollkommen still. Gabe brach der kalte Schweiß aus. Obwohl er schlechte Nachrichten erwartet hatte, erschütterte es ihn, sie tatsächlich zu hören.

Jared begann schließlich zu sprechen. „Und welche Behandlung schlägt der Arzt vor?"

„Eine OP", sagte sein Stiefvater. „Er möchte die betroffene Stelle rausschneiden und ein paar Lymphknoten in der Nähe untersuchen. Vielleicht Chemo. Das wissen wir noch nicht."

„Das ist doch Mist", sagte Vince und warf seine Serviette auf den Tisch.

„Bitte, Jungs, ähm, Männer", sagte sein Stiefvater und hob eine Hand. „Alles wird gut werden. Macht es einfach besser als ich. Lasst euch mit fünfzig den Darm untersuchen. Ich hätte nicht so lange warten sollen."

Seine Mom stand auf. „Wisst ihr, was Mist ist?"

Überrascht starrten sie alle an. Seine Mom fluchte nie und wurde selten wütend.

„Diese Reaktion", sagte sie und zeigte auf Vince, der gleich beleidigt aussah. „Von euch erwarte ich mehr. Wenn euer Dad euch so etwas sagt ..." Ihre Stimme versagte, dann zitterte ihre Lippe. Sein Stiefvater ergriff ihre Hand.

„Ma", sagte Angel.

Sie brach in Tränen aus und rannte aus dem Zimmer.

„Entschuldigt mich", sagte ihr Stiefvater und folgte ihr.

Im Raum wurde es wieder still. Gabe wischte sich den Schweiß von der Stirn und trank einen langen Schluck Wasser, bevor er fragte: „Was bedeutet das, Jared? Wie schlimm ist es?"

„Wird er sterben?", fragte Angel.

„Wir werden alle sterben", sagte Luke.

„Halt die Klappe, Blödmann", blaffte Vince.

Jared erklärte ihnen, was er wusste – dass Chemo im zweiten Stadium nicht immer nötig war. „Ich werde einen anderen Arzt um eine zweite Meinung bitten, bevor wir diesen Weg gehen. Ich werde mit Dad reden."

„Und ich werde helfen, wie ich nur kann", sagte Gabe. Seine Kehle hatte sich so sehr zugeschnürt, dass er kaum atmen konnte.

„Ich auch", sagte Angel.

Nico und Luke brummten beide zustimmend.

Einer nach dem anderen standen die Brüder vom Tisch auf, jeder musste auf seine Art mit dieser Neuigkeit umgehen. Gabe sah sich nach seinem Stiefvater und seiner Mom um, um sich zu verabschieden, und stellte fest, dass beide hinter verschlossenen Türen im Schlafzimmer waren. Er hörte, wie seine Mom leise sprach. Er gab ihnen ihre Privatsphäre. Er würde sie morgen anrufen.

Gabe fuhr geradewegs nach Hause und hämmerte an Zoës Tür, bis sie sie öffnete. Er drängte sich hinein, denn er hatte Angst, dass sie ihm wieder die Tür vor der Nase zuschlagen würde.

„Vinny hat Krebs im zweiten Stadium", sprudelte es aus ihm heraus.

„Das tut mir so leid." Sie legte ihre Arme um ihn, und er hatte das Gefühl, endlich wieder atmen zu können.

～

Zoë ließ Gabe über Nacht bleiben. Ihre Wut auf ihn war in dem Augenblick verflogen, als sie seinen verzweifelten Blick gesehen hatte. Er war still, ernst, trauerte jetzt schon um seinen Stiefvater. Er wollte nicht darüber reden, darum gab sie ihr Bestes, einfach für ihn da zu sein. Fred war eine nette Ablenkung, und Gabe verbrachte viel Zeit damit, sein Quietschknochenspielzeug für ihn zu werfen. Sie sahen gemeinsam fern, und Zoë brachte endlich den Mut auf, Gabe nach seinem Stiefvater zu fragen. „Hat der Arzt irgendetwas zur Prognose gesagt?", fragte sie vorsichtig.

„Er hat eine siebenundachtzigprozentige Überlebenschance", sagte Gabe und starrte auf den Fernseher.

„Gabe, das ist doch großartig!"

Er sah sie an. „Nichts an Krebs ist großartig. Besonders nicht, wenn er auch noch eine Chemo braucht. Das ist verdammt hart für den Körper. Jared wird eine zweite Meinung einholen, bevor irgendwas entschieden wird."

„Ich weiß. Aber ehrlich, ich glaube, dass er es schaffen wird. Das sind wirklich großartige Chancen."

Einen langen Moment schwieg er. „Lässt du dich auf Chancen ein?"

„Ich weiß nicht, was du meinst."

„Gehst du Risiken ein oder lieber auf Nummer sicher?"

Irgendwie hatte sie das Gefühl, als wäre ihre Antwort sehr wichtig für Gabe. Sie dachte über die Frage nach und die Antwort war klar, da sie ihr Leben damit verbrachte, einem Traum zu folgen. „Definitiv gehe ich Risiken ein."

Sein Blick brannte sich in ihren. „Ich gehe auf Nummer sicher."

Sie schluckte. „Die Belohnung ist aber größer, wenn man ein Risiko eingeht."

„Manchmal." Er zog sie auf seinen Schoß. „Manchmal muss man Risiko und Belohnung gegeneinander abwägen."

„Was willst du mir damit sagen?"

„Ich möchte ein Risiko eingehen." Er legte seine Arme um sie. „Mit dir."

„Aber ich bin eine sichere Sache", scherzte sie. „Ein Kuss, und ich bin nur noch Wachs in deinen Händen."

Er legte die Hand an ihre Wange und küsste sie zärtlich. „Zoë, willst du mich heiraten?"

Sie rutschte von seinem Schoß. „Warum?"

„Weil das Leben kurz ist und ich dich liebe und den Rest

meines Lebens damit verbringen möchte zu wissen, dass du zu Hause auf mich wartest."

Ihr Herz raste. Sie versuchte, darüber nachzudenken. Noch vor Kurzem war er in einem Anflug von Eifersucht darauf versessen gewesen, dass sie seinen Ring trug.

„Hat das irgendetwas damit zu tun, dass ich auf Tournee gehe?" Sie ging vor dem Sofa auf und ab. „Ich meine, wenn wir den Gig bekommen."

„Das spielt eine Rolle", sagt er. „Vielleicht hätte ich etwas länger damit gewartet. Aber für mich ist klar, was ich will und dass ich dich fragen will."

Sie blieb stehen. „Warum?"

„Ich habe dir doch gerade gesagt warum. Ich habe noch nie bei jemandem so empfunden. Für dich bin ich eine sichere Sache. Du gehst auf Nummer sicher, ich gehe ein Risiko ein. Vielleicht treffen wir uns in der Mitte."

Sie rang ihre Hände. „Du sagst all die richtigen Dinge, aber es fühlt sich einfach falsch an. Das Timing mit deinem Stiefvater und meine Tournee."

Er ergriff ihre Hand und zog sie wieder auf seinen Schoß. „Du brauchst Zeit, um darüber nachzudenken."

„Ja."

„Ich werde nirgendwohin gehen." Er küsste eine heiße Spur an ihrem Hals empor und über ihre Wange. Sie neigte den Kopf, entspannte sich in seine Umarmung und dachte, dass er nirgendwohin gehen würde, sie jedoch schon. Dann hörte sie auf zu denken, als er sie aufs Sofa schob und sich Zeit ließ, sie aus der Kleidung zu schälen und sie mit Händen und Mund zu verwöhnen.

Wie konnte sie Nein zu ihm sagen, wenn jede Zelle ihres Körpers Ja schrie?

Gabe hatte Zoë eine Stunde später genau da, wo er sie haben wollte, nackt in seinem Bett und er in Löffelchenstellung hinter ihr. Mit Zoë zusammen zu sein, gab ihm das Gefühl lebendig zu sein, und jetzt im Moment brauchte er diese Gewissheit, weil es sich anfühlte, als hätte der Tod ihn wieder eingeholt. Er konnte die alte Furcht verdrängen und die Panik in Schach halten, wenn er sie in seinen Armen hielt. Es war noch nicht spät. Neun oder so. Er wusste, er sollte sie ausruhen lassen, doch ihm war bereits nach Runde zwei zumute.

Er schob ihr Haar zurück und küsste sie auf die Schläfe. „Bist du noch wütend wegen des Rings?"

Sie sah ihn über die Schulter an. „Möchtest du dich immer noch verabschieden, wenn ich auf Tournee gehe?"

„Nein."

Sie drehte sich in seinen Armen um. „Dann bin ich nicht wütend wegen des Rings."

Er rollte sich auf sie, verflocht seine Finger mit ihren und zog ihre Hände über ihren Kopf. „Heißt das, du wirst meinen Ring tragen?"

„Bitte, Gabe, lass uns warten. Ich möchte sicher sein, dass wir das aus den richtigen Gründen tun."

„Das tun wir."

„Es geht zu schnell."

Er küsste sie mit all der Liebe, die er empfand, und sie erwiderte den Kuss mit gleicher Leidenschaft. Er konnte nicht aufhören, sie zu küssen. Ihr Handy klingelte, und sie quietschte kurz. Er hob seinen Kopf, hielt sie noch unter sich. „Geh einfach nicht dran."

„Jordan hat gesagt, er werde entweder heute Abend oder morgen früh wegen der Entscheidung anrufen!"

Er wusste, dass es dumm war, das Unvermeidliche hinauszuzögern. Er ließ sie los.

Sie rollte sich vom Bett und nahm sich ihr Handy vom Küchenschrank. „Und, wie lautet das Urteil?"

Sie jubelte und hüpfte auf der Stelle. Gabe ließ seinen Arm auf seine Augen sinken und bemühte sich, der unterstützende Freund zu sein. Sie machte noch ein paar zustimmende Laute und legte auf. „Wir haben den Gig!"

Er setzte sich auf und lächelte. „Herzlichen Glückwunsch!"

Sie neigte den Kopf. „Freu dich für mich. Dafür habe ich mein ganzes Leben gearbeitet. Großes Publikum. Unseren Namen bekannt machen, all das! Mit Hep Six auf Tournee zu gehen, wird die Tür zu so vielen Gelegenheiten öffnen."

„Wann geht's los?" Seine Stimme klang harscher, als er beabsichtigt hatte. Er schluckte den Kloß in seinem Hals herunter.

„In drei Wochen", sagte sie, und ihr Lächeln verschwand.

„Jordan sagt, sie wollen uns zwei Wochen für die Proben bei sich haben, bevor die Tournee losgeht. Vom fünfundzwanzigsten April bis Ende Juli ist fix. Es kann sein, dass sie im August noch Termine in den Staaten dranhängen, wenn Interesse besteht." Sie sah ihn an, und ihr Glücksgefühl von vorhin ließ nach.

Er hatte nicht vorgehabt, ihr Lächeln zu dämpfen. Er schob seine eigenen Gefühle beiseite. „Komm her." Er öffnete seine Arme für sie und lächelte.

Sie rannte los und sprang auf ihn. Er legte seine Arme um sie. Sie schmiegte sich an seine Brust und streichelte sein Haar, vermutlich um zu versuchen, ihn zu trösten. „Freu dich bitte."

„Wenn du glücklich bist, bin ich glücklich."

„Das bin ich." Sie strahlte. „Gabe, ich bin so, so glücklich." Er wünschte, sein Antrag hätte sie so glücklich gemacht, doch er konnte warten. Er musste warten.

„Dann bin ich auch glücklich." Er rollte sich herum, sodass sie unter ihm lag, wollte zementieren, dass er sie hielt. „Wir werden heiraten, sobald du von deiner Tournee zurückkommst."

„Darüber reden wir noch."

Er küsste sie. „Du sagst immer ja, wenn ich dich nackt im Bett habe."

„Weil ich dann kaum ein Wort rausbekomme."

Er schmiegte sein Gesicht an ihren Hals, inhalierte ihren Duft und versuchte, sich alles an ihr einzuprägen. Dann küsste er sie erneut, denn sein Körper konnte ihr besser als seine Worte vermitteln, wie er fühlte. Er forderte sie für sich, gründlich, verzweifelt, mit dem beunruhigenden Gefühl, dass sie ihm durch die Finger gleiten würde, ganz egal, wie sehr er sie festhielt.

16

„Ich bin zu Hause!", rief Zoë, als sie sich selbst am Montag zum Mittagessen ins Haus ihrer Eltern einließ.

„In der Küche!", rief ihre Mom.

Zoë eilte in die Küche und lächelte bereits so strahlend, dass ihre Wangen schmerzten. „Wir haben es geschafft! Wir gehen mit Hep Six auf Tournee!"

Ihre Mom jauchzte und umarmte sie.

„Ich wusste es!", rief ihr Dad und schlang seine Arme um beide Frauen. „Endlich! Jordan hat es endlich geschafft."

Zoë löste sich. „Was meinst du damit, Jordan hat es geschafft?"

„Er hat euch den Auftritt verschafft, nicht wahr?", fragte ihr Dad.

„Er hat es geschafft, dass sie uns zugehört haben, aber es war unser Sound, der ihnen gefallen hat."

„Wir freuen uns so für dich", sagte ihre Mom, um, wie üblich, die Wogen zwischen ihr und ihrem Dad zu glätten.

„Ich wusste, dass euer Durchbruch schon greifbar ist", sagte ihr Dad. „Endlich läuft es richtig gut."

Zoë verspannte sich. „Wenn wir also nicht diese Tournee bekommen hätten, würdest zu sagen, dass ich nichts auf die Reihe bringe?"

„Also, Zoë–", hob ihre Mom an.

Dad runzelte die Stirn. „Ich weiß gar nicht, warum du dich so aufregst, Mädchen. Das ist doch ein Grund zur Freude."

„Ich freue mich ja auch", sagte Zoë. „Es ist nur … Ich weiß nicht. Ich hoffe, ihr habt mich bis jetzt nicht als Versagerin gesehen."

„Wie konntest du das glauben?", sagte ihre Mom.

Zoë spürte, dass Tränen aufzusteigen drohten, und sie zwang sie zurück. „Nur, weil du im Kino bist, Dad im Fernsehen, Jaz am Broadway und ich bisher nur in Clubs gespielt und als Kellnerin gearbeitet habe."

„Aber du hast gearbeitet und bist deinem Traum gefolgt", sagte ihr Dad. „Und es hat sich ausgezahlt."

„Was, wenn ich Indiemusik gemacht hätte? Einfach online mein eigenes Album veröffentlicht hätte?"

Ihr Dad runzelte die Stirn. „Wie das jeder mit einem Computer tun kann? Du hast viel zu hart gearbeitet, um dich mit so was zu begnügen. Nach dieser Tournee werden die Plattenproduzenten euch anrufen – denk an meine Worte. Ihr werdet ein Label hinter euch haben, einfach so." Er schnipste mit den Fingern.

Zoë ging die Luft noch mehr aus. „Und was, wenn nicht?"

„Komm, lass uns essen, und du kannst uns alles über die Tournee erzählen", sagte ihre Mom.

Zoë folgte ihrer Mom zum Küchentisch. Sie hatte plötzlich das Gefühl, dass ihre guten Neuigkeiten zu klein waren und zu spät kamen.

Gabe fuhr zum Krankenhaus, um seinen Stiefvater zu besuchen, sobald er Besucher empfangen konnte. In der Tür blieb er abrupt stehen. Vinny, der immer so groß gewirkt hatte, sah beinahe zerbrechlich aus, wie er da in seinem Krankenhausbett lag. Seine Mom und sein Bruder Vince waren bereits da.

Er trat an die Seite seines Stiefvaters. „Wie ist die Operation gelaufen?"

„Hey, Gabe", sagte sein Stiefvater mit müder, schwacher Stimme. „Ist alles gut gelaufen."

„Brauchst du die Chemo?", fragte Gabe.

„Ich warte noch ab, was sie dazu sagen", erwiderte er.

„Der Arzt sagte, die Operation ist sehr gut gelaufen, und sie glauben, dass sie alles entfernt haben", warf seine Mom ein. „Ein besseres Ergebnis hätten wir uns nicht wünschen können."

„Wie geht's Zoë?", fragte sein Stiefvater.

„Ihr geht's gut, Dad."

„Du hast es verdient, glücklich zu sein. Ich hätte mir keinen besseren Sohn wünschen können." Er schloss die Augen.

Gabes Herz zog sich zusammen. In letzter Zeit hatte sein Stiefvater so einiges gesagt, was sich anhörte, als wollte er sich verabschieden. Er blickte auf und bemerkte, dass sein Bruder ihn wütend anstarrte.

„Was ist mit mir, Dad?", fragte Vince, doch ihr Dad antwortete nicht. „Deinem Erstgeborenen."

„Ich glaube, er muss sich jetzt ausruhen", flüsterte ihre Mom. „Ich rufe euch an, wenn er wieder aufwacht."

Gabe warf einen letzten Blick auf seinen Stiefvater und ging. Vince schloss sich ihm einen Moment später an.

„Und, wie fühlt es sich an, das Goldkind zu sein?", fragte Vince in sarkastischem Ton.

„Ich bin mir sicher, dass er zu jedem einzelnen von uns das Gleiche sagen würde", erwiderte Gabe ruhig. „Er ist nur müde von der Operation. Gönn ihm eine Pause."

Sie blieben vor dem Aufzug stehen und warteten angespannt schweigend. Dann stiegen sie mit ein paar weiteren Passagieren ein und fuhren hinunter ins Erdgeschoss.

Vince wartete, bis sie zum Parkplatz kamen, dann sagte er: „Ich bin hergekommen, um meinen Vater zu sehen, und stattdessen werde ich für das Goldkind beiseitegeschoben, den reichen Anwalt. *Warum kannst du nicht ein bisschen mehr wie Gabe sein?*, fragt er. *Warum kannst du dich nicht mehr bemühen? Aufs College gehen wie dein Bruder.*"

Gabe drehte sich überrascht um. „Das hat er gesagt?"

„Ja, schönen Dank auch. Danke, dass du der perfekte Sohn bist, den er nie gehabt hat."

„Ich bin nicht perfekt, Vince."

„Weißt du eigentlich, wie sehr ich dir in den Arsch treten wollte, als wir noch Kinder waren?"

„Du hast mir in den Arsch getreten."

„Nein. Nicht wirklich. Nicht annähernd so, wie ich es gewollt hätte."

„Naja, wir sind am Krankenhaus." Er breitete seine Arme aus.

„Lass es raus. Gib alles. Ich gehe einfach zur Notaufnahme, wenn du fertig bist."

Vince näherte sich ihm. „Du meinst wohl, ich würde das nicht machen?"

„Der Punkt ist", antwortete Gabe gelangweilt. „Es ist mir egal. Genau genommen würdest du mir einen Gefallen tun." Ihm wäre lieber, wenn sein Körper schmerzte, als dieses vernichtende Gefühl in seinem Herzen, weil sein Stiefvater im Krankenhaus lag und Zoë kurz davorstand, ihn zu verlassen. Er hob sein Kinn. „Komm, schlag mich."

Vince holte mit der Faust aus und tat so, als würde er auf sein Kinn schlagen, was in einem sanften Anstupsen endete. „Du hast nicht einmal gezuckt."

„Ich habe dir doch gesagt, dass es mir egal ist."

„Was zum Henker ist los mit dir? Es sollte dir nicht egal sein. Ich bin dir an Körpermasse ernsthaft überlegen. Ich könnte dich in zwei Sekunden flachlegen."

Gabe stieß Vince an, doch der rührte sich nicht. „Weißt du, nur, weil du niemanden außer dich selbst lieben kannst, heißt das nicht, dass Dad genauso ist, du egoistischer Bastard."

Vince versetzte Gabe einen Stoß, doch auch Gabe rührte sich nicht. „Ich habe mich nicht ein einziges Mal darüber beschwert, dass du meine Mutter Ma genannt hast", sagte Gabe. „Und doch kommst du nicht damit klar, dass dein Vater für uns anderen auch ein Dad ist."

„Ich hatte ja auch keine Mutter", spie Vince. „Aber ihr hattet einen Vater. Warum musstet ihr beides haben?"

„Das ist ja kein Nullsummenspiel", sagte Gabe.

„Was zum Teufel soll das denn heißen?", polterte Vince.

„Nur weil ich einen Dad bekommen habe, heißt das nicht, dass du deinen Dad verloren hast."

„Das ist doch Quatsch. Du hattest zwei Dads, und ich hatte von meinem einen Dad viel weniger. Erzähl mir nicht, dass das kein Nullsummenspiel war. Ich habe verloren, und du hast gewonnen."

Gabe gab den Versuch auf, durch Vinces Dickschädel durchzudringen. Sein Bruder war stur, und wenn er bis jetzt nicht über diese Stiefbruder-Sache hinweggekommen war, dann würde er das niemals tun.

„Mach's gut, Vince." Gabe ging zu seinem Wagen.

„Lass mich hier nicht einfach so stehen!", rief Vince ihm hinterher.

Gabe ging weiter. Wenn Vince ihn hätte flachlegen wollen, hätte er es schon längst getan.

„Ich will dir immer noch in den Arsch treten, Goldjunge!", rief Vince.

Gabe zeigte ihm den Mittelfinger und stieg in sein Auto.

Zoë erwachte aus mehreren Gründen am Samstagmorgen mit einem Lächeln im Gesicht – doch vor allem wegen Gabe. Erstens gab er sein Bestes, sie dabei zu unterstützen, dass sie auf Tournee gingen, obwohl sie wusste, dass es nicht leicht für ihn war. Und am vorigen Abend war er mit ihr zur Probe gegangen und hatte sie in höchsten Tönen als den nächsten großen Star gelobt. Ganz zu schweigen davon, wie er sie überrascht hatte, als sie zu seinem Haus zurückgekommen waren.

Er hatte in der Küche eine Hundeklappe installieren lassen. „Dann kann Fred kommen und gehen, wann immer er muss. Ich werde, ähm, auf ihn aufpassen, während du weg bist. Er kennt mich ja schon, und er hat sich an das Haus gewöhnt–"

Sie warf ihre Arme um ihn. „Fred würde das lieben. Danke dir!"

Er drehte sie um und zeigte ihr, wo er die Kindergitter angebracht hatte, damit Fred nachts, oder wenn sie ausgingen, in der Küche blieb.

Wenn sie nicht schon in Gabe verliebt gewesen wäre, hätte das den Ausschlag gegeben.

Jetzt kuschelte sie sich in Gabes Arme. Wie immer schmiegte er sich in Löffelchenstellung hinter sie. Sie war es jetzt so sehr gewohnt, dass es ihr schwerfallen würde, wieder allein zu schlafen. Sie drehte sich in seinen Armen um. Seine Augen waren geschlossen. „Gabe, bist du noch wach?"

Er antwortete nicht.

„Ich liebe dich so sehr", flüsterte sie. „Ich habe da diese dumme Idee, dass wir erst acht Wochen überstehen müssen, bevor es zwischen uns ernst ist. Es ist nur, dass es mir immer so vorkommt, als würde dann alles enden, und wie es der Zufall will, breche ich gerade auf, wenn wir die acht Wochen hinter uns haben. Aber ich werde mir deswegen keine Sorgen machen. Ich werde einfach jede Minute, die wir noch haben, genießen." Sie atmete tief durch. „Und ich freue mich auf den Tag, wenn ich dich nach meiner Tournee wiedersehe. Obwohl ich immer noch hoffe, dass du mich besuchen wirst. Bitte, besuch mich." Sie legte ihre Arme eng um ihn, und er murmelte etwas.

Sie löste sich ein bisschen. „Was hast du gesagt?"

„Mmm … heute wird ein guter Tag." Er streichelte ihre Wange. „Besonders, weil ich dich nicht aus diesem Bett lassen werde, bis wir meinen Stiefvater besuchen."

„Gabe! Ich kann nicht den ganzen Tag im Bett bleiben."

„Ich will dich", knurrte er, zog ihr Bein über seins und ließ sie fühlen, wie sehr er sie wollte.

„Kann ich wenigstens duschen gehen?", fragte sie gespielt gereizt.

„Natürlich kannst du duschen gehen." Seine Hand rutschte auf ihren Po. „Mit mir."

„Dir kann man einfach nicht widerstehen", hauchte sie.

Er riss die Decke von ihr herunter. „Ich will nur ein Ja hören." „Ja."

Er lächelte kurz, bevor er dann zu ihren Knöcheln hinunterrutschte, wo er anfing, gierig an ihrem Innenschenkel hinauf zu küssen, mit Zunge und Zähnen. Ab und an biss er zu und sie zuckte ein wenig. Dann ließ er sich zwischen ihren Beinen nieder, zog ihre Beine über seine Schultern und schob sich nach vorn um ihre Beine mit seinen Schultern noch weiter zu spreizen. „Ich will, dass du meinen Namen schreist", befahl er.

„Ja", zischte sie, als sein Mund sich auf ihre pochende Mitte legte.

Sie gab ihm jedes Mal alles, was er wollte. Und liebte jede belebende Minute.

Viel später, nachdem sie geduscht hatte und sie wie eine schlaffe, aber saubere Nudel war, zog sie einen Bademantel an – Gabe liebte es, wenn sie so wenig Kleidung wie möglich trug – und ging hinunter in die Küche, wo Gabe Frühstück machte. Er hatte Pancakes auf dem Herd.

„Ich rieche Speck", sagte sie erstaunt. „Ich wusste gar nicht, dass du kochst."

Er drehte sich um, ein Mundwinkel hob sich. „Shane hat mir

am Mittwoch ein bisschen kochen beigebracht, als du gearbeitet hast. Überraschung."

„Ist das dein Ernst?"

„Ich muss dich doch bei Kräften halten."

Sie schüttelte lächelnd den Kopf und setzte sich an die Kücheninsel. Gabe brachte ihr einen großen Humpen mit göttlichem Kaffee und ging wieder an den Herd. Sie legte ihre Finger um den Humpen und fühlte sich auf jede erdenkliche Art zufrieden. Für gewöhnlich war sie so unruhig, immer auf der Suche nach der nächsten großen Chance. Bei Gabe fühlte sie sich ruhig. Kurz darauf bedeutete er ihr, ihm ins Esszimmer zu folgen, wo er einen Stapel Pancakes, Eier und Speck vor sie stellte. Obendrauf war Schlagsahne. Daran hätte sie sich gewöhnen können. Sie machte sich darüber her. Er ging zurück in die Küche, um etwas zu holen. Sirup, dachte sie sich. Dann war sie überrascht, als sie ein Ploppen hörte. War das Champagner?

„Champagner zum Frühstück?", rief sie in den anderen Raum. „Sind wir im Himmel?"

Er schmunzelte. „Hoffe ich doch." Er kam mit zwei Champagnerflöten zurück und setzte sich zu ihr an den Tisch.

Sie hob ihr Glas, um mit ihm anzustoßen, und erstarrte. „Gabe."

„Ja?"

„Da ist was in meinem Glas."

Er nippte an seinem Champagner, ein Lächeln auf den Lippen. „Was du nicht sagst."

Sie steckte ihre Finger in das Glas und fischte einen Platin-Diamantring hervor. Ihr blieb der Mund offenstehen. Ein Diamant in dieser Größe musste ein Vermögen gekostet haben. Sie starrte ihn sprachlos an. Gabe nahm ihre Hand und schob ihr den Ring auf den Finger. „Zoë, heirate mich. Sag noch einmal Ja für mich."

Sie brach in Tränen aus, denn sie würde ihn für drei ganze Monate verlassen, und sie würde ihn vermissen, so sehr. Ehe sie sich's versah, saß sie auf seinem Schoß, seine Arme um sie. Er küsste ihre Tränen weg. „Bitte weine nicht. Das ist doch ein glücklicher Moment. Ist das ein Ja?"

„Ich werde dich so sehr vermissen", presste sie heraus.

„Wir werden nicht eine Minute vergeuden. Wir haben immer noch zwei Wochen."

„Die vergehen aber so schnell."

„Und genau deshalb behalte ich dich so lange wie möglich im Bett. Iss. Du brauchst Kraft, um mit mir mitzuhalten." Er drehte sie auf seinem Schoß in Richtung Tisch um und zog den Teller vor sie. Sie aß, während Gabes Arme sicher um ihre Taille lagen. Ihr Ring blitzte, während sie aß, und jedes Mal, wenn sie ihn ansah, kamen ihr wieder die Tränen.

Sie musste ihn zurückgeben. Denn zum ersten Mal wollte sie nicht auf diese Tournee gehen.

~

Stunden später führte Gabe Zoë ins Haus seiner Eltern. Sein Stiefvater war aus dem Krankenhaus entlassen worden, und Gabe wollte ihm die guten Neuigkeiten erzählen.

Seine Mom öffnete ihnen die Tür. „Schh, er schläft gerade. Kommt rein. Setzt euch."

Sie folgten ihr ins Wohnzimmer. Er half Zoë aus ihrem Mantel, und seine Mom rief: „Was für ein Ring! Gabe?"

Gabe lächelte und nickte. „Jupp."

„Oh, ich freue mich ja so für euch beide! Herzlichen Glückwunsch!" Sie umarmte ihn, dann umarmte sie Zoë. Seine Mom setzte sich auf einen Sessel in der Nähe und bedeutete ihnen, sich aufs Sofa zu setzen. „Ich kann es nicht abwarten, es deinem Dad zu erzählen. Er hat wirklich einen Narren an dir gefressen, Zoë. Er wird sich freuen, dass sein Raviolirezept bei dir gut aufgehoben ist."

„Natürlich ist es das", antwortete Zoë mit leiser Stimme.

Gabe musterte Zoë, wunderte sich über diese leise Stimme, denn die hörte er sonst nur im Bett, oder wenn sie sie überfiel. Bei den meisten Menschen war sie ein plappernder, fröhlicher Sonnenschein. Ach, verdammt, hatte er sie zu sehr gedrängt? Sie hatte gar nicht Ja zu seinem Antrag gesagt, doch er hatte geglaubt, dass die Tränen bedeutet hatten, dass sie von ihren Emotionen überwältigt war. Auf gute Art und Weise.

„Zoë?", fragte er.

Sie drehte sich um.

„Hmm?"

„Geht's dir gut?"

Sie sah in Richtung seiner Mom. „Ja, mir geht es gut."

„Das schreit geradezu danach, dass wir darauf anstoßen", sagte seine Mom. „Bin gleich zurück."

Seine Mom ging.

Gabe nahm Zoës Hand und küsste sie. „Hast du Bedenken?"

„Ich denke eine ganze Menge", sagte sie.

Er küsste sie, und dann, weil ihre Lippen so weich und süß waren, küsste er sie erneut.

„So!" Seine Mom brachte eine Flasche Chardonnay herein und Gläser. „Etwas anderes haben wir gerade nicht da. Für unser nächstes Familienessen werden wir Champagner besorgen, und da erzählen wir dann allen gemeinsam die guten Neuigkeiten. Ich bin ja so aufgeregt, meine erste Tochter zu bekommen."

Zoë lächelte. „Danke, Mrs Marino."

„Nenn mich Allie, ich bestehe darauf." Sie goss den Wein ein und hob ihr Glas zu einem Toast. „Auf lebenslanges Glück und viele Enkelkinder."

Gabe lachte und stieß mit seiner Mom an. Er drehte sich zu Zoë um, um mit ihr anzustoßen, doch sie sah ein bisschen bleich aus. „Was ist los?"

Sie stellte ihr Glas ab. „Tut mir leid. Ich fühle mich nicht gut. Wo ist das Bad?"

„Zweite Tür rechts", sagte seine Mom und zeigte in die Richtung. Zoë eilte aus dem Raum.

„Ist sie schwanger?", fragte seine Mom.

Gabes Kopf zuckte herum. „Was? Nein, sie ist nicht schwanger. Wie kommst du darauf?" Er benutzte jedes Mal Verhütung. Sie konnte auf keinen Fall schwanger sein.

Sie sah ihn vielsagend an. „Ich frage das, weil ihr noch nicht lange zusammen seid, und als ich den Wein herausgeholt habe, sah sie aus, als wäre ihr schlecht. Ich möchte nur nicht, dass ihr aus den falschen Gründen heiratet."

„Ich heirate sie, weil ich sie liebe."

Zoë hatte am Morgen nur am Champagner genippt und nicht weiter getrunken. Sie hatte gesagt, dass er vom Ring sauer schmeckte. Das stimmte vielleicht. Warum sollte seine Mom denken, dass er Zoë heiratete, weil sie schwanger war? Und da traf es ihn – die Wahrheit, die er viel früher hätte sehen müssen.

„Wie du", sagte er. „Du warst schwanger mit mir. Deswegen hast du Dad geheiratet."

Seine Mom stellte das Glas ab und sah auf ihre Hände.

„Ich habe Recht, oder?", hakte er nach. „Ich habe mich immer gefragt, warum du ihn geheiratet hast."

Seine Mom sah ihm in die Augen. „Ja, das war der Grund. Wir hatten ein paar gute Jahre, als ihr Jungs noch klein wart, doch dann, naja, er hat seine Arbeit um einiges mehr als mich geliebt."

„Warum hast du so lange gewartet, bis du Dad verlassen hast? Also, ich habe diesen Brief gesehen, in dem Vinny sagt, dass drei Jahre genug sind."

Sie schüttelte den Kopf. „Ich wünschte wirklich, du hättest nicht meine privaten Briefe gelesen, Gabriel."

„Tut mir leid. Es war nur der eine. Ich werde sie dir zurückgeben."

Sie winkte das ab und seufzte. „Ich wollte meine Ehe so lange aufrechterhalten, bis ihr Jungs das Haus verlassen hättet. Ich habe es wirklich, wirklich versucht. Am Ende konnte ich es nicht. Drei Jahre lang habe ich mit mir gerungen, diese Ehe hinter mir zu lassen, während Vinny geduldig gewartet hat. Das ist Liebe. Er wusste nicht, ob ich mich jemals von deinem Vater scheiden lassen würde. Ich wusste, es würde deine Illusion vom perfekten Leben zerstören. Ich wollte, dass für euch Jungs alles perfekt ist."

„War es aber nicht", sagte Gabe.

„Euer Dad wusste nicht, was er mit Kindern anfangen sollte. Er hat es verstanden, mit Geld umzugehen und zu arbeiten. Aber mich hat er nie verstanden."

Zoë kam wieder herein. „Störe ich?"

„Überhaupt nicht", sagte seine Mom. „Setz dich. Wie geht's dir?"

Zoë lächelte. „Besser. Ich glaube, der Speck ist mir nicht gut bekommen."

„Ich habe zum ersten Mal Frühstück für sie gemacht", sagte Gabe. „Vielleicht war er nicht gut genug durch."

Seine Mom machte große Augen. „Wie schön, dass er dir Frühstück macht."

„Allie!", rief sein Stiefvater.

Seine Mom stand auf. „Komme!" Sie drehte sich zu ihnen um. „Ich hole euch dann, wenn er soweit ist." Sie eilte aus dem Zimmer.

Gabe drehte sich zu Zoë um. „Bist du schwanger?"

Ihr Mund formte vor Überraschung ein perfektes O. „Was? Nein!"

Er grunzte. „Meine Mom dachte, du wärst es vielleicht."

„Ich sagte doch, es war der Speck."

Er senkte seine Stimme. „Wann war deine letzte Periode?"

Sie wurde rot. „Gabe! Das ist mir unangenehm."

„Wir sind doch unter uns. Sag es mir."

„Das werde ich dir nicht sagen. Lass uns das Thema wechseln!"

„Ich möchte keine Geheimnisse zwischen uns."

Sie verschränkte die Arme. „Zu schade."

Er musterte sie. „Wir hatten zwei Wochen lang Sex."

„Kannst du bitte Ruhe geben?", zischte sie.

„Und wir haben noch zwei Wochen, bevor du fährst", fuhr er fort. „Wenn du sie bis dahin nicht hast, weiß ich es sicher."

„Da gibt es nichts zu wissen! Das ist bei mir nicht immer regelmäßig. Ich bin nicht einmal spät dran! Können wir bitte aufhören, darüber zu sprechen?"

„Okay, okay."

Sie beruhigte sich wieder.

„Bist du dir sicher?", musste er noch fragen.

Sie legte ihre Hände um seinen Hals und tat so, als wollte sie ihn erwürgen. Er küsste sie kurz. Dann küsste er sie langsam, denn sie war nie weicher und nachgiebiger, als wenn er sie küsste. Sie schmolz gegen ihn, wieder ganz sanft.

„Gabe, Zoë, ihr könnt jetzt kommen!", rief seine Mom.

Er nahm Zoës Hand und zog sie vom Sofa. Als sie zum Schlafzimmer seiner Eltern kamen, saß Vinny mit Kissen im Rücken im Bett. Neben ihm auf dem Nachtschränkchen lag die Fernbedienung neben einem Glas Wasser. Er sah immer noch blass aus, doch er begrüßte sie herzlich. „Ich höre, jetzt ist es offiziell. Lass mich den Klunker sehen, Zoë."

Zoë ging durchs Zimmer und streckte pflichtbewusst ihre Hand aus.

„Gut gemacht, Gabe", sagte Vinny. „Herzlichen Glückwunsch! Ich kann nicht behaupten, dass ich überrascht bin. Gabe hat ja schon ein bisschen was angedeutet, als ihr das letzte Mal hier wart. Habt ihr es deinen Eltern schon erzählt?"

Zoë versteifte sich, sah sich im Zimmer um und sagte dann: „Nein, nur euch beiden."

„Nun, ich bin mir sicher, dass sie sich freuen werden, Gabe als Schwiegersohn zu bekommen."

„Genau genommen hat er sie noch gar nicht kennengelernt", sagte Zoë.

„Naja, ich kenne sie aus der Stadt", sagte Gabe. „Ich habe mit deinem Dad gesprochen, als du in das Apartment gezogen bist."

„Aber du hast sie noch nicht als mein Freund kennengelernt", sagte sie. „Das ist aber schon okay. Keine große Sache."

„Wir werden direkt im Anschluss zu ihnen gehen", versicherte Gabe ihr.

Zoë antwortete nicht. Stattdessen setzte sie sich auf den Bettrand und erzählte seinem Stiefvater alles über die Lieder, die sie gerade für die Tournee probten. Seine Mom warf ihm wieder einen Blick zu, den er jedoch nicht interpretieren konnte, doch sein Magen drehte sich langsam um, denn er wusste, dass mit der Situation seiner Verlobten irgendwas nicht stimmte.

17

Zoë fuhr mit Gabe zurück nach Clover Park und fragte sich, wie um alles in der Welt sie ihm den Ring zurückgeben sollte, nachdem er es jetzt seinen Eltern erzählt hatte. Sie hätte ihn ihm zurückgeben sollen, bevor sie das Haus verlassen hatten, aber er hatte so glücklich ausgesehen, dass sie es nicht übers Herz gebracht hatte, ihm den Ring ins Gesicht zu werfen.

„Wo wohnen deine Eltern?", fragte Gabe.

„Ich möchte es meinen Eltern noch nicht erzählen", sagte sie.

„Warum nicht?"

„Weil sie noch nicht einmal Gelegenheit hatten, dich kennenzulernen oder uns als Paar. Ich kann sie nicht einfach so damit überfallen." Und sie konnte auch nicht heiraten, nur weil sie auf Tournee ging. Gabe hätte warten sollen, bis sie beide sicher waren, dass das, was sie miteinander hatten, etwas Dauerhaftes war.

Er nahm ihre Hand drückte sie. „Sie können mich jetzt kennenlernen."

„Nein."

„Nein?", fragte er mit einem scharfen Unterton. „War dann die Antwort auf meinen Antrag auch Nein? Denn so langsam bekomme ich ein ungutes Gefühl. Du hast nicht wirklich Ja gesagt."

Sie seufzte und musste sich zusammenreißen, ruhig und vernünftig zu bleiben. „Du hättest es deinen Eltern noch nicht erzählen sollen."

„Also heißt das Nein?"

„Ich hatte dir gesagt, dass ich warten möchte."

„Warum trägst du den Ring dann?", verlangte er zu wissen.

„Warum hast du ihn mir nicht vor die Füße geworfen?"

Sie schwieg, denn das war genau das, was sie versucht hatte, nicht zu tun.

„Antworte mir!", bellte er. „Ich denke, ich habe eine ehrliche Antwort verdient."

„Na schön! Ich wollte nur nett sein!"

Er hielt an einer roten Ampel und sah sie ungläubig an. „Nett? Du hältst es für nett, so zu tun, als wären wir verlobt? Dass ich mich zum Narren mache, indem ich meiner Familie die guten Neuigkeiten erzähle? Weniger nett geht es kaum."

„Kannst mich ja verklagen."

Seine Brauen schossen in die Höhe. „Im Ernst? Dich verklagen?"

„Das ist das, was du zu mir gesagt hast, als du gemacht hast, was du wolltest."

Er blickte zur Ampel, bemerkte, dass sie grün war, und trat aufs Gas. „Wann genau habe ich das getan?"

„Als du den ersten Schritt gemacht hast, weil dir danach war. Nicht, weil ich dich darum gebeten habe."

„Du wolltest es doch auch", blaffte er. Dann, mit leiser Stimme, sagte er: „Zoë, warum willst du mich nicht heiraten?"

„Weil ..."

„Was weil?"

„Weil, als du mir diesen Ring auf den Finger gesteckt hast" – sie hob ihre Hand – „wollte ich nicht auf die Tournee gehen, okay? Ich wollte alles aufgeben, wofür ich gearbeitet hatte, nur, um bei dir zu sein."

„Oh. Wow. Ich bin ... Das ist eigentlich ziemlich großartig, aber ich habe doch gesagt, dass du gehen kannst. Ich werde auf dich warten."

Sie begann, den Ring von ihrem Finger zu ziehen, als er seine Hand um ihre legte. „Gabe, bitte, ich muss ihn dir zurückgeben. Es tut mir leid."

„Behalte ihn einfach. In drei Monaten machen wir es offiziell. Ich möchte, dass du ihn in der Zwischenzeit hast."

Sie antwortete zunächst nicht, doch dann entschied sie sich, die Karten auf den Tisch zu legen. „Es kann sein, dass die

Tournee länger dauert. Es ist alles in der Schwebe. Wir werden sehen, okay?"

„Lass uns Nägel mit Köpfen machen. Das mit uns – das ist nicht in der Schwebe. Das ist definitiv."

Sie sagte nichts.

„Verdammt, jetzt wünsche ich mir fast, dass du schwanger wärst."

Sie starrte ihn mit offenem Mund an. Welcher Mann wünschte sich eine ungewollte Schwangerschaft? „Warum?"

„Damit ich mein Recht als Vater durchsetzen und dich zum Bleiben bringen kann."

Ihr wurde es mulmig. „Meinst du das ernst?"

Er seufzte. „Nein. Das kommt erst ins Spiel, wenn das Baby auf der Welt ist. Ich weiß nicht, warum ich das gesagt habe. Mach, was du willst. Es spielt keine Rolle, was ich sage oder tue, oder?"

„Sei nicht so. Ich möchte diese nächsten zwei Wochen genießen."

„Ich bin mir nicht sicher, ob ich das kann."

Sie schloss die Augen, sowohl wütend als auch, weil ihr furchtbar übel war. „Lass mich bitte raus. Mir ist schlecht." Er fuhr an den Straßenrand und sie sprang aus dem Wagen und übergab sich erneut.

„Wir besorgen dir einen Schwangerschaftstest", sagte er, als sie wieder einstieg.

„Das ist der Speck."

Weil Gabe darauf bestand, pieselte sie am nächsten Morgen auf einen dummen Plastikstab, und der sagte *nicht schwanger*. Sie hielt ihm den Stab entgegen. „Das Minuszeichen bedeutet nicht schwanger. Jetzt glücklich?"

Er starrte darauf. „Nicht wirklich."

Sie warf den Test in den Müll. „Du stresst mich wirklich, und das ist das Letzte, was ich gebrauchen kann, bevor ich aufbreche." Sie wusch sich die Hände, und er legte von hinten seine Arme um sie und betrachtete sie im Spiegel.

„Tut mir leid", sagte er. „Ich möchte dich nicht verlieren, das ist alles."

Sie drehte sich in seinen Armen um und spürte das stechende Brennen der Tränen. „Das wirst du nicht. Ich verspreche es."

Er zog sie fest an sich. „Ich nehme dich beim Wort."

Zoë stand am Donnerstag mit offenem Mund in einem Musikstu-dio. Sie konnte es nicht fassen, dass Gabe ihr und ihrer Band ein Studio gemietet und dazu noch einen Musikproduzenten engagiert hatte. Sie hatte ihm erzählt, dass sie mit dem Geld, das sie auf der Tournee verdiente, nach ihrer Rückkehr ein paar Stunden lange ein Studio mieten wollte. Sie hatte keine Ahnung gehabt, dass er sie damit überraschen würde, bevor sie überhaupt aufbrach. „Gabe, das hättest du nicht tun sollen. Wie viel kostet dich das?"

„Mach dir deswegen keine Sorgen", sagte er.

Sie trug immer noch seinen Ring. Sie wusste einfach nicht, wie sie ihn zurückgeben sollte, ohne ihn traurig zu machen. Er machte sich immer noch Sorgen um seinen Stiefvater, und sie wusste, dass es ihm gar nicht gefiel, dass sie bald aufbrechen würde.

„Nein, im Ernst", sagte sie. „Wie bist du denn an Harry Birman gekommen?" Er war ein bekannter Musikproduzent.

„Er hat mir noch einen Gefallen geschuldet von meiner Zeit als Anwalt in der Stadt."

Gabe winkte Harry im Tonraum zu, und der hob seine Hand und lächelte.

Jordan war noch nicht da, doch Wade und Alex spielten sich bereits warm.

„Weißt du, es kann sein, dass wir beim ersten Versuch noch keinen perfekten Schnitt hinbekommen", sagte Zoë.

„Ich werde das Studio so lange für euch mieten, wie ihr es braucht", sagte Gabe.

„Und dann was?", fragte Zoë.

„Und dann könnt ihr es ins Internet stellen und die Fans entscheiden lassen. Das ist dein Indiealbum."

„Ich könnte schwören, du hast dir meine Wünsche aufge-schrieben und arbeitest sie ab – heilige Scheiße. Hast du sie aufgeschrieben?"

„Ich habe ein ausgezeichnetes Gedächtnis."

„Das ist zu viel. Wirklich."

Er streichelte ihre Wange. „Ich möchte, dass all deine Träume wahr werden." Er küsste sie. „Selbst, wenn das bedeutet, dass ich dich gehen lassen muss."

Sie blinzelte die Tränen weg. „Wir können uns ja immer noch sehen. Du kannst mich besuchen."

„Klar", sagte er, doch er klang nicht überzeugt. Sie wusste, dass er seinen Stiefvater nicht verlassen wollte, auch wenn die neusten Testergebnisse gut waren. Sein Arzt war optimistisch, was seine Prognose anging, doch Gabe schien es immer noch nicht ganz zu glauben.

„Auf geht's, ihr alle!", sagte Jordan und platzte zur Tür herein, als wäre er nicht derjenige, der sie alle hatte warten lassen. „Noch eine Woche."

Alle jubelten. Zoë warf einen Blick auf Gabe, der verkniffen zurücklächelte. Er bemühte sich so sehr, glücklich für sie zu sein. Unweigerlich wünschte sie sich, sie hätten sich früher kennengelernt, damit sie vor ihrer Trennung mehr Zeit miteinander gehabt hätten.

Sie machten sich gleich an die Arbeit. Gabe ging in den Tonraum, um zuzusehen. Zoë spürte seinen Blick auf sich, während sie sangen. Sie versuchte, all die Emotionen ihrer Liebeslieder geradewegs in ihn zu übertragen.

Als sie den Tag mit vier Songs, mit denen sie zufrieden waren, beendeten, kam Harry zu ihnen und beglückwünschte sie zum emotionalen Klang ihrer Stimme. Sie lächelte. „Das liegt daran, weil wirkliche Emotionen drin liegen. Dank Gabe."

Gabes Blick war erhitzt. Harry sah zwischen den beiden hin und her. „Dann ist er ein sehr glücklicher Mann."

„Das bin ich auch", erwiderte Gabe.

„Yo, Zoë, wir gehen was im Chucks trinken", rief Jordan.

Sie ging immer nach einer Probe oder einem Auftritt mit ihrer Band noch einen trinken. Zum ersten Mal wollte Zoë nicht mitgehen. „Ich fahre mit Gabe nach Hause", sagte sie.

Jordan ging zu ihr, und sie schob ihre Hände hinter ihren Rücken, da sie nicht auch noch einen Streit wegen des Rings wollte. „Wir gehen doch immer nach einer Probe das Programm noch mal durch, Zoë", sagte Jordan mit finsterem Blick in Gabes Richtung. „Wir können es uns nicht leisten, jetzt zu schwächeln. Wir haben nur noch eine Woche."

„Ich weiß, ich weiß", sagte Zoë. „Dann reden wir eben jetzt. Ich fand es großartig. Wir kommen morgen wieder her, um noch ein paar Lieder mehr aufzunehmen und die besten nehmen wir dann für das Album." Sie wandte sich zum Gehen, und Jordan packte ihren Arm.

„Hände weg!", sagte Gabe mit leiser, bedrohlicher Stimme.

Jordan hob seine Handflächen.

Zoë ging, Gabes Arm um ihre Schultern.

An jenem Abend stürzte sich Gabe auf sie, sobald sie zur Tür hereinkamen. Es war heiß, überwältigend, und sie versuchte, sich darin zu verlieren, versuchte, jedes Zeitgefühl zu verlieren. Als liefe ihnen die Zeit davon und sie müssten Erinnerungen schaffen, solange sie es noch konnten, damit sie sich während ihrer kommenden Trennung daran festhalten konnten.

„Das ist kein Lebewohl", sagte sie ihm, als er sie hochhob und die Treppe hinauftrug.

„Zieh bei mir ein", sagte er.

„Ja."

Er stöhnte. „Ich liebe es, wenn du Ja sagst."

Sie lächelte. „Ich auch."

In seinem Schlafzimmer stellte er sie ab und zog sie aus, bevor sie auch nur die Hälfte seiner Knöpfe geöffnet hatte. „Gib mir noch mehr Jas", knurrte er.

„Ja, ja, ja."

Dann warf er sie aufs Bett, und sie gab ihm alles, was er von ihr wollte. Kein Mann hatte je ihren Körper und ihre Seele so gefordert wie er. Sie verlor sich selbst, sicher in seinen Armen.

Zoë und Fred zogen bei ihm ein, und für eine kurze Woche war Gabe mehr als zufrieden. Er hätte Zoë schon früher fragen sollen, ob sie nicht einziehen wollte, doch wenigstens waren ihre Sachen jetzt hier in den Schubladen der Kommode, in den Schränken und überall im Badezimmer verteilt. Es gab ihm Gewissheit. Gab ihm das Gefühl, als wohnte sie wirklich hier, und das bedeutete, dass sie zurückkommen würde.

Am Freitagmorgen, ihrem letzten gemeinsamen Tag, tastete er nach ihr und spürte, dass der Platz leer war. Er stützte sich auf einen Ellbogen. „Zoë?"

Für gewöhnlich schlief sie aus. Er eilte ins Bad. Nicht da. Sein Blick fiel auf den Mülleimer. Der Schwangerschaftstest lag darin.

Hatte er den Müll nicht schon letzte Woche rausgebracht? Er bückte sich, um den Test aus der Nähe zu betrachten, das, was wie ein Pluszeichen aussah. Bedeutete das nicht schwanger? Verwandelte sich das Minus nach einer Weile in ein Plus? Dann fiel ihm ein, dass in der Schachtel zwei Tests gewesen waren, und er stürmte aus dem Bad. Eilig zog er sich ein T-Shirt und eine Jogginghose an.

„Zoë!", rief er. Keine Antwort. Er rannte nach unten, immer noch barfuß. Fred war draußen, und Zoë war bei ihm, gekleidet in Pyjama und ihre Jacke. Er platzte nach draußen auf die Veranda. „Zoë!"

Sie erschrak und drehte sich um. „Warum bist du denn so früh auf?"

Er rannte zu ihr. „Verwandelt sich ein Minus später in ein Plus?"

Sie runzelte die Stirn. „Wir sollten uns unterhalten."

Sein Herz brannte vor Liebe. Er packte sie und wirbelte sie herum. „Ich bin so glücklich. Sag mir, dass du auch glücklich bist. Ich kann es nicht glauben!" Er lachte. „Wie ist das bloß passiert?"

Sie zuckte die Schultern. „Vielleicht was ausgelaufen?"

„Meinst du?"

Sie zuckte erneut mit den Schultern. „Du willst ja immer noch ein bisschen länger in mir bleiben."

Er räusperte sich. Das war, weil er nicht genug von ihr bekommen konnte. So war er noch nie gewesen. Normalerweise war er fertig, wenn er fertig war. „Ja."

„Das hätte ich vermutlich nicht zulassen sollen. Ich bin eingeschlafen. Vielleicht ist das Kondom verrutscht, als du–"

„Jupp. Das könnte es sein." Er legte einen Arm um sie und führte sie zurück ins Haus. Er konnte nicht aufhören zu lächeln. „Wieso war dann der erste Test negativ?"

„In der Anleitung steht, dass manchmal noch nicht genug Schwangerschaftshormone vorhanden sind." Ihre Stimme versagte. „Aber ich war zwei Wochen überfällig, deswegen dachte ich, ich sollte es noch mal überprüfen. Du weißt schon, bevor ich … aufbreche."

„Wir werden uns unterhalten."

Sie nickte widerwillig, was ihm Sorgen machte. Er bemühte sich, seine Aufregung in Zaum zu halten. Ein Sohn oder eine

Tochter mit Zoë, seine eigene Familie! Er konnte sich keine bessere Zukunft vorstellen.

~

„Das ändert aber nichts", sagte Zoë, als sie auf dem Sofa im Wohnzimmer saßen.

„Soll das ein Scherz sein? Das ändert alles!" Er war so aufgeregt, wodurch sie sich nur schlechter fühlte.

„Ich werde trotzdem morgen auf Tour gehen."

„Bist du dir sicher, dass du reisen solltest?"

„Das ist keine große Sache, solange man noch nicht weiter ist."

Er nahm ihre Hände und versuchte, sein Lächeln zu unterdrücken, doch es gelang ihm nicht. „Wir sollten sofort heiraten."

„Ich habe doch gesagt, dass sich nichts geändert hat."

„Doch, hat es."

Sie wurde still.

„Geh nicht!", sagte er drängend. „Bleib hier. Heirate mich. Ich werde das Apartment in ein Studio für dich umbauen. Du kannst alle Musik machen, die du willst. Ich werde dir die Ausrüstung besorgen, die du brauchst, ich werde einen Produzenten engagieren, wann immer du willst. Aber, bitte, bleib einfach hier."

Sie konnte nicht anders. Sie brach in Tränen aus, denn sie konnten nicht so tun, als wäre sie so glücklich darüber wie Gabe. Er zog sie auf seinen Schoß, und sie schluchzte in sein Hemd.

„Alles wird gut", sagte Gabe immer wieder.

Sie hob ihren Kopf. „Und, PS, das ist nicht die Zukunft, die ich geplant hatte."

Er hielt ihr Gesicht in beiden Händen. „Nun, PS, das ist die Zukunft, die ich mir erträumt habe."

Sie schniefte und atmete zittrig ein. Gabes Hand wanderte auf ihren Bauch, wo sie blieb.

„Ich liebe dich, Zoë, und ich werde dieses Baby genauso lieben. Alles wird gut werden. Dafür werde ich sorgen."

Das ließ sie erneut schluchzen. Gabe tat, was er am besten tun konnte – er hob sie auf und trug sie zurück ins Bett, wo er sich daran machte, sie daran zu erinnern, wie genau es dazu gekommen war.

Gabe verbrachte den Rest des Tages mit dem Versuch, sich ein Bild von ihrer gemeinsamen Zukunft zu machen, die nicht so düster war, wie Zoë sie zu sehen schien. Doch sie brach immer wieder in Tränen aus, und dann musste er sie ablenken, was damit endete, dass er sie wieder liebte. Nicht, dass er sich darüber beschwerte, doch in jener Nacht, als sie endlich eingeschlafen war, blieb er wach und dachte über seine eigene Zukunft nach.

Er wusste bereits, welche Art Dad er sein wollte. Wie Vinny – ein Vater, der sich für seine Kinder interessierte, mit ihnen scherzte, ihnen alles Mögliche zeigte, Ball mit ihnen spielte oder was auch immer. Zoë schien zu glauben, dass sie so viel aufgab, während Gabe das Gefühl hatte, dass er so viel gewann. Er hoffte, dass sie irgendwann wie er denken würde.

„Ich fahre dich zum Flughafen", sagte Gabe am nächsten Morgen, als er von hinten an sie geschmiegt mit ihr im Bett lag. Er legte seine Hand auf ihren Bauch und spreizte seine Finger ganz weit. Er war jetzt besessen von ihrem Bauch, denn er stellte sich vor, was darin heranwuchs.

„Jordan hat einen Wagen besorgt", erwiderte sie. „Das habe ich dir doch gesagt."

„Sag ihm, dass wir heiraten werden. Sag ihm, dass du von mir schwanger bist."

„Gabe, bitte. Ich möchte es noch niemandem erzählen." Ihre Schultern zitterten, und er bemerkte, dass sie schon wieder weinte.

„Wo ist denn mein Sonnenschein?", fragte er und drehte sie um, damit sie ihn ansah.

„Der war unachtsam und ist schwanger geworden."

„Nein, war er nicht. Sein Freund war unachtsam. Was für ein Idiot dieser Typ ist – weiß nicht einmal, wie ein Kondom funktioniert."

Sie lächelte durch ihre Tränen, und er küsste sie, denn er wusste, dass sie sich in seinen Armen entspannen würde, wusste, dass er sie dazu bringen konnte, ihre Traurigkeit zu vergessen. Er hatte genug Freude für sie beide.

Gabe sah zum Fenster hinaus, als Zoë in die Limousine stieg, die Jordan gemietet hatte, damit sie stilvoll zum Flughafen fahren konnten. Jordan lächelte Zoë an. Er konnte Zoës Gesichtsausdruck nicht sehen, doch er stellte sich vor, dass sie das Lächeln erwiderte. Er blickte hinterher, als sie mit dem Mann fortfuhr, von dem er wusste, dass er seinen Platz einnehmen wollte, und spürte den nagenden Schmerz, der seinen Magen brodeln ließ. Jetzt, da Zoë schwanger war, hatte er angefangen zu überlegen, ob er vorübergehend vielleicht seine Kanzlei schließen und mit ihr auf Tournee gehen sollte. Sie würde jemanden brauchen, der auf sie aufpasste, dafür sorgte, dass sie gut aß, sich ausruhte und sich regelmäßig untersuchen ließ.

An jenem Abend rief sein Stiefvater an und fragte ihn, ob sie sich im Garner's auf einen Drink treffen wollten. Gabe ging ohne zu fragen und freute sich darauf, Vinny von seinen großen Neuigkeiten und Plänen zu erzählen.

Er entdeckte seinen Stiefvater an der Bar, wo er ein Glas Whisky hinunterkippte.

„Warum hier?", fragte Gabe. „Ich dachte, du magst das McGinty's." Das war eine Bar in Eastman, die in der Nähe von Vinnys Haus lag.

Vinny sah auf. „Ich wollte niemanden sehen, den ich kenne."

„Naja, du kennst mich."

Er klopfte mit seiner Hand auf Gabes Rücken. „Ich weiß, mein Sohn."

„Was ist denn los?"

Er kippte den Rest von seinem Whisky herunter und bedeutete dem Barkeeper, er solle zwei weitere Gläser bringen.

„Ich habe noch nie gesehen, dass du so hartes Zeug trinkst", sagte Gabe.

„Ich habe ein paar schlimme Nachrichten zu verdauen."

Gabe erstarrte. „Der Krebs?"

Vinny lächelte, doch es sah eher wie eine Grimasse aus. „Weißt du, was einem nie gesagt wird? Dass Liebe auf zweierlei Art wehtut."

„Ich verstehe nicht."

„Dass ich mich in deine Mutter verliebt habe und noch drei Söhne dazugewonnen habe." Er schlug mit der Faust auf die Bar. „Das Beste, was mir je passiert ist."

„Aber das ist doch gut."

„Und jetzt muss ich deiner Mutter wehtun, indem ich ihr schlechte Nachrichten überbringe. Du weißt doch, wie sie weint. Das wird mich umbringen." Der Whisky kam. Vinny schob einen Gabe zu, dann trank er seinen in einem Zug aus und wischte sich den Mund mit dem Handrücken ab. Er bestellte noch einen, und Gabe winkte den Barkeeper fort.

„Dad, was für schlechte Nachrichten?"

„Ich habe gelogen, okay? Die Tests sind nicht gut ausgefallen. Der Arzt sagt, dass es bösartig ist und sich schneller ausbreitet, als sie gedacht haben. Drittes Stadium. Er gibt mir eine fünfzigprozentige Überlebenschance."

Gabe schüttelte den Kopf. „Nein, das kann nicht sein. Du hast gesagt, zweites Stadium. Siebenundachtzig Prozent."

„Die Dinge ändern sich nun mal."

Gabes Herz pochte wie wild. Es fiel ihm schwer, Atem zu holen. *Nein, nein, nein!,* wollte er schreien, doch nichts kam heraus. Er sah seinen Stiefvater an, ließ seine Schultern sinken, starrte auf den Tresen und fand seine Stimme wieder. Er musste stark für Vinny sein.

„Dad." Er schluckte. Ihm fehlten die Worte. Seine Hände zitterten, und er hielt sich an der Bar fest. Was sagt man zu jemandem, der mit solch einer Prognose leben muss? Die Krallen des Todes zerrten an seinem Herzen. Nicht Vinny. Nicht sein Dad.

Vinny klopfte ihm auf die Schulter. „Danke." Dann nahm er Gabes Whisky und begann ihn zu trinken. „Du bist der einzige, dem ich das gesagt habe, weil ich weiß, dass ich mich auf dich verlassen kann, dass du den Kopf nicht verlierst."

Gabe zwang sich, ein paarmal tief einzuatmen. Vinny hatte ihn ausgewählt, um diese Neuigkeit mit ihm zu teilen. Er musste ruhig bleiben, selbst wenn er das Gefühl hatte, innerlich zu sterben. „Musst du zur Chemo?"

„Sieht so aus."

Gabe saß niedergeschlagen schweigend da. Wie konnte er seinen Stiefvater verlassen, wenn er vor dem Kampf seines Lebens stand? Vinny war durch dick und dünn für ihn gegangen, selbst, wenn Gabe das nicht immer gewürdigt hatte.

„Fährst du mich nachher nach Hause?", fragte Vinny. „Ich bin betrunken."

„Klar."

Vinny wurde fröhlich, wenn er betrunken war. Er dachte darüber nach, wie er mit den Jungs in das Haus von Gabes Mom gezogen war. Wie Gabe und Vince sich gestritten hatten, weil sie das Zimmer auf dem Dachboden teilen sollten. Beide waren vorher die ältesten in ihrer jeweiligen Familie gewesen und hatten ihr eigenes Zimmer gehabt. Wie Luke und Nico in der Highschool zusammengearbeitet hatten, um noch besser die Herzen der Mädchen zu gewinnen. Wie Jared auf den zierlichen Angel mit seinem zarten Herzen aufgepasst hatte.

Gabe war noch nie in seinem Leben so deprimiert gewesen, doch er versuchte zuzuhören. Das war das mindeste, was er tun konnte, Vinny seine Erinnerungen mit begeisterten Zuhörern genießen zu lassen. Doch ein Gedanke ging ihm immer wieder durch den Kopf – der Tod hatte ihn wieder eingeholt.

Er ließ Vinny seinen Drink austrinken und unterbrach ihn dann. „Du hast genug getrunken. Lass uns gehen."

Vinny stand vom Barhocker auf und lächelte schief. „Hast Recht, Junge."

Gabe schüttelte den Kopf und führte seinen Stiefvater hinaus zum Wagen. Zum ersten Mal war er es, der auf Vinny aufpasste und nicht umgekehrt. Vinny zuliebe riss er sich zusammen, setzte ihn mit einem herzlichen „Gute Nacht" und „Alles wird gut werden" zu Hause ab.

Erst, als er in seine eigene Einfahrt einbog, wurde ihm klar, dass er Vinny gar nicht von dem Baby erzählt hatte. Auf zittrigen Beinen ging er zum Haus. Fred bellte.

„Ich bin's nur", sagte Gabe, und Fred beruhigte sich. Er ging zur Küche, stieg über das Kindergitter, sank neben dem Hund zu Boden und fuhr mit seiner Hand durch dessen dickes Fell. Dann konnte er einfach nicht mehr. Er ließ seinen Kopf in die Hände sinken, während Tränen der Trauer und Verbitterung darüber, wie unfair das alles war, über seine Wangen liefen. Fred winselte, leckte sein Gesicht und schmiegte sich an Gabes Bein.

18

Zoë kam völlig erschöpft in London an. Den Großteil des Fluges hatte sie mit Reiseübelkeit verbracht und hatte gegen Tränen ankämpfen müssen. Jordan saß neben ihr, was der einzige Grund war, weswegen sie sich nicht die Augen ausgeheult hatte. Sie wollte ihm nicht sagen, was mit ihr los war. Auch wenn das Baby eine Überraschung war, wollte sie es. Sie liebte Gabe und wusste, dass er ein guter Dad sein würde. Es war nur schwierig, einen anderen Gang einzulegen, zu akzeptieren, dass ihr Leben nicht so laufen würde, wie sie es geplant hatte. Aber, mal ehrlich, wann war das Leben für sie jemals so gelaufen, wie sie es geplant hatte?

Sie hoffte, sie würde die nächsten drei Monate überstehen, ohne dass man es ihr sehr ansah. Sie wollte keine Sonderbehandlung, sie wollte einfach nur ihren Traum leben – große Hallen, enthusiastisches Publikum, mit den besten Musikern der Welt spielen. Alles passierte, und sie musste nur antreten, hart arbeiten und so tun, als wäre alles normal.

Als sie ins Hotel kamen, war sie überrascht, als Jordan ihr Gepäck in ihr Zimmer trug und dann gehen wollte.

„Wohin gehst du?", fragte sie. Sie hatten sich sonst immer ein Zimmer geteilt.

„Das ist dein Zimmer, Zoë-bean." Er wollte sie nicht ansehen.

„Können wir uns das leisten?"

Er sah sie an und wandte den Blick dann wieder ab. „Müssen wir."

„Warum? Es macht mir nichts, das Zimmer mit dir zu teilen."

„Ich kann dir nichts mehr vorspielen." Er stellte seinen Koffer ab und ging zu ihr, sah ihr tief in die Augen. „Zoë, ich habe in all den Nächten, in denen du das Hotelzimmer für dich allein hattest, nicht mit anderen Frauen geschlafen. Ich habe bei Wade und Alex auf dem Sofa übernachtet."

Sie blinzelte verwirrt. „Warum? Du hättest doch das andere Bett haben können. Wir hatten immer zwei."

Er streichelte ihre Wange. „Weil ich wusste, nachdem ich die eine Nacht das Zimmer mit dir geteilt hatte, dass ich das nicht noch mal tun konnte. Nicht als Freunde."

Als sie überrascht schwieg, fuhr er fort. „Ich liebe dich. Schon immer. Und ich werde dich immer lieben."

„Jor–" Er küsste ihr die Worte aus dem Mund, und sie riss sich los. „Du hast gesagt, es wäre besser, wenn wir nur Freunde wären, nachdem wir miteinander geschlafen hatten."

„Ich war mit zweiundzwanzig noch nicht bereit, mich festzulegen. Aber, Zoë, ich habe dich mein ganzes Leben lang geliebt. Das Timing war schlecht. Aber jetzt ist das Timing genau richtig. Wir können gemeinsam so weit kommen. Sieh dir mal an, wie weit die Band gekommen ist, seitdem ich an Bord bin."

„Das haben wir aber nicht nur dir zu verdanken." Sie wich von ihm zurück. „Und das Timing ist jetzt nicht besser. Ich bin mit Gabe zusammen."

„Bist du das? Du trägst seinen Ring nicht mehr."

Ihr traten die Tränen in die Augen.

„Dachtest wohl, ich merke das nicht, wie? Ich merke alles, was mit dir zu tun hat."

Sie blinzelte schnell. Die Wahrheit war, sie hätte Gabe nicht zurücklassen können, wenn sie ihn getragen hätte. Dieser Ring bedeutete zu viel – Ehe, eine Zukunft, sesshaft in der Stadt, von der sie sich anscheinend nicht lösen konnte. Sie wusste einfach, dass sie wie ihre Schwester enden würde, die nur „eine Pause" vom Tanzen hatte machen wollen. Klar, Jasmine gehörte immerhin ihr eigenes Tanzstudio, aber tanzte sie noch? Nein. Sie hatte einen Lehrer angestellt, der ihren Platz eingenommen hatte. Wer wusste schon, ob Zoë jemals zu dem zurückkehren konnte, was sie endlich in ihrer eigenen Karriere erreicht hatte? Sie musste die Chance ergreifen, im Scheinwerferlicht zu stehen, jetzt, da es endlich für sie schien. Das hieß, dass sie Gabe zurücklassen musste. Zumindest für den Moment.

„Ich wollte ihn nicht mit auf Tournee nehmen", sagte sie als lahme Ausrede. „Er ist zu schön."

Jordan setzte sich aufs Bett. „Nichts war jemals richtiger als du und ich. Ich kenne dich in- und auswendig. Seitdem wir in der Vorschule waren und gemeinsam getrommelt haben." Er trommelte mit seinen Händen in der Luft. „Und jetzt sind wir am selben Ort und zur richtigen Zeit für mehr. Wir lieben beide Musik. Wir könnten das nächste große Ding ... gemeinsam aufziehen."

Ein grässlicher Gedanke traf sie. „Hast du diese Tournee geplant, um mich und Gabe auseinanderzubringen?"

„Wie hätte ich das planen können? Jemand ist ausgefallen; wir sind eingesprungen." Er nahm ihre Hand und zog sie neben sich. „Ich liebe dich, Zoë. Das hier ist unsere Zeit."

Sie brach in Tränen aus. Sie wollte, dass es ihre Zeit mit Gabe war. Sie war erst seit einem Tag weg, doch sie vermisste ihn schon so sehr.

Jordan zog sie in seine Arme. „Nicht gerade die Reaktion, auf die ich gehofft hatte", murmelte er und streichelte ihr Haar.

Sie weinte nur noch mehr, denn es hatte mal eine Zeit gegeben, da hätte Jordans Liebe ihr die Welt bedeutet.

„Was ist denn los?", fragte Jordan. „Ich habe dich nicht so oft weinen sehen, seitdem ... Ich kann mich nicht einmal erinnern, wann. Ist es wirklich so schlimm zu hören, dass ich dich liebe?"

Sie löste sich von ihm und wischte sich die Tränen ab. „Tut mir leid. Ich bin nur müde von der Reise."

Er legte sich zurück aufs Bett und klopfte auf die Matratze neben sich. „Komm her. Wir werden ein kleines Nickerchen machen. Ich möchte dich nur halten."

Das glaubte sie keine Minute. Sie stand auf und verschränkte die Arme. „Du wirst immer wie ein Bruder für mich sein."

Er machte tststs und stand mit zusammengebissenen Zähnen auf.

„Und ein bester Freund", ergänzte sie. „Ein Freund fürs Leben. Ich möchte, dass wir gemeinsam großartige Musik machen. Dass wir immer Anteil am Leben des anderen haben. Aber du wirst eine andere Frau finden müssen, eine sehr glückliche Frau, die dich so liebt, wie du es verdienst. Das möchte ich für dich."

Er nahm seinen Koffer. „Botschaft angekommen, laut und deutlich. Ich seh dich dann bei der Probe."

Er ging und knallte die Tür hinter sich zu.

Warum musste Jordan ihr gerade jetzt seine Liebe gestehen? Er hatte zwei Jahre Zeit gehabt, um diesen Schritt zu wagen, und doch hatte er bis jetzt gewartet, bis sie gemeinsam auf Tournee waren, während sie Gabe so sehr vermisste. Das würde wirklich unangenehm werden, wirklich lange drei Monate. Sie hatte Gabe mehrmals gebeten, sie zu besuchen, doch er hatte niemals gesagt, dass er das tun würde.

Sie war müde. Sie kroch ins Bett und schlief bis zum nächsten Morgen durch.

Gabe hatte eine grässliche Nacht hinter sich. Er hatte sich hin und her gewälzt, hatte in einem Albtraum aus Beerdigungen und Tot und Verlust festgesteckt. Der Blick im Gesicht seines Dads, kurz, bevor er gestorben war. Alyssa in einem Sarg, so jung und so schön. Vinnys Beerdigung. Im Morgengrauen erwachte er verschwitzt und mit pochendem Herzen. Vinnys Beerdigung hatte sich so real angefühlt – der Sarg, seine Mom hatte geschluchzt, seine Brüder waren am Boden zerstört gewesen, und Gabe hatte sich nicht rühren können, wusste, dass es unvermeidlich war, wusste, dass jeder in seiner Nähe starb. Er nahm sein Handy, um zu Hause anzurufen, doch es fiel ihm immer noch schwer, normal zu atmen. Zoë hatte ihm eine Nachricht geschrieben: *Ich teile mir ein Hotelzimmer mit Jordan, aber mach dir keine Sorgen, wir teilen uns immer das Hotelzimmer.*

Er packte sein Handy fester, während er versuchte, das zu verarbeiten. Was zum …? Am liebsten hätte er geheult. Was zum Henker! Er stand auf und begann, im Raum umher zu gehen, sah Zeichen von Zoë hier und da. Das gerahmte Foto ihrer Familie auf seiner Kommode. Ein Lesezeichen, das sie auf dem Nachtschränkchen liegengelassen hatte. Er ging ins Bad und starrte das rosa Plus auf dem Schwangerschaftstest im Mülleimer an, den er immer noch nicht geleert hatte.

Nein. Niemals würde sie das tun. Er spritzte sich kaltes

Wasser ins Gesicht. Denk nach. Zoë kannte ihn besser als das. Wusste, dass er es nicht ertragen könnte, wenn sie sich ein Zimmer mit Jordan teilte. Das konnte einfach nicht sein. Er öffnete den Kosmetikschrank und suchte nach mehr Zeichen von Zoë. Mehr Zeichen dafür, dass sie zurückkommen würde. Doch das Bad war leer.

Er ging zurück ins Schlafzimmer und öffnete ihr Nachtschränkchen. Der Diamantring, den er ihr gegeben hatte, lag da und grinste ihn höhnisch an. Er nahm ihn heraus, legte ihn aufs Bett und starrte ihn an. Es ergab einfach keinen Sinn. Nicht, wenn sie schwanger war, nicht so, wie sie den letzten Tag miteinander verbracht hatten, wie sie einander geliebt hatten, sich versichert hatten, wie sehr sie einander liebten.

Sie hatte den Ring zurückgelassen. Hatte ihn verlassen.

Nein, sie würde zurückkommen. Das hatte sie versprochen. Sie trug sein Baby unter dem Herzen.

Mit zitternden Händen legte er den Ring zurück in die Schublade. Dann nahm er sein Handy und rief sie an, wurde jedoch sofort auf die Mailbox umgeleitet. Er konnte mit dem Kloß in seinem Hals nicht sprechen und legte schnell auf.

Fred bellte, verlangte, gefüttert zu werden, und Gabe ging hinunter, um sich um ihn zu kümmern, dankbar für die Ablenkung. Ein Blick auf Freds aufgeregt lächelndes Gesicht und den wedelnden Schwanz, und die Panik wurde zurückgedrängt. Gabe atmete leichter, und sein Verstand beruhigte sich.

„Wer will Frühstück?", fragte er.

Fred hüpfte herum wie ein verrückter Welpe, der noch nie in seinem Leben Trockenfutter gefressen hatte. Gabe bemerkte, dass er lächelte. Er kümmerte sich um Fred, dann machte er sich Frühstück und hinterließ Zoë die Nachricht, sie solle ihn anrufen.

∽

Zoë rief Gabe während einer Probenpause am Nachmittag an, als es zu Hause noch Morgen war. „Hey, wie geht's dir? Ich vermisse dich."

„Gut", sagte er. „Wie geht's dir?"

„Einen Moment." Sie verließ das Studio, um ungestörter telefonieren zu können. Bis jetzt war der Tag anstrengend gewesen, weil Jordan sich bei jeder Gelegenheit mit ihr anlegte. „Jordan ist gerade furchtbar schwierig. Ich weiß nicht, wie lange die Band so noch zusammenbleiben wird."

„Zoë, ich habe deine Nachricht bekommen, dass du dir ein Hotelzimmer mit Jordan teilst", sagte er angespannt. „Kannst du mir das bitte erklären?"

„Was? Ich habe dir keine Nachricht geschickt."

Es folgte eine lange Pause.

„Gabe? Bist du noch da?"

Er atmete vernehmbar in das Telefon aus. „Jordan scheint Probleme machen zu wollen. Ich fand es schon etwas merkwürdig, dass du mir schreibst, dass du dir ein Hotelzimmer mit ihm teilst, ich mir aber keine Sorgen machen soll, weil ihr euch immer das Zimmer teilt. Du weißt, dass ich ein Problem damit hätte. Und ich kann mir nicht vorstellen, dass du so feige wärst, mir das zu schreiben, anstatt es mir direkt zu sagen. Er hat es auf dich abgesehen. Pass bitte auf dich auf."

Zoë ließ sich auf der Treppe nieder. „Du hast an mich geglaubt."

„Ich vertraue dir. Ich habe Jordan nicht vertraut, seitdem ich ihn kennengelernt habe."

Sie lehnte sich gegen die Brüstung und ging in ihrem Kopf den Tag noch einmal durch. Ihr Handy hatte auf einem Tisch gelegen, damit sie immer wieder nachsehen konnte, ob Gabe sich gemeldet hatte. Jordan musste es genommen haben, als sie zur Toilette gegangen war. Ihr Passwort war ihr Geburtstag. Nicht schwer für Jordan, darauf zu kommen.

„Teilst du dir immer ein Hotelzimmer mit Jordan?", fragte Gabe.

„Bisher schon", sagte sie. „Um auf der Tournee Geld zu sparen, aber er hat nie in seinem Bett geschlafen. Er hat immer irgendein Groupie abgeschleppt und die Nacht bei ihr verbracht." Zumindest hatte er das gesagt. „Aber auf dieser Tournee haben wir getrennte Zimmer."

„Was ist dieses Mal anders?"

Sie verzog das Gesicht. „Er hat gesagt, dass er mich liebt und kein Zimmer mehr mit mir teilen kann. Ich habe ihm gesagt, dass ich nichts für ihn empfinde. Ich habe ihm gesagt, dass ich mit dir zusammen bin."

„Ich wusste es! Ich wusste, dass er in dich verliebt ist. Habe ich es dir nicht gesagt?"

„Ich schätze, ich habe nur gesehen, dass er sich um mich gesorgt hat. Wie ein großer Bruder." Und jetzt zeigte er ihr die kalte Schulter. All diese Zeit über hatte sie gedacht, dass er ein guter Freund war, während er einfach nur mit ihr ins Bett wollte. Sie kannte Jordan. Er wäre niemals bei ihr geblieben. Er hätte mit ihr gespielt und andere Männer von ihr ferngehalten.

„Weiß er von dem Baby?", fragte Gabe.

„Nein." Sie senkte ihre Stimme und sah sich um. „Ich habe es niemandem hier erzählt, und ich hab es auch nicht vor."

„Wie fühlst du dich?"

„Müde, überwältigt, kotzübel."

„Ich wünschte, ich könnte dich jetzt halten."

„Ich auch." Sie seufzte. „Wann kommst du mich besuchen? Ich brauche was, auf das ich mich freuen kann."

Stille.

„Gabe?"

„Vinny geht es schlechter als wir dachten. Drittes Stadium. Er fängt bald mit der Chemo an. Ich weiß nicht, ob ich ihn jetzt allein lassen kann."

„Das tut mir so leid", sagte sie, auch wenn sie sich egoistischerweise immer noch wünschte, er wäre bei ihr. Sie war schwanger und einen Ozean entfernt allein.

„Ich werde mir was einfallen lassen. Und wenn es nur fürs Wochenende ist. Ich … kann ihn nur jetzt nicht verlassen. Er zählt auf mich."

Sie wusste, dass Gabe dieses Problem mit dem Tod hatte, dass er das Gefühl hatte, verflucht zu sein, doch Vinny war dem Tod nicht nah. „Gabe …", begann sie.

„Ich weiß, ich weiß. Ich kann nur nicht–"

Plötzlich brannten unerwartet Tränen in ihren Augen. „Ich muss los. Ich seh dich dann irgendwann."

„Nicht aufl–"

Sie beendete das Gespräch und wischte sich die Augen trocken. Sie fühlte sich dumm und sehr allein. Dann drehte sie sich um und marschierte hinein, um Jordan zur Rede zu stellen, weil sie es nicht ertragen konnte, dass er sich verhielt, als hätte sie sich ihm gegenüber falsch verhalten, während es doch genau umgekehrt war.

Sie fand Jordan, der gerade mit Alex und Wade scherzte, als hätte er überhaupt keine Sorgen. Dieser Idiot! Sie stellte sich neben sie und wartete. Alex und Wade verstummten, und Jordan drehte sich langsam um.

„Wo warst du denn?", fragte Jordan. „Du hältst uns auf."

„Wir müssen uns unterhalten", zischte sie zwischen zusammengebissenen Zähnen hindurch.

„Ooh, Ärger im Paradies", sagte Wade. Alex stieß ihn mit dem Ellbogen an.

Jordan lächelte die Jungs lässig an. „Ich liebe Frauen, die einen herumkommandieren. Lass uns Spaß haben."

Sie ging in den Flur, und Jordan folgte ihr.

„Wie kannst du es wagen, Jordan!"

Er machte große Augen.

„Wie kannst du es wagen!" Sie hatte ihre Hände zu Fäusten geballt und kämpfte gegen den Drang an, ihn zu schlagen, da sie sich nicht daran erinnern konnte, jemals so wütend gewesen zu sein. „Wie kannst du es wagen, meinem Freund zu schreiben und zu implizieren, dass ich mit dir *schlafe*. Ist dir eigentlich klar, wie viel Ärger du damit hättest heraufbeschwören können? Nein, ist es nicht! Weil du an niemanden denkst als an dich selbst!"

Er hob eine Braue. „Es war also okay für ihn?"

„Nein!"

„Aber du sagtest doch, dass es Ärger hätte heraufbeschworen können."

„Er hat sich meine Seite angehört und mir geglaubt."

„Oh. Er ist anders."

„Das war's? Keine Entschuldigung? Kein *es tut mir leid, dass ich dein Handy gestohlen habe und deine Privatsphäre verletzt habe? Dass ich versucht habe, deine Beziehung zu ruinieren?*" Dann traf es sie. „O mein Gott." Sie sank entsetzt zurück gegen die Mauer. „Das warst du. Du warst der Grund, dass ich nie länger als acht Wochen mit einem Mann zusammen war."

Er zuckte mit einer Schulter. „Zwei Monate sind ungefähr die Zeit, nach der die meisten Typen sich verziehen, wenn es nichts Ernstes ist."

„Lass mich raten. Du hast ihnen auch erzählt, dass ich mir ein Hotelzimmer mit dir teile."

Er sah einen Moment lang zu Boden, und sie wartete auf eine Entschuldigung oder irgendein Zeichen dafür, dass es ihm leidtat oder dass er es leugnete. Stattdessen sah er ihr in die Augen, beugte sich vor und flüsterte in ihr Ohr: „Das habe ich getan, weil ich dich liebe."

Sie stieß ihn mit beiden Händen von sich. „Du hast jede Chance, die ich jemals auf ein bisschen Glück hatte, ruiniert, und wofür? Um mit mir nach einer Show zu flirten?"

Er stellte sich vor sie und starrte sie an. Er zeigte nicht die geringste Spur der Reue, weil er ihr Leben manipuliert hatte. „Diese anderen Arschlöcher haben dich nicht verdient. Ich habe dir einen Gefallen getan. Du solltest mir dankbar sein."

„Dir dankbar sein!" Ihre Hand holte ganz von allein zum Schlag aus, doch er packte ihr Handgelenk, bevor sie ihn treffen konnte. Dann packte er das andere Handgelenk und hielt sie fest.

„Ja, mir dankbar sein", sagte er. „Wenn sie dich wirklich geliebt hätten, hätten sie dich nach der Hotelsache gefragt, anstatt sich einfach zurückzuziehen."

Gabe war der einzige, der nicht darauf hereingefallen war. Warum nicht? Vermutlich, weil er Anwalt war und hinter die augenscheinlichen Beweise blickte, doch das war schon ein ganz schöner Beweis, nicht wahr? Er war wütend gewesen, das hatte sie gemerkt, aber er hatte dennoch mit ihr darüber gesprochen.

„Wenn ich dich nicht haben kann, können sie dich auch nicht haben", sagte Jordan.

„Du hast sie doch nicht mehr alle. Nimm deine Hände von mir." Sie riss ihre Handgelenke los. „Ich bin mit Gabe zusammen. Nichts, was du sagst oder tust, wird das ändern." Und das war der Moment, in dem ihr klar wurde, dass sie den Ring hätte tragen sollen, dass sie Gabe sofort hätte heiraten sollen, wie er sie gebeten hatte, denn ihr Herz hatte sich entschieden, und absolut nichts konnte das ändern.

Jordan wich einen Schritt zurück und sah sie von der Seite an. „So dicke seid ihr also schon."

Sie hob ihr Kinn. „Ja, das sind wir. Und weißt du was? Nach dieser Tournee sind wir, du und ich, durch. Ich werde nicht nochmal mit dir arbeiten. Warum gehst du nicht am besten gleich?"

Er sah sie wütend an. „Den Teufel werde ich tun. Ich werde nicht deinetwegen gehen. Das ist auch mein großer Durchbruch."

„Sobald wir nach Hause kommen, werde ich eine Solokarriere starten."

„Ha! Da wirst du schön auf die Nase fallen. Du hast keinen

Kopf fürs Geschäft." Er tippte ihr an den Kopf, und sie schlug seine Finger fort. „Du hast keine Ahnung, wie man gute Auftritte auf die Beine–"

„Das werde ich schon hinbekommen!"

Er schnaubte sarkastisch. „Klar, viel Glück dabei." Er drehte sich um und ging zurück ins Studio.

Sie atmete ein paarmal tief durch, um sich zu beruhigen, bevor sie ihren Platz hinter dem Mikrofon wieder einnahm und sich ermahnte, Jordan keine Beachtung zu schenken. Sie konnte es allein schaffen. Und was sie selbst nicht tun konnte, würde sie jemand anderem übergeben. Es war an der Zeit, an sich selbst zu glauben.

~

Später an diesem Tag fuhr Gabe zum Haus seiner Eltern, um nach seinem Stiefvater zu sehen. Er fühlte sich hin- und hergerissen. Auf der einen Seite ging sein Stiefvater gerade durch die Hölle, und Gabe konnte den Albtraum nicht vergessen, den er von Vinnys Beerdigung gehabt hatte. Andererseits ging er seine letzte Unterhaltung mit Zoë wieder und wieder im Kopf durch. Sie wollte ihn offensichtlich bei sich haben, und er wollte bei ihr sein. Er ertrug es nicht, dass Zoë so weit weg war, schwanger, und sich mit diesem hinterhältigen Jordan herumschlagen musste. Doch er war sich nicht sicher, ob er Vinny solange alleinlassen konnte. Was, wenn Vinny es nicht schaffte? Was, wenn Gabe keine Gelegenheit bekam, sich von ihm zu verabschieden?

Vinny schlief gerade, als Gabe kam, darum setzte er sich zu seiner Mom an den Küchentisch, wo sie Zucker in ihren Tee rührte.

„Zoë ist schwanger", erzählt er ihr.

Sie hörte auf, in ihrem Tee zu rühren. „Verstehe." Sie sah ihm in die Augen. „Und freut ihr euch darüber?"

Er nickte. „Ich schon. Sie wird sich noch daran gewöhnen."

„Wollt ihr immer noch heiraten?"

„Ich hoffe schon. Ich muss sie von Angesicht zu Angesicht wiedersehen und die Sache festmachen." Er schlug andeutungsweise mit seiner Faust auf den Tisch. „Einfach einen Plan ausarbeiten, der für uns beide funktioniert."

„Gabe, das hier ist keine Rechtsangelegenheit. Ist sie traurig?

Hat sie das Gefühl, dass das nicht die Zukunft ist, die sie geplant hat?"

Er machte große Augen. „Ja. Genau das hat sie gesagt. Woher weißt du das?"

„Weil es mir genauso ging. Es überrascht einen, und man weiß, dass das Leben nie wieder so sein wird wie vorher. Mutter zu sein ist nicht leicht. Es bedeutet viel Arbeit, wenn man es richtig macht. Und ich habe so das Gefühl, dass Zoë ihr Bestes geben will. Für den Mann ist es einfacher. Er taucht einfach am Ende des Tages auf und ist der Daddy, mit dem man Spaß hat."

Er starrte auf den Tisch. Er konnte nichts Falsches daran sehen. Er wollte der Daddy sein, mit dem man Spaß hatte. So war Vinny gewesen.

„Höre ich da etwa Gabe?", rief Vinny.

„Ja", antwortete seine Mom. „Ich glaube, er möchte sich verabschieden."

„Schwing deinen Hintern hierher", rief Vinny.

Seine Mom neigte den Kopf. „Du hast den Mann gehört."

Gabe ging ins Schlafzimmer und wappnete sich dafür, seinen Stiefvater zerbrechlich zu sehen, doch er saß auf dem Bettrand und sah ein bisschen mehr aus wie zuvor.

„Was soll das von wegen Abschied?", fragte Vinny.

Er setzte sich neben ihn. „Das habe ich gar nicht gesagt. Ich bin nur vorbeigekommen, um nach dir zu sehen."

„Ach, mir geht es gut. Deine Mom kümmert sich schon um mich. Ich weiß, dass du zu Zoë willst. Also geh nur. Bleib so lange, wie du willst. Ich verspreche dir, dass ich nicht ins Gras beißen werde."

Gabes Hals fühlte sich so eng an, dass er kaum atmen konnte. Er bemühte sich, Vinny zuliebe seine Angst zu verdrängen. Er beugte sich vor, stützte seine Ellbogen auf seine Knie und atmete ein paarmal tief durch. „Dad, wenn du solche Sachen sagst, fällt es mir schwer, mit einem ruhigen Gewissen zu gehen."

Vinny klopfte ihm auf die Schulter. „Ich rufe an, falls es Neuigkeiten gibt, und du rufst mich auch an. Ich möchte alles über diese Europatournee hören. Wir werden das mit dem Facedings machen. Was auch immer das ist. Angel taucht ständig auf meinem Computer auf."

Gabe richtete sich auf. „FaceTime."

„Ja. Wir werden FaceTime machen."

Er betrachtete Vinnys Gesicht. „Bist du dir sicher?"

Vinny lächelte aufmunternd. „Bin ich dir gegenüber nicht immer ehrlich gewesen?"

Gabe nickte, sein Hals war wie zugeschnürt.

„Dann wirst du mir glauben müssen. Ich komme schon wieder in Ordnung, mein Sohn."

Gabe seufzte. Seine Augen brannten. „Sie ist schwanger."

Vinny lächelte strahlend. „Was du nicht sagst." Er schüttelte den Kopf. „Ich werde Opa? Das ist einfach–" Seine Stimme versagte, und er klopfte Gabe auf den Rücken. „Das sind die besten Nachrichten, die ich seit Langem gehört habe. Geh zu ihr. Und komm nicht zurück, ehe du nicht bereit bist dafür. Meinetwegen gibt es keine Eile."

Gabe entspannte sich ein bisschen, als die Freude über sein und Zoës Baby erneut sein Herz erfüllte. Es fühlte sich gut an, die Neuigkeiten endlich mit seinem Stiefvater teilen zu können.

„Wie geht's ihr?", fragte Vinny.

„Hin und wieder ist ihr ein bisschen schlecht. Sie ist müde."

„Gib ihr ein bisschen extra ZLP." Vinny hob die Brauen. „Zärtliche Liebespflege. Wenn du dich um die Mutter kümmerst, kümmerst du dich auch um das Baby." Er schüttelte den Kopf und strahlte. „Ein Enkelkind! Was für ein Geschenk!"

Viele Steine fielen von Gabes Herz. Vinny hatte ein Enkelkind, auf das er sich freuen konnte. Daran würde er sich festhalten und das hoffentlich noch sehr lange.

Vinny wedelte mit seiner Hand durch die Luft. „Vielleicht wird sie auch ein bisschen emotional. Sie braucht viele Umarmungen."

Gabe lachte. Er konnte immer darauf zählen, dass Vinny einen praktischen Rat für ihn parat hatte. „Ja. Das werde ich tun."

„Allie!", rief Vinny. „Hast du Gabes Neuigkeiten gehört?"

Seine Mom stand lächelnd in der Tür. „Oh ja."

„Wir sollten uns mit ihren Eltern treffen", sagte Vinny. „Ich werde ihr zu Ehren meine Ravioli machen."

„Sie hat es ihnen noch nicht erzählt", sagte Gabe. „Ich lasse es euch wissen, wenn es soweit ist."

„Das solltet ihr besser in Angriff nehmen", sagte Vinny und zeigte mit seinem Finger auf Gabe. „Wartet nicht zu lang."

„Das werde ich, das werde ich." Er erhob sich. Dann hatte er einen Gedanken. „Hey, hättet ihr Lust, auf unseren Hund aufzupassen, solange wir weg sind?"

„Ich liebe Hunde", sagte Vinny. „Allie?"

„Das machen wir gerne."

„Für mich wird es eine nette Ablenkung sein", sagte Vinny. „Benimmt er sich gut?"

„Manchmal. Du musst ihn wissen lassen, dass du der Alpharüde im Haus bist."

„Das ist kein Problem", sagte Vinny und zwinkerte seiner Frau zu. „Das bin ich sowieso."

Zehn Tage später saß Gabe im Flugzeug nach London, um Zoë bei ihrem ersten Konzert zu sehen. Er hatte seine Kanzlei geschlossen und bekannt gegeben, dass er für drei Monate weg sein würde. Er hatte vor, Zoë für den Rest der Tournee zu begleiten, auch wenn sie das noch nicht wusste. Er wollte sie überraschen mit dem, was hoffentlich eine freudige Überraschung sein würde. Die Entscheidung, bei ihr zu bleiben, resultierte nicht daraus, dass er ihr nicht vertraute, sondern dass er so sehr darauf vertraute, dass sie es wert war, sein eigenes Leben für eine Weile auf Warteschleife zu setzen, damit sie ihren Traum wahr machen konnte.

Er nahm den frühen Flug, kam spät am Abend im Hotel an und schrieb Zoë, sobald er da war. Dann klopfte er an ihre Hotelzimmertür und wartete. Es war spät, und sie und das Baby brauchten ihren Schlaf.

Sie öffnete die Tür in dem schwarzen Kleid, das er ihr gekauft hatte. Das, das so viel Ausschnitt zeigte, und, wie er sich noch genau erinnerte, rückenfrei war. Seine Gedanken schossen zu jenem Abend, und er wurde gleich hart.

„Gabe!", rief sie mit diesem strahlenden Sonnenscheinlächeln, bei dem sein Herz immer ins Stolpern geriet.

„Zoë", brachte er hervor.

Er ließ seinen Koffer fallen, schob die Tür mit dem Fuß zu und legte seine Arme um sie. Dann küsste sie ihn und wiederholte immer wieder: „Ich liebe dich, ich liebe dich, ich liebe dich." Seine Hände glitten unter ihr Kleid, fanden nur nackte Haut, und das kleine bisschen Selbstbeherrschung, das er noch besaß, löste sich in Wohlgefallen auf. Er nahm sie auf dem Bett, ihr Kleid in Sekundenschnelle bis zu ihrer Taille hochgeschoben. Er befreite sich und drang in sie ein.

„Ja." Sie schnappte nach Luft. Ihre Hände packten ihn und trieben ihn an, was gut für ihn war, denn er konnte sich nicht mehr zurückhalten. Er drang tief in ihre Weichheit ein und vergaß alles außer der Frau, die er als seine eigene beanspruchen musste.

～

Gabe erwachte am nächsten Tag wegen des Plätscherns der Dusche. Sein Zeitgefühl war vollkommen durcheinander. Hier war es Nachmittag, an der Ostküste der USA früher Morgen. Er ging ins Bad und betrachtete die Dusche. Sie war viel zu klein für sie beide.

„Hey", sagte er, um sie nicht zu erschrecken. Jetzt, da er sie letzte Nacht gehabt hatte, dem Ganzen sozusagen die Dringlichkeit genommen hatte, wollte er wirklich an dieser ZLP arbeiten, von dem Vinny ihm gesagt hatte, dass schwangere Frau es brauchten. Er schob seinen Kopf in die Duschabtrennung.

Sie lächelte. „Du passt hier nicht rein." Er sah auf ihren Bauch hinab, der immer noch flach war.

„Bist du dir sicher, dass du schwanger bist?" Denn, wenn es falscher Alarm war, könnte die Dusche vielleicht doch funktionieren, wenn er ihre Beine hielt und–

„Ja, ich bin mir sicher."

Sein Blick wanderte zu ihren Augen, die vor Freude glänzten. So viel besser als die Tränen, die er noch vor zwei Wochen gesehen hatte. „Wie groß ist das Baby?"

Sie lachte. „Vermutlich so groß wie eine Jackbohne."

Er grinste. „Siehst du? Ich war doch dein Jackbohnenfreund. Ich habe dir die Jackbohne genau da reingepflanzt."

Sie spritzte ihm Wasser ins Gesicht, und er schloss die Abtrennung, lächelte, während sie sich unter der Dusche warmsang. Ihre Stimme schaffte es immer wieder, ihn in Staunen zu versetzen.

Er putzte sich die Zähne und wartete darauf, dass sie aus der Dusche kam. Dann wickelte er sie in ein Handtuch und führte sie mit seiner Hand an ihrem Rücken dorthin, wo er sie haben wollte – zum Bett.

Sie kicherte. „Gabe, ich habe bald Probe."

„Du weißt, was ich hören möchte." Er zog ihr das Handtuch weg und schob sie aufs Bett.

Sie lächelte, spreizte ihre Beine für ihn und sagte das eine Wort, dass er am liebsten von ihr hörte. „Ja."

Er kroch neben sie aufs Bett und saugte an ihrer Brust, während seine Hand in Richtung Süden wanderte, wo er sie heiß und feucht fand. Sie schmeckte nach Erdbeeren. Er wechselte zu ihrer anderen Brust und saugte gierig daran, während seine Finger ihre Weiblichkeit liebkosten und ihr ein leises Stöhnen entlockten. Er sagte sich, er sollte langsam und zärtlich sein, doch so, wie sie sich seiner Hand entgegenbog, ihn ohne Worte um mehr bat, war das mehr, als seine guten Absichten ertragen konnten.

Er küsste sie entlang ihres Kiefers und flüsterte in ihr Ohr: „Schrei meinen Namen." Das war die einzige Warnung, die sie bekam.

„Ja", keuchte sie leise. Und dann war er auf ihr, stieß tief zu, brachte sie beide an den Rand. Er schob seine Hände unter ihren Po und hob sie an, dann stieß er zu, während ihr Körper sich um ihn verkrampfte. Schweißperlen traten auf seine Stirn - er würde es nicht mehr viel länger aushalten.

„Jetzt", befahl er, und er wusste, sie würde ihm geben, was er wollte. Das hatte sie immer getan.

Er hörte seinen Namen von ihren Lippen, spürte ihre süße Erlösung, wie sie ihn melkte, und ließ einfach los.

Ein paar Augenblicke später rollte er von ihr herunter und seufzte tief. „Geht's dir gut?", fragte er verspätet.

„Mir geht's großartig", lachte sie.

„Muss ich vorsichtiger sein wegen des Babys?" Er zog sie an sich, drückte ihren Kopf an seine Brust und schob ihr Bein über seine Hüfte. „Ich werde es versuchen. Es fällt mir nur schwer, mich bei dir zu beherrschen."

Sie drückte ihn um die Mitte. „Uns geht's gut."

Er küsste ihr Haar. „Gut, denn ich denke, dass ich gar nicht vorsichtiger sein kann."

„Ich muss mich bald fertig machen."

Er stöhnte. „Ich fürchte, ich kann nicht zulassen, dass du dich anziehst."

Sie löste sich und grinste ihn an. „Warum das?"

„Weil ich dir am Ende die Kleider vom Leib reißen werde. Du möchtest doch nicht deine Kleider ruinieren, oder doch?"

„Gabe!" Sie rollte von ihm weg, doch er packte sie, bevor sie aufstehen konnte, zog ihren Rücken gegen sich und schmiegte sich von hinten an sie.

„Nur noch ein bisschen länger", sagte er, verlagerte schnell ihr Bein und drang wieder in sie ein. Sie schnappte nach Luft, und er schmunzelte. Sie sollte es wirklich gewohnt sein, dass er nicht genug von ihr bekommen konnte. Er schob seine Hand über ihre Flanke und legte sie auf ihre Brust.

„Genauso bin ich in diesen Zustand geraten", sagte sie.

Er zwickte ihr in den Nippel, und sie rutschte zurück gegen ihn, nahm ihn noch tiefer in sich auf. Verdammt, es fühlte sich immer noch gut an. „Ich weiß. Vermutlich werde ich dich oft schwängern."

„Gabe!"

„Ich liebe dich." Er streichelte sie von der Brust hinab zu ihrem Bauch, wo er seine Hand über ihrem Baby liegen ließ.

„Ich liebe dich auch." Sie stieß ein leises Seufzen aus, entspannte sich in seinen Armen, und er hatte das Gefühl, als wäre er nach Hause gekommen.

Heute hatte sie noch eine kurze Probe vor ihrem Konzert am Abend. Er wollte mit ihr zu beidem gehen. Es gab da so ein paar Dinge, die er mit Jordan von Mann zu Mann besprechen wollte.

19

Gabe sah sich die Probe vom Zuschauerraum aus an und war von Zoë begeistert. Sie strahlte geradezu auf der Bühne, sogar noch mehr als das eine Mal, das er sie zu Hause hatte auftreten sehen. Er wusste nicht, ob es die Schwangerschaft war oder sein Besuch, oder einfach die Tatsache, dass sie das tat, was sie liebte – vielleicht alles drei zusammen, doch es war da, darum konnte er beim besten Willen nicht sehen, wie er und sein gedankenloser Fehler irgendetwas für sie ruiniert haben könnten. Sie war großartig.

Er bemerkte auch, dass Jordan ihr tatsächlich die kalte Schulter zeigte. Er sah sie nicht an, sprach nicht mit ihr, außer als Teil der Gruppe, und ganz gab er ihr bei den improvisierten Solos keine Rückendeckung, ließ sie so ziemlich mit Wade und Alex allein. Doch dass Jordans plärrende Trompete fehlte, schadete ihr nicht. Im Gegenteil, Zoës Stimme war so nur umso besser zu hören.

Die Band machte eine Pause. Zoë eilte zu ihm, und er kam ihr auf halbem Weg im Gang entgegen. Sie umarmte ihn. „Wie klingen wir von hier?"

„Ihr wart umwerfend", sagte er und stahl sich kurz einen Kuss.

„Danke", sagte sie lachend. „Aber ich meinte die Akustik. Ist die gut? Ist ein Instrument zu dominant? Kannst du mich gut hören?"

„Es ist großartig. Der lästige Trompeter ist vielleicht ein bisschen zu laut."

„Ach, du." Ihre dunkelbraunen Augen funkelten. Und sie strahlte von innen heraus. Vielleicht tat die Schwangerschaft ihr gut oder der Sex. Was auch immer es war, bei beidem konnte er behilflich sein. „Ich singe nicht einmal mit voller Kraft, du wirst mich heute Abend also noch besser hören. Ich muss meine Stimme schonen."

„Selbst wenn du nicht mit voller Kraft singst, bist du wunderbar."

„Du bist voreingenommen."

„Das ist ja nicht nur meine Meinung." Er hielt sie an der Hüfte, unfähig, seine Hände von ihr zu lassen. „Das ist einfach eine Tatsache."

Sie schlang ihre Arme um seinen Hals und flüsterte in sein Ohr: „Kannst du mir ein paar Cracker holen? Und eine große Flasche Wasser. Manchmal, wenn es im Scheinwerferlicht so heiß wird, kommt die Übelkeit zurück."

Sofort trat er zurück. „Absolut. Wo ist das nächste Geschäft?"

„Einfach die Straße runter. Von hier aus rechts, am Ende des Blocks."

„Bin schon unterwegs." Er eilte zum Ausgang und hörte sie lachen.

„Danke!", rief sie.

Er drehte sich um. „Ich danke *dir*." Dass du mein Baby bekommst, dass du mich glücklicher machst, als ich es je für möglich gehalten habe, und dass du *du* bist, fügte er in Gedanken hinzu. Er ging zur Tür hinaus und sah Jordan draußen mit Alex sprechen.

„Jordan", sagte Gabe, „genau der Mann, den ich sehen wollte."

„Bis später", sagte Alex, trat seine Zigarette aus und ging wieder hinein.

Jordan kniff die Augen zusammen. „Was willst du?"

„Was ich will? Ich möchte, dass du aufhörst, Zoë das Leben schwer zu machen. Sie braucht zusätzlich zur Tournee nicht noch mehr Stress."

„Ja, Daddy", sagte Jordan grinsend.

„Weißt du was, ich werde dir das durchgehen lassen, weil ich wirklich ein Dad sein werde. Zoë ist schwanger, und wir werden heiraten. Was für verdrehte Gedanken du auch immer in deinem erdnussgroßen Gehirn hattest, dass du mit ihr zusammenkommen könntest, das kannst du vergessen. Ich werde für den Rest dieser Tournee bei ihr sein, und ich werde dafür sorgen, dass sie gut für sie wird. Haben wir uns da verstanden?"

Jordan machte große Augen. „Zoë ist schwanger?"

Zu spät wurde Gabe klar, dass er diese Neuigkeit gar nicht hatte ausplappern sollen. Mist. Zoë würde ihn umbringen.

Jordan drehte sich zur Tür um, und Gabe packte ihn an der Schulter und drehte ihn wieder um. Jordan machte tststs und schob Gabes Hand beiseite. „Nimm deine Hände von mir. Was glaubst du eigentlich, mit wem du es zu tun hast?" Er stieß Gabe zurück. „Du hast mein Mädchen gefickt."

Gabe erwiderte den Stoß. „Sie ist nicht dein Mädchen. Das war sie nie."

Jordan baute sich direkt vor ihm auf und starrte ihn an. „Ich war ihr erster in allem. Hat sie dir das erzählt? Erster Kuss. Erster Fick. Also, ja, sie ist mein Mädchen und wird es immer sein. Sie wird schon noch angekrochen kommen. Die Männer verlassen sie immer, und dann ist da der gute alte Jordan, der die Scherben auflesen darf."

Gabe rührte sich nicht. „Ich schwöre dir, Jordan, ich werde dir das Leben zur Hölle machen, wenn du sie auch nur ein einziges Mal traurig machst. Ich werde nirgendwo hingehen, du wirst dich also einfach daran gewöhnen müssen. Vielleicht warst du ihr erster, aber ich bin ihr letzter."

Jordans Nasenflügel blähten sich auf. Gabe starrte ihn an und wartete darauf, dass der größere Mann zum Schlag ausholte.

„Verdammt!", keifte Jordan, dann stapfte er den Gehsteig entlang und murmelte etwas vor sich hin.

Gabe ging schnell wieder hinein, um Zoë zu sagen, dass Jordan es wusste, bevor Jordan etwas sagen konnte. Er fand sie im Zuschauerraum sitzend und setzte sich auf den Platz neben ihr.

„Hey, hast du meine Cracker?", fragte sie.

„Noch nicht. Mir ist vor Jordan rausgerutscht, dass du schwanger bist, aber das ist okay, und er wird sich nicht mehr mit dir anlegen." Er gab ihr einen flüchtigen Kuss und verschwand wieder.

„Gabe!"

Er ging, um ihr diese Cracker zu besorgen, denn darum ging es ja schließlich bei ZLP.

~

Zoë wartete hinter der Bühne auf ihr Zeichen, das Konzert zu eröffnen. Zum ersten Mal überhaupt hatte sie furchtbares Lampenfieber und fühlte sich ernsthaft, als müsste sie die Cracker wieder ausspucken. Sie kämpfte solange es ging dagegen an, dann stürmte sie den Gang entlang zur Damentoilette und übergab sich. Bah. Sie spülte sich den Mund aus und tupfte ihn mit einem Papiertuch ab. So unprofessionell.

Jordan kam ihr vor der Damentoilette entgegen. „Zoë, sie rufen uns. Wir müssen raus."

„Ach, du sprichst wieder mit mir?"

„Dein Freund hat gesagt, er würde mir jeden Knochen in meinem Leib brechen, wenn ich mich mit dir anlege."

Sie schlug ihm auf den Arm. „Das hat er nicht. Und, PS, Gabe ist viel zu süß für so was."

„Das sagst du."

Sie kamen im Backstagebereich an und wurden auf die Bühne geschoben. Die Lichter gingen an, Jordan sah zu ihr hinüber und sagte ohne Ton: „Nur du", wie er es immer getan hatte. Er meinte damit, dass ihre Stimme der Star war, und er und die anderen nur der Hintergrund. Erleichterung durchfuhr sie, und als Jordan seine Hand zu einem stillen Countdown hob – eins, zwei, drei –, nahm sie das Mikrofon und legte los.

Zoë hatte das Gefühl in einem merkwürdigen freifliegenden Zustand zu schweben. Die Musik und Bewegungen durchströmten sie, ohne dass sie einen Gedanken oder irgendwelche Mühe dafür aufbringen musste. Einfach nur ein freier Fall in die Musik hinein, und als sie begleitet von begeistertem Applaus landete, brachte sie das mit einem Schlag wieder in die Realität zurück.

„Ja!", sagte Jordan und jubelte mit den Jungs. „Verneig dich, Zoë!"

Sie machte eine kleine Verbeugung und winkte ins Publikum, bevor sie hinter die Bühne verschwand und sich nach Gabe umsah. Ein paar Minuten später tauchte er auf, schüttelte seinen

Kopf. „Umwerfend", sagte er, bevor er sie packte und herumwirbelte. Sie quietschte, und er stellte sie ab. „Geht's dir gut? Und dem Baby?"

„Ja, uns geht's gut", sagte sie lachend.

„Eure CD geht weg wie warme Semmeln", sagte er. „Ich habe sie draußen gesehen." Sie hatte arrangiert, dass die CD von ihrer Aufnahme im Studio zu ihnen geschickt worden war, damit sie sie nach dem Konzert verkaufen konnten. Sie hatte nicht gewusst, ob sie sich verkaufen würde, doch sie hatte gedacht, warum es nicht einfach versuchen?

„Das ist wunderbar!"

„Zoë, das ist was ganz Großes. Ich glaube, du könntest es solo schaffen. Ich habe mir dieses Konzert angesehen. Du überstrahlst alles andere da draußen. Deine Stimme. Diese wunderschöne Stimme. Und du schreibst deine eigenen Lieder. Ich bin dabei. Stehe zu hundert Prozent hinter deiner Musikkarriere. Auf jede Art."

„So toll bin ich nicht. Ich habe Lampenfieber bekommen und mich hinter der Bühne übergeben."

„Das war das Lampenfieber des Babys, nicht deins."

„Ich fasse es nicht, dass du es Jordan erzählt hast."

„Behandelt er dich jetzt besser?"

„Ja."

Er schenkte ihr ein selbstgefälliges Lächeln. „Fall abgeschlossen."

„Nun mach mal halblang, Mister Haianwalt."

Er nahm ihre Hand, küsste sie und zog sie dann mit sich. „Komm, Mrs Haianwalt. Du schuldest mir noch immer das Ja von vor zwei Wochen. Habe ich schon erwähnt, dass ich die ganze Tournee bleiben werde?"

Sie blieb abrupt stehen. „Ist das dein Ernst?"

Er lächelte und zeigte seine Grübchen. „Ja."

„Wer kümmert sich um Fred?"

„Vinny."

„Oh!" Tränen traten ihr in die Augen.

Er legte seine Hand an ihren unteren Rücken und führte sie nach draußen. „Ich fasse das mal als Freudentränen auf."

Sie nickte und lächelte, als eine weitere Träne über ihre Wange rollte.

„Komm her." Er schloss sie in eine feste Umarmung, dann nahm er ihre Hand, verflocht ihre Finger mit seinen und brachte sie zurück zum Hotel.

~

Am nächsten Morgen fand Zoë eine Nachricht auf dem Kissen, auf dem Gabe hätte liegen sollen.

Wir treffen uns am Schloss, zieh dir ein Kleid an.
   In Liebe, Gabe

Sie starrte die Nachricht an. Welches Schloss? Meinte er das schwarze Kleid? Denn er hatte die dünnen Träger, die vorne und hinten zusammenhielten, zerrissen, das Ding konnte sie auf keinen Fall mehr irgendwo anziehen. Es war Sonntag, ihr freier Tag, und sie hatte gedacht, sie würden sich ein paar Sehenswürdigkeiten ansehen. Vielleicht hatte Gabe das Gleiche gedacht und eine Schlossführung arrangiert.

Sie setzte sich auf. Er hatte Cracker und eine Flasche Wasser für sie auf dem Nachtschränkchen gelassen. Ihr traten die Tränen in die Augen angesichts dieser Geste. Sie aß einen Cracker, trank einen langen Schluck Wasser und ging ins Bad. Sie blieb abrupt stehen, als sie eine Nachricht am Kleiderschrank kleben sah. *Öffne mich.*

Sie öffnete die Tür und schnappte nach Luft. Darin hing ein ausladendes rosa Kleid. Wie eine Prinzessin es tragen würde. Wieder etwas von ihrer Wunschliste von der Nacht, in der sie sich so lange unterhalten hatten. Der eine Wunsch, den er ihr noch nicht erfüllt hatte. Sie kämpfte gegen ihre Tränen an und verlor. Die Hormone machten sie so emotional, und Gabe war so süß. Sie zog das Kleid heraus, um es zu bewundern, und sah, dass darunter ein Schuhkarton stand. Sie hängte das Kleid zurück und blickte hinein. Rosa Satin-Ballerinas. Wie hatte er das nur alles gemacht? Wann? Und alles in ihrer Größe.

Sie wusste nicht, womit sie so viel Glück verdient hatte. Sie war so unglaublich glücklich. Was, wenn sie nicht seine Kellnerin gewesen wäre? Was, wenn sie keinen Anwalt gebraucht hätte? Nicht in sein Studioapartment gezogen wäre? Nicht mit ihm nach Pittsburgh geflogen wäre? Ach, warum trug sie seinen Ring nicht? Es war ein Schlag ins Gesicht. Sie wünschte sich, sie hätte ihn mitgebracht.

Sie ging duschen, zog sich an und achtete besonders sorgfältig auf ihr Make-up. Sie steckte ihre Haare zu einem niedlichen Knoten hoch. Jetzt brauchte sie nur noch eine Tiara, dachte sie kichernd. Sie drehte sich im Kleid vor dem Spiegel und fühlte sich ganz und gar wie eine Prinzessin.

Sie sah sich im Raum nach weiteren Hinweisen auf das Schloss um, fand aber nichts. Sie schrieb Gabe. *Geh nach unten*, schrieb er zurück. *Deine Kutsche wartet.*

Sie verließ das Hotelzimmer, hoffte, sie würde unten einen Wagen finden. Ansonsten würde es eine ziemlich teure Taxifahrt werden. Und sie wusste ja nicht einmal, welches Schloss er meinte. Europa war voller Schlösser. Ein Fahrer hielt ein Schild in die Höhe. *Prinzessin Zoë.* Sie lachte und folgte ihm zum Wagen.

Sie fuhren ungefähr eine Stunde lang und hielten vor einem riesigen Schloss am Fluss an. Auf einem Schild stand, dass es für die Öffentlichkeit geöffnet war. Sie fragte sich, ob sie mit einem Haufen Touristen am Eingang anstehen müssen würde, die sie in ihrem Prinzessinnenkleid angaffen würden. Als sie dem Pfad jedoch folgte, waren weit und breit keine Touristen zu sehen.

„Gabe?", rief sie.

Keine Antwort.

Der Fahrer hatte ihr gesagt, sie solle dem Pfad ins Schloss folgen und dort warten.

Sie ging in eine große Empfangshalle, in der Ritterrüstungen standen und ein großer Kamin war. Dort fand sie endlich ihren Prinzen. Gabe stand in einem Smoking da und passte so wunderbar in seine Rolle. Er ging ihr entgegen, nahm ihre Hand und hob sie an seine Lippen. „Prinzessin Zoë."

Sie kicherte. „Prince Charming."

Er hob einen Mundwinkel und zeigte wieder sein Grübchen auf seiner frisch rasierten Wange. „Ich habe das Schloss für den Abend gemietet. Oben gibt es Gästezimmer."

Sie warf ihre Arme um ihn. „Ich fasse es nicht, dass du meine ganze Wunschliste wahr gemacht hast!"

Er legte seine Arme eng um sie. „Keine Wunschliste. Eine Liste wunderbarer Träume."

Sie löste sich von ihm und sah, dass seine Augen vor Tränen glänzten, und sie spürte, wie auch ihr die Tränen in die Augen traten. „Ich möchte auch deine wahr werden lassen. Nenn sie mir alle, und dann noch mehr."

„Ich habe nur einen Traum, an dem mir etwas liegt. Dich zu heiraten." Und dann zog er ihren Ring aus seiner Tasche und schob ihn ihr auf den Finger. Und während sie ihn überrascht anstarrte – denn sie hatte nicht gewusst, dass er ihn gefunden hatte –, fuhr er fort. „Ich habe gesagt, dass ich all deine Träume wahrwerden lassen will, und ich habe es so gemeint." Er hob ihr Kinn und sah ihr in die Augen. „Ich werde mindestens zwei Jahre lang Vollzeitdad sein, gerne auch mehr, wenn deine Musikkarriere gut anläuft. Ich werde dich dabei unterstützen, deine Karriere auf jede Art und Weise, die du möchtest, zu managen – die Geschäftsseite, Werbung, alles. Ich reise mit dir, wohin das Schicksal dich führt. Ehe und Familie werden dich nicht zurückhalten. Ich möchte, dass du hoch fliegst, und ich möchte dein sicherer Landeplatz sein, zu dem du zurückkommst. Heirate mich, Zoë."

Sie schien ihre Stimme nicht finden zu können. Sie konnte nicht fassen, was sie da hörte. Gabe gab ihr mehr, als sie jemals zu hoffen gewagt hätte. „Gabe, ich kann dich das nicht tun lassen. Was ist mit deiner Karriere? Was ist mit dem Geld?"

„Du und das Baby, ihr seid meine Karriere, mein Ehrenamt. Und ich habe Geld. Meine erste Million habe ich selbst verdient, der Rest stammt aus den Investitionen meines Dads, die ich geerbt habe. Ich kann mir keine bessere Art vorstellen, das Geld auszugeben, als für dich. Du bist meine Investition."

Sie brach in Tränen aus, und er nahm sie in seine Arme. Er glaubte an sie. Sie sah zu ihm auf. „Ich werde dich nicht enttäuschen."

„Ich weiß, dass du das nicht wirst." Er wischte mit seinen Daumen die Tränen weg. „Bitte sag Ja."

„Ja!"

Er ergriff sie und wirbelte sie herum. „Ich liebe dein Ja. Komm mit nach oben. Ich möchte noch mehr Jas von dir."

„Immer, Gabe. Immer Ja zu dir."

Er hob sie hoch und trug sie wie eine Prinzessin die große Steintreppe hinauf. Er war der Eine. Ein Prinz unter Männern.

Ein Haianwalt.

Ein Junge von nebenan.

Ein Jackbohnenfreund.

Und, PS, ein Jackbohnenehemann auch.

EPILOG

Gabe machte endlich Nägel mit Köpfen, als er Zoë am ersten August heiratete, genau eine Woche, nachdem sie von ihrer Tournee nach Hause gekommen waren. Ihre Eltern hatten sie Ende Mai in Paris besucht, und Zoë hatte ihnen endlich alles erzählt. Es war ein bisschen unbehaglich gewesen, als sie beim Abendessen in einem netten Restaurant saßen, wo Zoë ihnen zuerst Gabe als ihren Verlobten vorstellte und ihnen dann auch noch das mit dem Baby sagte.

Gabe war eingesprungen, hatte ihnen versichert, wie sehr er ihre Tochter liebte, und dass er vorhatte, ein Vollzeitdad zu sein. Nachdem ihr Dad ein bisschen geschnaubt und etwas gesagt hatte von „zu meiner Zeit" und „das Pferd von hinten aufzäumen", vor allem, da sie erst heiraten wollten, nachdem das Baby schon unterwegs war und nicht vorher, gab er auf. Ihre Mom freute sich einfach nur, dass Zoë glücklich war.

Dann erklärte Zoë ihre Pläne, dass sie ein Indie-Album aufnehmen würde, und dass Indie heute üblicher war und einfach nur den Mittelsmann aus dem Spiel ließ, sodass die Musiker mit größerem Profit einfach direkt an ihre Zuhörer verkaufen konnten.

„Ihr seid die Zukunft", sagte ihr Dad zu Zoë. „Ich bin nur ein alter griesgrämiger Dinosaurier. Was weiß ich schon vom digitalen Zeitalter der Musik? Ich bin noch von der alten Schule."

Zoë umarmte ihn. „Du weißt so viel, Dad. Und ich möchte, dass du auch mit mir spielst."

Ihr Dad schüttelte Gabe die Hand. „Du hast meinen Segen ... für alles."

Ein klassischer Typ. Dann planten Zoë und ihre Mom die Hochzeit mit einer kleinen Zeremonie in Gabes Garten.

Zoë wollte, dass man es auf den Hochzeitsfotos ihre Schwangerschaft nicht sah, und Gabe wollte nichts mehr, als es offiziell zu machen, deswegen passte die schnelle, schlichte Hochzeit perfekt. Fred war ihr Ringpage und trug die zwei goldenen Ringe auf einem kleinen Kissen, das auf seinen Rücken gebunden war.

Und als wäre das noch nicht genug, hatte sein Stiefvater die Chemo wirklich gut vertragen. Vinny erzählte ihnen, dass Fred ein großartiger Trost für ihn war. Und die Ärzte waren voller Hoffnung, dass sein Stiefvater bald wieder ganz gesund werden würde.

Gabe ging zur Garage, um zu sehen, welche Fortschritte Zoës Studio machte. Er hatte seinen Bruder Vince gebeten, sich schon einmal daran zu machen, das Apartment über der Garage in ein Musikstudio umzuwandeln, sobald er Zeit dafür finden konnte. Und jetzt, Ende August, war er fast fertig.

„Hey, das sieht gut aus", sagte Gabe und sah sich um. Vince hatte recherchiert, was Schallschutz anging, und hatte die Wände und Böden überarbeitet und das Fensterglas gegen Akustikglas ausgetauscht. Die Ausrüstung – Computer, digitale Audioworkstation, Keyboard, Mikrofon und Lautsprecher – alles war an seinem Platz.

Zoë war bereits da und überwachte alles. Sie nahm das Mikrofon. „Hallo, Mr Haianwalt."

Er lächelte und legte seine Hand auf ihren Babybauch. Sie war jetzt im sechsten Monat. „Hallo, Baby", sagte er ins Mikrofon. „Hallo, Mrs Haianwalt." Er küsste sie.

„Da wird einem ja übel." Vince sammelte sein Werkzeug zusammen und legte es in den Werkzeugkasten. „Küsschen, Küsschen", murmelte er leise.

Zoë kicherte, während sie das Mikrofon weglegte, dann neigte sie ihren Kopf vielsagend in Vinces Richtung.

„Vince, ich wollte dich was fragen", sagte Gabe.

„Bin gleich zurück", sagte Zoë und ging ins Bad. Jetzt, da das Baby größer wurde, musste sie oft gehen.

Vince legte sein Werkzeug beiseite und klappte die Box zu. Er stand auf und sah Gabe genervt an. „Was? Ich habe dir doch schon gesagt, dass ich nichts dafür berechne. Ist mein Hochzeitsgeschenk."

„Und ich habe dir gesagt, dass ich dich bezahlen werde."

„Zwing mich doch."

Gabe verkniff sich ein Lächeln, dann sagte er: „Würdest du der Taufpate für unser Baby sein?"

Vince stemmte seine Hände in seine Hüften und sah ihn gereizt an. Jetzt hatte Gabe seinem Bruder etwas voraus. Zoë hatte angedeutet, dass Vince sich aufplusterte, wenn er seine Emotionen verbergen wollte. Ihre Schwester war offensichtlich genauso. Sie hatte ihn als Paten vorgeschlagen. Nachdem Gabe darüber nachgedacht hatte, hatte er zugestimmt, dass es gut für die Familie und gut für das Baby wäre. Niemand schätzte die Familie höher als Vince.

"Warum ich?", fragte Vince. „Warum nicht Angel, der verrückte Priester, oder einer von deinen leiblichen Brüdern, Luke oder Jared?"

„Wir haben einander nicht als Familie ausgewählt, aber ich wähle dich jetzt als Taufpaten."

Vince schluckte sichtlich und sah ihn finster an. „Warum?"

„Weil niemand, den ich kenne, die Familie so eng zusammenhält. Ich weiß, dass du auf ihn aufpassen wirst."

Vince ließ die Hände sinken. „Ihn? Es ist ein Junge?"

„Ja, es ist ein Junge." Er grinste. „Wir haben es noch niemandem gesagt."

Vince stieß einen Jubellaut aus und klopfte Gabe auf den Rücken.

„Also, ist das ein Ja?", fragte Gabe.

„Ja!" Vince strahlte.

„Ich werde ihm Bücher nahebringen, du den Umgang mit Werkzeugen und–"

„Sport –"

„Und, wie man vermeidet, dass einem in den Hintern getreten wird. Ich war ein Spätzünder."

„Sehr spät", sagte Vince.

„Er braucht also jemanden, der ihm beibringt, wie man für sich selbst einsteht."

Vince schüttelte den Kopf, sah zu Boden. Dann hob er den Blick wieder und wischte verstohlen eine Träne weg. „Oh, Mann. Jetzt hast du mich. Verdammt. Sieh nur, was du aus mir gemacht hast. Ein verdammtes, brabbelndes Baby."

„Kannst mich ja verklagen", sagte Gabe grinsend.

Vince wedelte mit dem Finger vor ihm. „Und ob ich dich verklagen werde. Glaub nur nicht, dass ich das nicht machen würde." Er klopfte ihm auf den Rücken und umarmte ihn mit einem Arm. „Bruderherz, wir werden ihn schon richtig erziehen. Dieses Kind wird es weit bringen."

„Und was ist mit mir?", fragte Zoë von der anderen Seite des Raumes aus. „Darf ich auch dabei helfen, unseren Sohn groß-zuziehen?"

„Du!", rief Vince. „Natürlich! Du bist seine Ma. Komm her und lass dich umarmen."

„Aber nicht zu viel", warf Gabe ein.

Zoë ging zu ihm, und Vince umarmte sie vorsichtig, um nicht zu fest gegen ihren Bauch zu drücken. Zoë lächelte um Vinces Schulter herum Gabe an. Er erwiderte das Lächeln, sein Herz erfüllt von Liebe für die Frau, die ihm alles gegeben hatte, von dem er nicht gewusst hatte, dass er sich danach sehnte. Und jetzt konnte er sich nicht mehr vorstellen, ohne zu leben.

Vince richtete sich auf. „Okay, genug von diesem kitschigen Zeug. Zeigt mir mal das Kinderzimmer. Ich möchte mir die Wiege ansehen. Habt ihr die Kommode an der Wand befestigt?"

Gabe und Zoë tauschten einen verwirrten Blick aus.

„Natürlich habt ihr das nicht", sagte Vince und hob seine Werkzeugkiste auf. „Lasst uns gehen. Verdammt, dieses Baby kann von Glück sagen, dass es mich hat."

Vince ging zum Haus. Gabe ließ sich Zeit, ihm mit Zoë zu folgen.

„Das ist ja gut gelaufen", sagte sie. „Ich glaube, ich werde darüber ein Lied schreiben." Sie senkte ihre Stimme. „Die Brüder, die diesen Jungen richtig erziehen."

Gabe schmunzelte. „Ich finde, das hört sich gut an."

Und das war nur der Beginn einer riesig kreativen Schaffens-phase für Zoë, in der sie ein Lied nach dem anderen schrieb, die alle auf ihr erstes Soloalbum kamen. Ihr Durchbruchshit hatte den merkwürdigsten Namen.

Lima Bean – Jackbohne.

Manche glaubten, es wäre der Name eines neuen Tanzstils, andere bezogen es auf ihr Baby, doch nur Gabe kannte die Wahrheit. Er war ihre Jackbohne. Und sie war sein Herz.

Verpassen sie auch nicht das nächste Buch der Serie, *Nicht mein Romeo*, Vince' und Sophias Geschichte.

Der eingefleischte Junggeselle Vince Marino will nichts mehr, als das Projekt für die Bibliothek von Clover Park an Land zu ziehen und Partner in der Baufirma seines Vaters zu werden. Doch ein Angebot in letzter Minute von Sophia Capello, der atemberaubend schönen Tochter des lebenslangen Rivalen seines Vaters wirft Vince aus dem Rennen.

Sophia muss Capello Construction wieder auf Kurs bringen, nachdem ihr Vater sie an den Rand des Bankrotts gebracht hat. Das Problem ist nur, dass sie sich in der Baubranche alles andere als zu Hause fühlt, weswegen sie ein großes Risiko eingeht, und eine Partnerschaft mit dem so hitzköpfigen wie attraktiven Vince Marino vorschlägt, nachdem sie den Zuschlag für das Projekt bekommen hat.

Vinces Großspurigkeit und Sophias wilde Entschlossenheit sorgen für eine Allianz voller explosiver und verführerischer Spannungen. Doch was passiert, wenn Vince, der Vergnügen und Geschäft nicht vermischen will, erfährt, dass Sophie nie echte Leidenschaft erlebt hat? Wird er sich an seine Regel halten, um zu beschützen, wofür er so hart gearbeitet hat? Oder ist die Versuchung, Sophia zu zeigen, was ihr bisher entgangen ist, zu groß?

Abonniere meinen Newsletter & verpasse keine meiner Neuerscheinungen: kyliegilmore.com/DEnewsletter

WEITERE BÜCHER VON KYLIE GILMORE

Die Happy End Buchclub Reihe

Hollywood Inkognito (Buch 1)

Ärger im Anzug (Buch 2)

Gewagtes Spiel (Buch 3)

Förmliche Vereinbarung (Buch 4)

Wenn der Bad Boy keiner ist (Buch 5)

Ein Störenfried zum Verlieben (Buch 6)

Schicksalsbegegnungen (Buch 7)

Eine Romantische Chance (Buch 8)

Ein sündhafter Flirt (Buch 9)

Ein unbequemer Plan (Buch 10)

Eine Happy End Hochzeit (Buch 11)

Die Clover Park Reihe

Das Gegenteil von wild (Buch 1)

Daisy schafft alles (Buch 2)

In den Falschen verguckt (Buch 3)

Ein Weihnachtsmann zum Küssen (Buch 4)

Vermieter küsst man nicht (Buch 5)

Nicht mein Romeo (Buch 6)

Bring mich auf Touren (Buch 7)

Clover Park Braut (Buch 7.5)

Gewagte Verlobung (Buch 8)

Retter in der Not (Buch 9)

Eine verführerische Freundschaft (Buch 10)

Ein Geschenk zum Valentinstag (Buch 11)

Raus aus der Tretmühle (Buch 12)

Die Rourkes Reihe

Königlicher Fang (Buch 1)
Königlicher Hottie (Buch 2)
Königlicher Darling (Buch 3)
Königlicher Charmeur (Buch 4)
Königlicher Playboy (Buch 5)
Königlicher Spieler (Buch 6)

ÜBER DIE AUTORIN

Kylie Gilmore ist die USA Today Bestsellerautorin der Happy End Buchclub Reihe, der Clover Park Reihe, der Clover Park STUDS Reihe und der Rourke Reihe. Sie schreibt unterhaltsame Romanzen, die die LeserInnen zum Lachen und zum Weinen bringen und zu einem Glas Eiswasser greifen lassen.

Kylie lebt mit ihrer Familie, zwei Katzen und einem verrückten Hund in New York. Wenn sie nicht gerade schreibt, Kinder bändigt oder bei Autorenkonferenzen pflichtbewusst Notizen macht, findet man sie beim Stretching – bis ganz nach oben ins oberste Regal, um dort ihren geheimen Schokoladenvorrat zu erreichen.